本書爲全國高等院校古籍整理工作委員會直接資助項目
平頂山學院伏牛山文化圈研究中心學術成果
平頂山學院河南省重點學科『廣播電視藝術學』學術成果

王尚絅集校注

（明）王尚絅◎著
王冰◎校注

中国社会科学出版社

圖書在版編目（CIP）數據

王尚絅集校注／（明）王尚絅著；王冰校注．—北京：中國社會科學出版社，2019.4

ISBN 978－7－5203－3978－0

Ⅰ．①王…　Ⅱ．①王…②王…　Ⅲ．①王尚絅—文集
Ⅳ．①I214.82②B248.99

中國版本圖書館 CIP 數據核字（2019）第 019572 號

出 版 人　趙劍英
責任編輯　楊　康
責任校對　王佳玉
責任印製　戴　寬

出　　版　中国社会科学出版社
社　　址　北京鼓樓西大街甲 158 號
郵　　編　100720
網　　址　http://www.csspw.cn
發 行 部　010－84083685
門 市 部　010－84029450
經　　銷　新華書店及其他書店
印　　刷　北京明恒達印務有限公司
裝　　訂　廊坊市廣陽區廣增裝訂廠
版　　次　2019 年 4 月第 1 版
印　　次　2019 年 4 月第 1 次印刷
開　　本　710×1000　1/16
印　　張　27
字　　數　188 千字
定　　價　118.00 元

蒼谷全集序

蒼谷王公名溢海宇久矣余髫齔時見公叅政吾晉飭躬闡政蔚然皆實用之學所交一時文人若李崆峒何大復何柏齋崔後渠王龍湫韓苑洛探真抉竒增華潄潤慨然相與講明聖賢之道因竊嘆曰文不在兹乎余不敏願叩公之門而依歸焉無何公轉浙江右布政使俾余師資之心竟付之悵恨焉而已也廼嘉靖庚戌余以襄陽司刑歷隨州見其政成而民和遂谷詢

蒼谷全集序

端溪王子爲南部司徒之二年乃明嘉靖壬子之夏五也惟時隨州刺史王君同以其父公蒼谷集錄十有二卷來乞序是年春予方引年未許明農而暇文乎哉顧貞孝已矣而海內一時名交多復零落則又何可默也遂序之曰昔者吾以疎狂言事實辛未秋公嘗臨别贈言蓋四十有餘年矣今讀其集始之韓公苑洛以開其端吾乃得其精與實焉參之黨公潁東以發其

目録

目録

五言排律　

卷之四 七言律詩

卷之五　五言絕句　一四〇

卷之十 銘 辭 贊 雜著 碑碣

卷之十一 誌銘 二九一

前言

王尚絅（一四七八—一五三一），字錦夫，號蒼谷，明代河南郟縣人，著名文學家、理學家。弘治十五年（一五〇二）進士，官至浙江右布政使。著有《平山年譜》《義方堂集》《維正稿》《嵩游集》《密止堂稿》《西行類稿》等，著作大部分亡佚。国内現存文集有明刻本《蒼谷集録》殘卷六卷、清刻本《蒼谷全集》十二卷，附録一卷。

明成化戊戌十年（一四七八）二月，王尚絅出生在一個具有深厚儒學傳統的家庭裏。父親王璇，字平山，『為人恭厚淵懿，言章而理，道穹而遜』[一]，『警哲有氣概。……考定《冠射古禮》及《大學中庸心法》，著《謙卦圖贊》，學者稱平山先生。』[二]在父親的教育和影響下，王尚絅『性穎悟，童日即有志于聖賢之學』[三]。弘治八年（一四九五）舉河南鄉貢，弘治十五年（一五〇二）中進士，任兵部職方主事。弘治十六年（一五〇三），父親去世，回鄉守喪。正德元年（一五〇六），武宗朱厚照登上帝位，王尚絅免喪除舊職。正德三年（一五〇八）調吏部稽勳司，次年調驗封司員外郎，任稽勳司郎中。此時正德皇帝重用劉瑾、谷大用、魏彬等人，華蓋大學士劉健、武英殿大學士謝遷、兵部尚書劉大夏、給事中陶諧、御史趙佑、戶部尚書韓文等先後遭到殺害或黜退，朝政污濁荒誕，王尚絅於正德七年（一五一二）申請外調，調山西任左參政。同年以祖母和母親垂老，引疾抗疏，未等皇帝允准即攜家南歸。自此隱居郟縣蒼谷山和密止堂等處，前後凡一十三年。嘉靖四年（一五二五），調任陝西參政，時陝西邊防有警，三邊總制楊一清將入閣為相，即付以兵權，不一月敵平。嘉靖八年（一五二九）再調山西任右參政使。嘉靖九年（一五三〇）調任浙江右布政使，任職期間，夙夜勤勩，第二年（一五三一）卒於官。

一

王尚絅是明代文學復古運動中的一位重要文學家，在文學復古運動中發揮了重要作用。何景明曾將其與王九思、康海、李夢陽、邊貢、何瑭一起稱為『六子』。何景明在《六子詩序》中說：『六子者，皆當時名士也。余以不類得承契納，輔志勵益者多矣。』其《六子詩·王職方尚絅》稱：『職方吾益友，契誼鮮與同。少齡負奇才，萬里飄雲鴻。手中握靈芝，高操厲孤桐。讀書邁左思，識字過揚雄。為辭多所述，結藻揚華風。寸心索相許，撫志慚微躬。』[四]在《寄王職方》詩中說：『故人王郎天上客，一歲寄書凡兩束。』[五]對王尚絅的文學創作才華給予了高度贊許。現代著名學者、北京大学教授廖可斌先生在《茶陵派與復古派》一文中指出：『從弘治十五年到正德六年是復古運動蓬勃高漲的階段。……在文學上，復古派終於與茶陵派脫鉤，走向獨立與成熟。弘治十五年和十八年的新進士中，又有不少人加入到復古派陣營中來，其中知名者有康海、何景明、王廷相、王尚絅、何瑭（以上俱為十五年進士）、徐禎卿、王韋、鄭善夫、孟洋、崔銑、殷雲霄（以上俱為十八年進士）。他們的加入，使復古派增添了新的生力軍，陣容更加壯大。』[六] 後來廖先生又在其專著《明代文學復古運動研究》中，將王尚絅列為以何景明為核心的『信陽作家群』，並將这一作家群的創作風格概括為『沉穩深秀』。[七] 黄卓越先生在《明永樂至嘉靖初詩文觀研究》一書中，將王尚絅視為前七子派主要成員之一。[八]

作為著名文學家，王尚絅以強烈的現實主義精神，創作了大量具有深廣現實内容的優秀作品，表達他對民生和社会治的關切，記錄他與當時文學家的交往，再現自己的讀書與生活狀況，提出自己的文學見解和主張，為明代文學的發展做出了積極的貢獻。

王尚絅的大量詩文，深刻地反映了那個時代人民的苦難生存境遇。其中有的描寫了自然災害和社會負擔給人民造成的無窮痛苦，如：『夏來田禾旱，秋來田禾水。大旱禾無根，大水禾生耳。冬寒苦夜長，日長怨春晷。長夜尚可支，日長忍餓死。餓死忍有期，租稅從誰起？哀哀歎田禾，往訴明天子。天子省田家，溝中亂如麻。』（卷二《田禾歎》）老百姓遭受水旱災害，忍凍受餓，溝壑中到處是餓死的人們。《藍靛根》（卷二）一詩寫道：『莨莠不成米，蒺藜未可飧。何知藍靛草，結根傍水村。顧維通稔歲，秖以厭雞豚。乃今華屋子，競取供朝昏。』熟稔年份喂雞喂猪的藍靛根等，如今連富貴家庭也都競相食用。但是，即便如此，人們並不怕餓死，卻仍怕租稅無從交納。人民群衆在自然災害和繁重賦稅的雙重擠壓之下，生活悲慘，走投無路，『乾坤滿目無安土，何處天衢尚可逃。』（卷四《苦雨》）觸目所見，到處都是『繿縷無完衣，傴僂私相語。雖然今日活，不知明日死。不知後日死，不知今日死』（卷一《步出上東門》）的淒慘景象。有的則真實地反映了戰爭造成的蕭條景象，如：『中原昔喪亂，義姑出里門。遂使千載下，抱哥猶名村。伏臘走祠廟，義姑儼有神。維茲困饑饉，迯亡盡四隣。空過抱哥村，不見抱哥人。』（卷二《過抱哥村》）又如『百感經心旅病餘，晚憑長几獨躊躇。飛龍日角慚通籍，別鴈山南候遠書。異域豺狐按壘捷，中原雞犬半成墟。逢人欲問安劉事，何處南陽有故廬。』（卷四《病中六首》之二）中原地區由於戰亂，半成廢墟，人民生活極度痛苦。

面對這種悲慘的社會現實，王尚絅愛國憂民，希望出現更多的賢良之士為民解困。《送惲僉憲兵備湖南》（卷四）一诗写道：『湖水湖山勢欲吞，雙旌五月下荆門。風煙出峽乾坤迴，瘴霧浸江日月昏。襄野豺狐千里道，衡陽鴻鴈幾家村。使君能藉廓清力，詞賦騷談未足論。』熱切盼望安邦濟世的諸葛孔明再世，希望自己的好友能不負使命，完成重任，平定戰亂，救民於水火之中。对那些刚直不阿、忠诚為民的人物进行熱情歌颂和讚揚。如《讀黄中郎鞏奏》（卷三）一詩對剛直不阿的黄鞏擊節歎賞：『一疏千秋少，沉吟淚自傾。逆鱗心本赤，縛虎氣還平。國勢逢諸葛，人才誤賈生。異時同史傳，空復古來情。』黄鞏字仲固，莆田人，弘治十八年進士。正德十四年皇帝南巡，黄鞏上疏言『崇正學、通言路、正名號、戒遊幸、去小人、建儲貳』六事，以死相諫，後被挺杖五十，斥為民，但仍不改立身行道之氣節，被時人稱為直節之士。[九]

嘉靖七年（一五二八），河南災荒嚴重，王尚絅上書皇帝，直言河南『饑民艱苦萬狀，觸目惻心……死不如牛馬，生不如猪狗，種種艱苦……况今所在搶掠，勢艱輒禁，衆口枵腹，指麥為期。然麥秋之期，遥踰百日，不知其何以為計也。』（卷七《獻民艱苦疏》）他提出十六條救荒措施，包括『憫饑饉，卹暴露，捄中戶，暫停徵，懲不信，權糴買，謹預備，廣恩澤，省刑獄，止匠價，崇節義，正服舍，存恤流民，重正官，計處糧站，禁革吏胥里書』等，以期改善民生。

王尚絅热爱家乡，热爱生活，居家侍養二母期間，其足跡遊遍了河南郟縣、汝州、魯山、寶豐、登封、開封、洛陽、鞏義、焦作、濮陽、滎陽、新鄭、靈寶、禹州等地，留下了大量的詩文創作，為我們提供了認識中原文化的寶貴文獻。

郟縣是王尚絅的故鄉，他不遺餘力地傳承、弘揚郟縣的歷史文化。在《建題名塔記》（卷七）一文中，王尚絅充滿感情地說道：『郟自春秋來，文武風節，政事勳烈，鏗鍧炳煥，後先輝映。粤漢以下，或以德行、以道藝、以賢良、以孝廉、以茂才、明經諸科，法各為殊，舉於嵩麓汝崖之間者，彬彬如也，代有名臣，義不絕書。』對家鄉悠久豐厚的人文歷史傳統進行了高度的贊揚。

王尚絅還對長眠於郟縣的北宋著名文學家『三蘇』父子表示了由衷的欽敬。如《祭三蘇先生文》（卷十二）文中說：『嗟予髫齔，獲誦蘇文。煥兮風水，郁兮春雲。乃橋用梓，乃桂乃椿。壯兹氣節，欽耳風神。』《祭東坡潁濱文》寫道：『一門萃美，百世揚芳。鐘靈錦里，托體嵩陽。名兮蓋世，神兮此方。』

中嶽嵩山，山勢雄偉，層巒疊嶂，風光秀麗，人文薈萃，歷來是文人墨客嚮往遊覽之勝地。王尚絅也曾多次遊歷嵩山、少林寺風光，並有《嵩游集》詩集。雖然今已不能見其全貌，但我們通過明本中的《嵩游記》一文，還能窺見詩集大貌。正德乙亥（一五一五）年秋，王尚絅攜兒子王同一起游嵩山和少林寺一帶，進行了長達九天的漫游。一路訪古探幽，題詩作賦，睹物懷友。《嵩游記》說：『明正德乙亥，予西歸凡四載已。乃八月十日甲子雨霽，明日出郭西扈澗，攜兒同憩密止堂，又明日丙寅宿蒼谷行窩。同曰：「風高氣清，採藥嵩少，此其時乎？」丁卯，出山后介兩熊山，宿毛家嶺菴，有洞曰前汝、後汝……下山宿清涼寺，山雲水月，夕景尤嘉……癸酉得風穴賦聯書二通，一投穴中，一焚廟上。八景詠成而雨，數日前山行所無也。簑笠出柏林東，歸蒼谷。甲戌下娥眉，謁蘇墳，還扈澗山堂……』由此可知，今所見《嵩陽觀》《三祖菴二首》《過山書清涼寺》《嵩游途中懷友人五首》等，應該都是這次游嵩時所作。該文最後說：『向使官程促迫，惡能暇豫如此？若非以母病乞休，又惡能有此行耶？山行得詩或寫之石，或書之壁，乃同尾其後一一錄歸。遂令分體集之，得若干首，並紀其游覽始末如此。將時供臥游或同志者賦之云。九月二日蒼谷王尚絅記。』我們或許可以認為這篇《嵩游記》就是詩集《嵩游集》的序言。

十五年之後，再次游嵩，並寫《興復嵩陽書院題名記》，其中云：『乃若書院之盛，則茫無從考。已往正德乙亥，絅嘗撫而詠之，裴徊三嘆。十有五年，今復載興，前堂後祠，垣宇周章，輪奐翼飛，木石耀彩，山若增之而崇者。敦古崇教，侯君之良可知也。』

對佛教名刹風穴寺，王尚絅傾注了大量的筆墨，留下了许多文字，既有賦，又有詩及散文。《風穴》和《風穴寺八景》等詩表達了對歷史人物的追慕之情，如《風穴》中寫道：『蒼谷西來風穴寺，十年塵海動相思。轉憐休暇緣多病，喜得登臨漫賦詩。鑿洞雲峯尋辨叔，聞笙嵩嶽憶庭芝。寂寥汝潁鐘靈地，秋雨嵐亭負愧時。』《風穴問答》闡發了其哲學思想。《風穴賦》引经据典，气势磅礴，曾被黃宗羲選入《明文海》。

此外，《過輔城寺偶題》（卷三）云：『城父何年寺，龍山此日遊。地形分漢楚，天塹自春秋。路古河流斷，祠荒草樹浮。問津思責沈，定鼎憶尊周。』不但勾勒出實豐重要的地理區位優勢，而且反映了其悠久的歷史人文傳統。組詩《父城懷古四首》（卷六）對歷史的興替深表感歎和惋惜。如其一寫道：『楚王宮殿昔聞名，遺址分明此父城。牛羊落日隨耕豎，不見笙歌作隊行。』其三曰：『龍山地聳麒麟臥，龍水天廻翡翠光。突塚已知無魏主，荒城那復問莊王。』其四為：『孤城一片沒蒿萊，白露青春幾度廻。歎世重收今日淚，知音遙起後人哀。』對歷史的追問溢於言表。

王尚絅歸鄉後，隱居在蒼谷山和密止堂長達十三年，其間既有憂傷和鬱懣，又有閒適和歡樂。對此，詩文都有如實的記錄和表現。如：『種樹蒼山中，中山苦乏水。石磴轉崎嶇，抱甕日爾爾。垂枝嘉果成，露沾亦已喜。山禽虛着眼，山人不蒙齒。』（卷二《山中懷華泉四首》之四）『山中饒勝事，饑餓失所之。奈何秋風顏，將擬盛年時。負疴理毫素，玄髮竞如兹。撫心詎怨老，嗟來謝世疑。感君一斗米，腆贈遙相持。』（卷二《避客山中二首和陶飲酒韻謝李少糸惠米》）反映了山居生活的艱苦與愜意。如卷四《扈澗山莊四景八詠》之《春》写道：『春來結舍碧流灣，病怯柔軀喜燕間。出郭未能三十里，開窗已得萬重山。愁深花鳥知詩興，醉舞松風散酒顏。搔首北堂纔咫尺，斑衣夢裏幾廻還。』《奉祖母祭掃》（卷六）詩中說：『當年山水渾相似，去歲紅芳更不同。何幸白頭隨二母，親扶藍輿到山中。』回憶了自己陪伴祖母和母親到山中祭祀祖先的快樂。《寄弟尚明》《別妹》（卷三）二詩則表達了對兄弟與妹妹的深切思念。前者寫道：『蟋蟀聲初咽，鶺鴒意轉傷。流年驚自改，塵海為誰忙。荆樹春風院，萱花舊日堂。遙憐拜嘉慶，團坐少星郎』；後者說：『長懷于氏妹，返棹下通州。老母三年隔，孤兒萬里愁。身危看佩劍，病起倦登樓。心事憑誰說，封書抆淚流。』手足、兄妹親情，充溢於字裏行間。

王尚絅自己身體多病，妻子早逝、次女和小兒子相繼夭折。這些不幸遭遇在詩文中都有所反映。如：『心病幾番愁肺病，年華十度客京華。每將水火烹粟米，閒看兒童撲柳花。』（卷四《病中六首》之四）『落葉漂泊御苑東，傷心南鴈阻廻風。天涯何處上池水，疾苦無能問病翁。』（卷六《赴浙途次漫興四首之一》）。『天班與爾並馳名，玉女金童作隊行。四十餘年同火伴，不應先我上瑤京。』（卷六《題安人小像二首》之一）『冠簇明珠垂翡翠，褥開文錦繡芙蓉。誰知此語竟成哄，贏得丹青畫爾容。』（《題安人小像二首》之二）『癐疹如何兩度攻，天將毒手賜兒窮。藥吞犀角恰逢滿，卦擲金錢已落空。棗栗猶聞前日語，衣鞵愁檢舊時紅。阿孃夢覺魂如斷，聽說形容在眼中。』（卷十一《仲女澄媛殤葬小誌》）『彭何長，殤何短？天本幽，神理滮。緊疇愬疇斯，斷母兮，亡父兮，患兒苦饑，兒苦痺。聽兒哭，焦以滮。兒不亡，羌孰管彭殤殊高下，散茲焉，齊莊其誕！』（卷十一《小五哥寄瘞誌銘》）這些詩文記錄了王尚絅妻子早逝、亡女喪兒的悲慘遭遇和痛苦之情。

王尚絅在長期的文學創作實踐中，對文學藝術規律進行了深入的理論思考和總結，形成了鮮明的文學主張。一是重視詩歌與現實的關係，主張詩歌要言之有物，切於世用。在《鳳巢小鳴稾題辭》（卷九）中說：『嘅自詩亡道敝，則所謂詩者亦物爾，玩焉喪志。……工如漢唐，工矣而愈敝；宋無詩已而道存。則所謂詩者，于此乎？于彼乎？虛車竅櫝，將傳邪彰邪？使人繼其聲邪？《易》稱有物，《傳》戒不倫，信而有徵者，君子與！夫聲莫有精於此者也。勸善懲惡，移風易俗，感天地，動鬼神，理萬物，何物也而可以虛飭哉！君子顧何靳而不為？不曰藉詞以鳴意，託興以鳴志，引物連類以鳴心乎？不曰因風有聲，而其聲又足以感物乎？』王尚絅認為，詩歌要『勸善懲惡，移風易俗，感天地，動鬼神，理萬物。』而把那些空洞無物的詩歌比作『虛車窾櫝』，一無所用。

二是強調文章的神韻，主張文以神為主。他在回顧自己多年的創作實踐後指出：『世之論文者必曰文須學古，臨文則曰某學某，某學某。某操鉞伐柯，十年不就，洎病伏蒼谷，收視反聽，無意於斯文也久矣。乃翰林主人偶爾相示曰：「文，心之神也。」既而得提學清逸先生文稾二函，日夜讀之，劃然嘆曰：「斯文信乎其神矣哉！」蓋嘗思之：夫有心矣，苟非神以主之，辟則走碑行尸，種種皆迷，安在其學古人也？雖學且成，亦土木之形爾。夫惟神焉天君，麾指所向，是道思或起之，得若相之。其來也，猶泉湧；其行也，猶響應。形生神發，化之無窮。……弟尚明曰：「眉山謂文章以氣為主，伊洛謂文章主於理，然則何居？」嗚呼，知先生之神者，理與氣可得而言矣。羲文禹象，所以發造化之秘者，非神而能此？請質之先生，以為何如？』（卷九《讀清逸文稾題辭》）在三蘇強調『氣』、二程強調『理』的基礎上，王尚絅主張要以『神』統『理』與『氣』，强调文学的神韵，唯有如此，才能使文章『猶泉湧』『猶響應』，『形生神發，化之無窮』。

二

明代著名學者薛應旂指出：『（蒼谷）先生文追秦漢，詩逼蘇李，一時藝林咸稱作者，有《蒼谷集》十二卷行於世，然實非先生之所尚也。先生平生每右兩程左三蘇，崇理學而鄙詞翰，使假之以年，當必有繼往聖而開來學者。』[十]明末清初著名學者孫奇逢在《中州人物考》中將王尚絅列入『理學』人物，與何瑭、崔銑和王廷相等並列。[十一]

王尚絅是明代著名的理学家，其理學成就表現在客觀評價二程在理學上的貢獻，自覺維護二程及其學說的地位，表彰理學先賢，直承張載『氣一元論』思想，認為各種自然現象和社會現象的形成都是由『氣』及其變化決定的，豐富了明代中期的『氣本論』理論，重視孝道和夫婦之道，強調『養心』教育，提出了個人修養的標準和典範。

王尚絅『遠宗二程』，自覺維護『二程』及其學說，是其堅定的立場。一方面，他實事求是地總結和評價『程氏之學』，回顧了孟子以後中斷了一千四百多年的儒學發展軌跡：『慨自羲皇堯舜，世歷周孔，治亂相乘，以動以報。軻死亡傳，糜爛六籍，湮沒千載，發明於程氏兩夫子。……夫子吾不得而見其聖人否也，方其年有十五已志乎聖人之道，非聖者無學焉。涵養曰敬，踐履曰誠，進學曰致知，篤信行果，守兹靡渝。求於內而不荒於外，亟於本而不眩於末，止於道而不狃於異端。微於獨，顯於身；徵於言，發於事功而不違於天地，不疑於鬼神，不戾於天下，不悖於萬世，不詭於聖人者，是謂程氏之學。』（卷十《汝州聖學書院碑銘》）這些極為深邃而準確的概括，高度評價了二程的學術貢獻。

另一方面，堅定維護二程的歷史地位。正德十六年（一五二一），汝州知州張崇德創建三賢書院，請王尚絅題寫書院碑銘，由於在『三賢』人選上意見的分歧，他連續三次致信張崇德，據理力爭，堅決維護二程的地位。第一封信中說：『夫所謂三賢云者，初不識其為誰，既而閱狀云伊川、東坡、潁濱，而不及明道。考之明道，始終在汝，東坡始終未至，潁濱史志皆無所載。今曰三賢，襲之古耶？創諸今耶？襲之古，則據自何典？創之今，則起自何義？余皆不識其何說也。……庶昭今傳遠，或者亦周公孔子之道也。』（卷九《汝州書院第一議》）強烈建議對方解釋確定伊川、東坡和潁濱為『三賢』的歷史和現實依據。第二封信認為：『書院曰三賢者，黃君狀謂程氏伊川、蘇氏坡、潁。曰兩賢，絅主明道、伊川言也。蓋程氏本河南人，明道自監察御史里行監近鄉酒稅，光庭歸自汝上，有春風之想，召命及門，而卒於汝。伊川授汝州團練推官、經筵坐講，被劾編放還，范祖禹議復汝上田二十頃，則汝固兩賢歌哭之所、游息之鄉也。和風化雨，熏潤猶存，從而祠之，孰曰非實錄哉！……今以義起所可者三，所甚不可者二：耑祠二程可也，耑祠二蘇或可也；併出三賢，特祠明道亦可也。……如前所謂三賢者，像列一堂，甚不可也，而又獨黜明道，則又甚不可也。……是故寧得罪於蘇，孰可得罪於程？得罪於一人，孰可得罪於君子？得罪於一方一時，孰可得罪於天下後世？』（卷九《汝州書院第二議》）闡明了自己的堅定立場和鮮明觀點。

為了維護理學傳統，王尚絅積極保護、禮敬理學先賢，其中對李希顏事迹的弘扬用力尤多。《明史》卷一百三十七載，『李希顏，字愚菴，郟人。隱居不仕。太祖手書徵之，至京，為諸王師。規範嚴峻。諸王有不率教者，或擊其額。帝撫而怒。高皇后曰：「烏有以聖人之道訓吾子，顧怒之耶？」太祖意解，授左春坊右贊善。諸王就藩，希顏歸舊隱。』[十二]《明史》對李希顏事迹記載簡略，王尚絅通過深入挖掘，為李希顏樹碑立傳、建祠祭祀。如稱李希顏『學淵伊洛，遙出東魯，……性行峻茂，貫酣群籍』，『立朝風節歸然，傳聞海宇』『道窮根柢，期於力行……立論首忠孝，遇事以仁義……懷信守度，孤介寡合，卒忍煢以死……乃下無所舉，而上焉弗詢，觀風弔古，心茲名教者，其可歎已！平生著述，諫草、詩文散逸，所及見者《大學中庸心法》』。（卷十《皇明經筵講官左春坊贊善大夫愚菴李公墓碑銘》）並進一步贊道：『先生以我朝帝王之師，高前古夷齊之行，名重高皇，禮勤徵聘，垂勳國史，進講經筵。著述闡性理之淵，存省造聖學之粹。考平生之履歷，關宗社之污隆。』（卷十二《祭先賢李愚菴文》）這一系列著述，有利於我們全面認識李希顏，了解中原理學的發展概況。著名明史专家黃雲眉先生在《明史考證》『李希顏傳』中曾指出，本傳可參閱王尚絅《蒼谷集》所撰希賢墓碑銘。[十三]充分肯定了其文獻價值。

二是豐富發展了『氣本論』哲學思想。在中國哲學史上，明代中葉以後，『氣學』思想得到了空前發展，王尚絅的『氣學』思想，是明中葉『氣本論』理論體系的重要組成部分。這主要表現在三個方面。第一，『氣』決定風的形成和變化。他說：『聞風氣為之，天地之號令也。必五行得令，四時順序，而後八方風各應律而至，以成歲功，否則變怪百出，不可具狀。然有正有變，皆氣之為也。』（卷一《風穴賦序》）在談到『氣』的變化對風的影響和決定作用時，王尚絅指出：『陰得陽而為之風，氣變而風亦變。故風從風曰巽，風行地上曰觀，風行天上曰姤，風行山上曰蠱，風行水上曰渙。於四時曰春曰夏，仁氣為之也；曰秋曰冬，義氣為之也。若乃冬風暴，秋風災，義氣之戾也；夏風欻，春風猋，仁氣之戾也。』（卷八《贈張子風序》）

第二，自然界和人類的各種不同現象都是由『氣』的變化形成的。他說：『氣之所化，飛物之所本。

有正有變，互為消長。或自南而北，或自北而南。自北而南，氣正矣，則其鍾於物也，為陽，為剛，為慶雲，為時雨，為君子，為祥瑞，為鸞鳳，為芝草，為靈椿。人得之則為福，為壽，為聰，為明。自南而北，氣變矣，則其鍾於物也，為陰，為柔，為冰雹，為暴雨，為小人，為魍魎，為鴟鳥，為荼毒，為臭草，為怪物。人得之則為胗，為蔑，為癱，為夭折。或隨地而殊，或應時而變，故曰氣為之也。』（卷十《風穴問答》）質言之，互相矛盾着的『正氣』與『變氣』，相互影響，相互作用，其間的消長變化，不但產生了自然界的陰陽、剛柔、慶雲、時雨、冰雹、災害等互相對立的現象，而且還決定了人的福壽、夭祥、善惡、賢愚、美醜等，『氣』的不同運動形式是構成不同事物的基礎。這種認識包含有豐富的辯證法思想。王尚絅認為人生命的長短也是由『氣』決定的，他說：『自有生以來，安有所謂不死人哉？蓋命之修短，各懸於氣之稟受，而不繫於人之修為。』（卷九《陳圖南蜕骨成仙辯》）他指出，上古之時，人的壽命長，是因為那時天地之氣厚；而後來隨着天地之氣變薄，人的壽命也就變短了，因此世上沒有長生不死之人。他對世人希望長生不死的愚昧行為和術士異端危害社會的不良現象進行了嚴肅批判，斷然指出：『仙家幻妄，……使世人絕欲導氣，貪生妄想，卒之尤速其死者。首駢踵聚，禍不甚邪？』（卷九《陳圖南蜕骨成仙辯》）體現出了唯物主義思想。

第三，認為陰陽二氣的相互作用產生世界萬物。這種觀點充分表現在其《名四子說》一文中。該文認為，『氣』雖然分陰陽，但陰陽二氣的『和合』，也即相互作用，形成了世界上的萬事萬物，進而引起世界的千變萬化。基於這種認識，他分別給四個兒子命名為同、和、爻、府，貫徹了陰陽二氣『和合』的思想。

三是在倫理道德建設方面卓有建樹。首先是『忠孝論』思想。王尚絅說過：『進思盡忠，退思盡孝，此生人之大義，無所逃焉者也。』（卷七《復除再陳疏》）『進思盡忠，退思盡孝』，是其處理君臣、父子關係的基本準則。當他得知祖母與母親病重時，立即上《陳情乞養親疏》，請求歸養二母：『臣祖母李氏見年九十一歲，臣母聶氏六十六歲，老病尫羸，不離床褥，聞賊驚恐，舊疾愈重，思欲一見臣面。臣聞命徬徨，無以為計……臣奔父喪，未能親自裹斂，洎今抱恨，母且老病，迎養維艱。棄親供職，已復六載，當風燭垂燼之餘，遭兵火流離之禍。思臣自孩提為祖母鞠育以有今日，此里巷所共知者。自登科授任，與母氏相違，動無寧歲，晨夕痻痳，淚漬衾枕，展轉自省，狼狽為多。況今流賊洶湧，往復猖獗，倘母有不測，臣將何為！雖生無以報國恩，雖死無以入家廟矣。』（卷七《陳情乞養疏》）他以未能為父裹斂而內疚，倘母再有不測，罪責難辭。為此，不等批復即決然旋歸故里，侍養二母。其友王龍湫贊道：『以二母垂老，引疾抗疏，未報而行。……攜家以還，率配靖懿周氏子具菽水盡李太君、聶太安人歡。』（王綎《明故浙江右布政使蒼谷王子墓誌銘》），『棄官赴母難十九年，薦徵累不就，竟卒于官，可以知孝。』（王綎《明貞孝文子王公靖懿君周氏墓表》）

王尚絅認為夫婦關系至重，是『人道之始，王化之端』。（卷八《哀聲集後序》）他認為孔子刪《詩》即體現了重視夫婦之道的思想。因此，他堅守夫婦之道，當妻子亡故後，他在妻子靈柩前鄭重承諾：『絅嗣今而後，當益勵清貞，益堅苦節，完茲德音，以終我安人之意。教爾五子，各俟成立，撫爾二女，各成婚姻，以終我安人之業。養終老母，送終爾父爾母，以終我安人未泯之心。是絅所以報忠良而終餘生者，如斯而已矣。兹當七七，親眷咸在，謹與安人盟諸柩前，神其用妥。如或少違初志，靈其鑒察。』（卷十二《祭亡妻安人文》之二）決心以實際行動踐履自己的承諾，盡到丈夫的責任，維護夫婦之道。

王尚絅非常重視倫理道德的『養心』教化作用。他説：『社五土，稷五穀，神司之，養人之身者也；人倫之教，孔子司之，養人之心者也。人莫大於心死，而身次之。土穀不可一日而亡，則孔子之教，顧可一日而亡於天下也哉？』（卷七《重建虎亭文廟記》）他强調身心兼養，而且養心重於養身。他特别强調書院在造就道德之士中的重要作用，認為『庠校以儲文學登用之才，書院又以養性命道德之士』（卷九《汝州書院第二議》），書院的重要職能在於使『有司於以專祠先師，以緣升道德之士，以端士向，以建民極，以隆化本』。（卷十《汝州聖學書院碑銘》）

王尚絅自律甚嚴。他説：『進退出處，維聖有訓，落魄如稽阮數子者，非孔孟之徒所敢道也。』（卷十二《謝王巡撫俞巡按會薦書》）他通過列舉江革、薛包、王祥等歷史人物在『孝』『德』『仁』『義』『敬』方面的感人事蹟，确立父子、君臣、夫婦、朋友等倫理關繫的標杆（卷十《明倫銘辭》）；還從衣服、飲食、義利、憂樂、敬誠、儉奢等方面提出了修養的途徑（卷十《敬身銘辭》）。他身體力行，『一步一趨，悉中道規。……造詣精粹，拔俗自持。邃于理學，後世是師。』（《明故浙江右布政使蒼谷王子墓誌銘》）

王尚絅的理學成就一方面靠自己的努力修為，『自童稚時已立志為聖賢之學，比長，盡通五經諸子，尤邃三禮』（孫奇逢《王布政公傳》）。另一方面得益于師承陳雲逵。明代理學家馬理在談到明代理學發展時指出：『夫古今諸賢之學，各有所發，宋之理學，皆發于陳摶、濂溪、康節二派是已。對山發於教諭趙内江，後渠發於甘泉學官李子乾，涇野發於蜀人高學諭，大復發於高鐵溪，蒼谷發於陝州陳監丞。……陳監丞者，誦先王先聖之法言，身體而力行者也。……陳子居處莊，禮樂日不去身，……陳子一世之英也！但位卑而時人不知，蒼谷乃獨知而友之，取其益焉，他日文行名世，……然得於輔仁之益之深，則陳丞子也。』（《蒼谷全集》馬理序）陳監丞即陳雲逵，明代陝州人，字中夫，曾為蘭州學正，以經術六藝造士，後為國子監丞，理學造詣極深。王尚絅《輓監丞陳先生》一詩寫道：『嵩山陰繞重雲結，河水東流夜嗚咽。儒林梁棟風摧折，尼父袂掩麒麟血。游楊門外空愁雪，三禮殘編復斷絕。憑誰更補冬官缺，長歌一聲天地裂。』對陳雲逵的成就贊歎不已，对其去世深表悲痛和惋惜。

作為著名理學家，王尚絅為中國哲學的發展做出了重要的貢獻。明人薛應旂認為：『使假之以年，當必有繼往聖而開來學者，而世顧以功名事業期之，又豈足以知先生哉？……余為南吏部主事時，安陽崔後渠先生為禮侍，嘗與余論弘治人才在其中州者，則以何柏齋、王蒼谷為首，稱謂其志于理學。』[十四]清人劉宗泗說：『尚絅學問淹博，雅善詩文，然實非所好也。當時推理學者，每與何文定瑭同稱云。』[十五]其豐富的哲學思想值得我們深入研究。

三

截至目前，現代學者對王尚絅的研究，在文學研究方面除廖可斌、黃卓越等先生的有關論著，有張長法先生《王尚絅及其文學創作》[十六]、葛澤溥先生《王尚絅和他的詩歌創作》[十七]兩篇論文，以及楊輝的碩士學位論文《王尚絅年譜》[十八]。在哲學方面有本書作者的《王尚絅理學思想論綱》[十九]一文。

為全面考察明代的文學與理學，推动優秀文化的傳承與創新，我們決定在學界已有成果基礎上，整理出版王尚絅文集，以期推進王尚絅研究。

王尚絅文集國内主要有兩種版本：一是明嘉靖三十年（一五五一）王綖編、王同刻本《蒼谷集錄》，十二卷，現存六卷，藏於國家圖書館。

二是清乾隆二十三年（一七八五）王純『密止堂』刻本《蒼谷全集》，十二卷，附錄一卷。中國科學院圖書館、河南省圖書館和河南大學圖書館等有收藏。北京出版社將其收入『四庫未收書輯刊』影印出版。

三是清同治年间刻本，與乾隆刻本稍有不同，对王尚絅的轶闻材料有所增補，其著作未有增減。河南新鄉市圖書館有收藏。

本次整理以乾隆二十三年『密止堂』刻本《蒼谷全集》為底本，主要參考以下資料：

《蒼谷集錄》，国家圖書館藏王綖編、王同明嘉靖三十年（一五五一）刻本（以下简稱明本）；

《盛明百家詩·王方伯集》，齊魯書社四庫存目叢書影印浙江省圖書館藏明嘉靖至萬歷刻本；

《直隸汝州全志》，清白明義編，一八四〇年刊本。

明嘉靖八年《登封縣志》，登封縣縣志辦公室一九八四年重印本。

清同治三年《郟縣志》，郟縣志總編室一九八三年標注排印本

清道光十七年《寶豐縣志》，寶豐縣史志編纂委員會，中州古籍出版社一九八九年版。

清同治辛未《葉縣志》，葉縣地方史志編纂委員會，中州古籍出版社一九八六年版。

《風穴志略》，任楓輯，天津圖書館孤本秘籍叢書影印清康熙十二年刻本

本次整理，在校點基础上，对部分人名、地名及词语加以簡要注釋。

参考文獻：

[一] 清同治三年《郏縣志》，第四七九頁，郏縣誌總編室標注，一九八三排印本。
[二] 同上書，第二七二頁。
[三] 同上書，第二七三頁。
[四] （清）何景明《大復集》卷八，文淵閣四庫全書本。
[五] （清）何景明《大復集》卷十一，文淵閣四庫全書本。
[六] 廖可斌：《求索》，一九九一年第二期。
[七] 廖可斌：《明代文學復古運動研究》，上海古籍出版社二〇〇八年版，第八七頁。
[八] 黃卓越：《明永樂至嘉靖初詩文觀研究》，北京師範大學出版社二〇〇一年版，第九七—九八頁。
[九] （清）張廷玉等：《明史》，中華書局一九七四年版，第五〇一六—五〇一八頁。
[十] （清）薛應旂：《方山薛先生全集》卷二十六，續修四庫全書第一三四三冊，上海古籍出版社二〇一三年版，第二九五—二九六頁。
[十一] （清）孫奇逢：《中州人物考》卷一，文淵閣四庫全書本。

［十二］（清）張廷玉等：《明史》，中華書局一九七四年版，第三九四九頁。

［十三］黄雲眉：《明史考證》，中華書局一九七九年版，第一一七五頁。

［十四］（清）《方山薛先生全集》卷二十六，續修四庫全書第一三四三册，上海古籍出版社二〇一三年版，第二九六頁。

［十五］（清）劉淙泗：《王布政尚絅》，《蒼谷全集》附録。

［十六］張長法：《王尚絅及其文學創作》，《鄭州大學學報》一九八六年第四期。

［十七］葛澤溥：《王尚絅和他的詩歌創作》，《平頂山學院學報》二〇一〇年第三期。

［十八］楊輝：《王尚絅年譜》，西北大學碩士學位論文，二〇一六年。

［十九］王冰：《王尚絅理學思想論綱》，《中州學刊》二〇一三年第五期。

校注說明

王尚絅文集明刻本《蒼谷集録》，現國内殘存六卷，清刻本《蒼谷全集》十二卷，附録一卷。本次校注，以《蒼谷全集》為底本，參校明本《苍谷集録》和其他地方志等多種文獻材料。凡在校注時引用明本《苍谷集録》之处，皆簡稱『明本』。

對《蒼谷全集》中的序跋、附録移於正文之後，作為附録。

將依據各種材料搜集到的王尚絅佚文作為附録附於正文之後，並説明出處。

王尚絅詩文中多次提及父親王璇、兄弟王尚明、長子王同，為了便於學界研究，將從清同治三年《郟縣志》、明隆慶《海州志》和清嘉慶《海州直隸州志》等材料中搜集到的有關材料，附於正文之後。

在校注中，對原文中的雙行小注移在正文之後的『注』中，並加『原注』以示區别。

校注中對各本詩文中產生的異文出校記加以説明，不作改動。

對原文中明顯的『己』『已』『巳』之誤，根據文意徑改，不出校記。

原文中的異體字、俗體字，不作改動。

注釋主要對與王尚絅有交遊關繫的人物及對理解詩文有幫助的地名加以注釋。

卷之一　賦　古诗

亹菴賦有序

莊敬則日強[一]，古今一理，考群聖而共貫者也。故曰文王我師，豈不以曰心曰敬同邪？所謂亹亹者，致力於是焉爾矣。奈何時命不常，為說久廢，每欲示人，意其有屬。是故雕章繪句，不敢索詞人之麗工，而據義陳詞，竊以託風人之比興，是絅之鄙意也。儻不戾於君子，將必有所以命絅者云。其詞曰：

緊大人之亹亹兮，象乾元之健德。豈違俗以矯名兮，鑒往聖而取則。粵陰陽之交錯兮，運槖籥於鴻鈞。紛萬化之幻變兮，迭五行之相循。馳兩曜以成四序兮，式躔度之有經。繇元世以訖運會兮，曾一息而少停。苟幹維之舛歇兮[二]，雖天極亦賈墜。忳彗窳與妖祥兮，凡元辰之失佽。

杳隅隈之依附兮，莽芒芒其無垠，迅周章以敏捷兮，諒不疾而如神。惟大聖之合德兮，乃觀察於天地。窮下上其幾千禩兮，達亹亹而罔異。肇斯道於盤古兮，旷循化其若蜚。世因提以禪通兮，詳制作於所謂。迹三聖之勤政兮，維五帝之勞心。疏仡不可以遽數兮，咸競辰而惜陰。雖重華之慕堯兮，恒孳孳於晨鷄。湯武作而好修兮，率胼胝以敬躋。謂荒淫為樂兮，謂義為仇，非夏桀與后辛兮，世惡得以商周？嗟駿命之靡定兮，其人力之自取？非文王之至德兮，曷子來於西土？演卦爻於羑纍兮，閔嗣世以開人文。雖日昃以不食兮，視斯道如猶未聞。繼叔旦之吐握兮，啟武猶之翼翼。信稼穡之囏難兮，咏行葦於既醉。嚴宗祀以暨后稷兮，於昭明以配天。雖萬邦之作孚兮，歌周頌於萬年。明國祚之靈長兮，顧上天之所厚也。嘘忠臣而進戒兮，儼乎上帝之左右也。

羌王氏之受姓兮，愉蟬嫣於蒼姬[三]㊀，襲茅土於東齊兮，纘武功於燕畿。誕聖考之岐嶷兮，授胎教於母氏。既錫之以嘉名兮，又揚之以為字。敦切偲以恭承兮，揭斯菴於邵子。廣斯義之孰述兮，荃謂余曰知己。顧顓顓以何知兮，憾聞寡而才菲。夫冥玄固亘以盡闡兮，孰謂是其不亹？念爾祖於夢寐兮，瞻象形於屋漏。終典學以壯行兮，惟厥德之用楙。實荒寧之為懼兮，適強毅而不息。畏中途之自畫兮，睹生民之計極。籌國計於司會兮，給饋餉於邊陲。雖中罹於閹孽兮，永百折而不移。啟杲日於中天兮，流重光於四海。駝騁轗軻以鎮杌隉兮，攘詬虐以薦元凱。

屹崧高之永奠兮，西華峰之崚嶒。決河流於天上兮，百川汪洋而波騰。奮鷹揚以驅貔貅兮，狼豨遁而景滅。謠詠頌其威德兮，寮屬讋其風節。豈令聞之覬覦兮，非余心之所安也。曰黃壤以為期兮，庶修名之不刊也。

將呢呰突梯於末路兮，恐致遠之莫舉也。抑生今而反古兮，孰非前聖之所與也。摯望登而該輔兮，揚清風於魯頌也。還醇樸於羲黃兮，徵吾道之大用也。中心乾乾義罔逸矣，厥躬慥慥名字實矣。形聲並泯乃致一矣，聖神能事茲焉畢矣。天地繇之以清寧兮，乃吾心之經緯。奚萬物之各生生兮，信可以質於神鬼。鄙俗儒之夸毘兮，咲寂虛於佛聃。相周流以罔極兮，歸偃息乎吾菴。斧叢桂兮成棟，伐辛夷兮駕衡。覆薜芷兮屋上，掬蘭椒兮前楹。捐珮兮偃蓋，絙瑟兮交鼓。酌桂樽兮湌鞠英，會鳴篪兮代楚舞。旹冉冉兮將至，矢憤樂兮容與。

誶曰：顧菴諟敏名義正兮，用體淵源昭希聖兮，緝熙不顯所其敬兮。

重曰：降自黍離，大雅亡兮；穆如苗裔，亶維良兮。尼父進栞，頎以長兮；亹亹終譽，允文王兮。

校記

[一] 明本『莊敬則日強』前有如下一段文字：

『序曰：

亹菴者，二泉大宗伯邵公為大中丞王公號也。往戶部二公友善，尚絅亦嘗從事其公。丙辰甲第，名命曰藎，字曰惟忠。聞『亹亹文王，令問不已』『王之藎臣，無念爾祖』，文王之什也。邵之意蓋取諸此。公菴用警，靡欲示人。是故道修德進，聲業日崇，比少踰壯，易險無怠。望繫天下者，用是道也。則夫誓勵如臥薪嘗膽，刺股而運甓者，文奚足云？

絅不才，欽慕餘風。廢棄有年。乃甲申公撫中州，未幾邊警西調，絅汎用公薦亦以明年調參關西。既冬，提兵洮岷，駐節鳳翔。絅導之岐下，經汧隴，踰關山，別之長寧驛館，方有請於公，乃公以賦命絅。戎馬倥偬，尋陟龍游，窮豳歷郢，吊古謁姜嫄之祠，觀風過西伯之墟，遠想永歎者屢矣。竊惟文王之德，要於敬止，夫所謂亹亹者，止敬之功歸宿之地也。傳曰：』

據唐龍《漁石集》卷三《亹庵說》云：『亹庵者，乃亹庵先生即其所居而號之也。』又卷一《贈王公亹庵遷秩序》云：『用廷臣議，採木於湖蜀之間……僉曰：陝撫臣亹庵王公惟良哉！……申簡任之典，進秩于工部侍郎……公先為戶部郎，以剛直忤逆豎瑾，至奪職罰米數百石。尋用薦者歷試諸藩司，治行推為天下第一，璽書褒異。及今巡撫，篤風訓，修國經，甄吏治，豐軍實，消民沴，抑權倖，剔政蠹。』這些資料可與本文相參照，以了解王藎的經歷。邵寶，字國賢，號二泉，無錫人。成化二十年進士。

〔二〕幹維，當作『乾維』，指天的綱維。

〔三〕愉，明本作『隃』。

注

㈠朱駿聲《說文通訓定聲・需部》：『隃，假借為遙。』

哀有靈賦

若有靈兮儼上翔，駟玉虬兮驂鳳凰。霓裳縹緲兮翠帶陸離，逍遙雲中兮容與忘歸。緊誰慕兮善窈窕，亶終古兮羌孰保？歷虞妃兮求二姚，嗣任姒兮昌中朝。下鳴鑾兮永瑤書，寫芳馨兮躍瓊魚。絙瑟兮會鼓，展詩兮代舞。倚帝閽兮延竚，悵天門兮萬里。杳獨立兮雲表，儵玄圃兮靈旂。瞻煙霧兮歲既晏，知君思兮其然疑。飄颯颯兮天上，雷殷殷兮雲間。雨冥冥兮晝晦，星落落兮夜寒。賦招兮臺魂，荃靡寐兮悲苦。倚遠遊兮孰揆，終吾鄉兮宿莽。廻彌節兮瑤象，罷垂帷兮珮響。跽耑策兮薦酒，暾牲帛兮致養。於戲，有靈哀哀兮，尚饗！

楚歌賦[一]

楚歌賦，為楚吳子哀也。吳子惟學，故家杭州，父憲副君宦卒沔陽，母氏宜人攜吳子家焉。吳子時六歲，叁遷力學，二紀始舉湖南，庚辰會試不第，癸未又不第，始領學職，奉母就祿。乃水陸自沔若干日始達於郟，明日之夕，亡何卒於楚臺。臺本春秋楚郟敖故宇，而宜人卒焉，將非數耶？吳子晝夜哭不絕聲。嗚呼哀已！吳子志齎屈宋，才祟禰賈，轗軻蹭蹬視二三子殆加焉。扶櫬凌秋，泥塗冒雨，將不識復幾日而之沔也？余哀之，賦楚歌云。

帝重華之上征兮，杳秋雲於蒼梧[一]。復湘君之餘杭兮，流遺恨於西湖。血鵑花以斑菉竹兮，啼夜烏於鷓鴣。障風煙以問楚兮，望沔陽於郟鄏。儵乘虛而夢歸兮，憑不知其所極。移江南於苦由兮，雖千祀以在即。乾照臨以日月兮，坤流峙以山川。竟銷鑠以代謝兮，自前世而則然。歎浮生之如寄兮，初何異夫飄蓬？顧下上之無定兮，又何限乎西東？

昔三后之醇龐兮，維五帝之茫茫。乃堯桀之同盡兮，齊孔跖之亡羊。惟夷齊之餓死兮，垂九錫於操莽。乃吾人之命削兮，乃若人之計長。彭孰與而獨永兮，殤孰與而獨短？飛仙骨以羽化兮，夫孰與摘其恠誕。

粵陟屺之哀吟兮，嗟手澤於女史。羌蓼莪之載廢兮，人不堪乎吳子。忳顑頷以歔欷兮，賈涕淚之潸潸。掩登樓之終篇兮，歸泣玉於荆山。理蘭茝之陸離兮，賫菉葹其紛紛。聊謠詠以舒憤兮，寧溘死以亡聞。

窮洞庭之渤潏兮，浮江漢之洋洋。雲夢突以駝吾眺兮，鬱衡嶽之蒼蒼。弔忠魂於三湘兮，續《離騷》

於屈平。想怨毒於長洲兮，釋遺志於禰衡。憫芳草之凄凄兮，詠鸚鵡而含情。念崇蘭之容長兮，感鶗鴂之先聲。《招魂》《九辯》兮，宋玉其師也。三日鵬止兮，梁傅其疑也。儒雅難忘兮，搖落秋風也。前席倘問兮，億變齊同也。孰非善而禍兮，孰非義而災也？孰謂天之諶兮，莫好修之哀也。緊喪狗之纍纍兮，歎鳳鳥之不至。跽重華以敶詞兮，謂無旁而有志。金百鎔以耀冶兮，水百折以赴海。維介貞之如石兮，歷九死其猶在。

歌曰：

楚歌兮楚舞，鳴素琹兮擊土鼓。歌初發兮舞以哀，哀莫哀兮楚王臺。聽我歌兮心顔摧。

再歌曰：

楚歌兮楚舞，撞金鐘兮擲干羽。歌以闋兮舞孔哀，哀莫哀兮楚王臺。聽我歌兮心顔開。

校記

[一] 秋，明本作『愁』。

注

㊀此賦作於嘉靖二年（一五二三）。吳惟學，郟縣學官。

風穴賦有序㈠

聞風氣為之，天地之號令也。必五行得令，四時順序，而後八方之風各應律而至，以成歲功，否則變怪百出，不可具狀。然有正有變，皆氣之為也。汝州獨有穴，又有所謂風伯者主之。故又有風伯廟，春祈秋報，祀饗靡闕。而風時為虐，予感焉[二]，感而賦之。其辭曰：

倚嵩陽之二室兮，瞻鵶路於隆中[三]。鬱鳴皋以西圍兮，汝海灝以流東。倦余游之倥偬兮，聊偃息于風穴。忳恒卦之未解兮，捫余腸之百折。俯千峰之白雲兮，憶鈞臺之天樂。謝箕潁之鳴瓢兮，媿龍山之帽落。藉吹噓于鼓籥兮，歷千古而互見。判正變于鴻鈞兮，本一氣之流轉。肇醇樸于三皇之世兮，煦雍熙于帝畿。濯三王之清秋兮，慘五霸之凄凄。入虞弦以拔周木兮，縱烈火于狂秦。憫七國之擾擾兮，歌豐沛于眞人。懲奸雄之狐猸兮，烘一炬于長江。吹灘上之一絲兮，繫九鼎于漢邦。揚沙石于昆陽兮，結河冰于王郎。緊昔日之休休兮，將誰復于爾傷？奮意氣之餘烈兮，雜氛颸于群籟。

粤余今侘傺兮，念誰為之否泰？惟風伯之巍峩兮，廠廟貌之凌雲。惟歲序之迭遷兮，供祀事之孔殷。迓之以鸞棨兮，御之以龍軺。左陳剛鬣兮，右薦柔毛。酌桂酒之芬烈兮，錯水陸之飫飽。坐以享余之報兮，一不聽余之所禱。發土囊之先聲兮，驅天末之長飆。初習習以出谷兮，寖洶洶以怒號。飄忽鼓盪刺以撞兮，淜滂澒湧撼以颺兮。騰走石于層空，欻埃沙于萬里。伐巨木如朽葦兮，海水為之沸起。泣羈旅之逐客兮，阻京洛之征人。方大火之如燬兮，醨雲雷而為屯。涸農家之跂望兮，鑠霖雨于垂成。怖雞犬之狘獝兮，又鵪鳩之無聲。園林胡以萎兮，嘉穀無實而容長。

唁顑頷以歔欷兮，盡溘死以流亡。視纍纍之足畫兮，孰知謠詠之足哀。將卒歲之何依兮，望丘壟而裵徊。朝遺田之百畝兮，夕頹垣之百堵。顧何賴于谷中兮，乃隨山而鑿戶。掩涕淚以擕幼兮，雖未飽而娛懷。究窮民之無知兮，嗟何罪于風霾。亶此穴之為厲兮，何乖余之前聞？詠《周南》之遺風兮，爰遵道于汝墳。惝撫景以傷心兮，徒意遠而無旁。惜衆卉以搖落兮，幸荎蕙其猶芳。

嗚呼，已焉哉！甘馬革于櫪下，臥牛衣于溝中。踞微詞以伸志，悲遠游之囬風。

亂曰：

雨暘若時兮，風伯之司；旱魃為虐兮，匪伯之作。睠爾風伯兮，何庸何尤？曰祈與報兮，厲爾春秋。天高難頌兮，民隱叵說。安得帝怒兮，爰塞此穴。庶幾群動兮，其獲銷歇。

校記

[一] 予，明本作『余』。

[二] 鵶，明本作『鴨』。

注

㊀此詩當作於隱居於郟縣期間。曾被顧炎武收入《明文海》。

嵩林四章

一

瞻彼嵩林，鬱何森森。嗟我行旅，同行異心。

二

山上停雲，山下泝水。水遠雲深，於維游子。

三

水曷于地，雲曷于天？犄自游山，曷知其然？

四

朝兮山上，暮兮山下。匪曰採芝，行兹多露。

海山獻壽㈠

季春月望，維母令節。粤自壬戌，觴于京國。荆人靸履，歲歷罔缺。辛巳南征，太嶽東闕。瞻雲江襄，長烟百折。會上龍興，直聲激烈。叫閽三疏，溫旨宛切。子焉永矢，母見則决。壬午茲辰，乃之汴臬。塵氛載滌，幽冤載雪。倚門夕坐，水飲菽啜。角崩百姓，曰母之德。表忠斯盡，内孝斯竭。去茲癸未，晉藩以別。捷音馳奏，帝心簡閱。旦夕殊恩，翹首天闕。維武維文，乃臯乃卨。勅憲允歸，就已非屑。嗣茲迢遙，萬稔猶耋。壽山福海，蟠桃載結。尚絅匪謏，泯則茲說。膜拜以禱，詩獻一闋：

瑤池兮，海上桑田，蟠桃萬年。白雲兮，瞻彼南山，霓裳朱顏。鸞芝謠草，海東島兮。腰裹玉藻㈡，天子瑤兮。西王母兮長樂只，將復見兮穆天子，海漫漫兮山齒齒。

注

㈠這首詩作於嘉靖元年（一五二二）。

㈡裹，同『褭』，纏繞之義。

維蘭四章為趙鶴亭題

一

維彼蘭兮，中谷芊芊。于以采之，零露涓涓。言念君子，維德之堅。

二

維彼蘭兮，中野茫茫。于以將之，朝露芬芳。言念君子，維德之光。

三

維彼蘭兮，其衆如雲。于以襭之㊀，其氣氤氲。言念君子，維德之薰。

四

維彼蘭兮，日幽以静。于以佩之，式秀以整。言念君子，維德之永。

注

㊀襩：用衣襟兜東西。

下山詞

斷藤蘿兮仄逕，俯縣崕兮落輝。望中峰而不得，竟惆悵以同歸。

青石行㊀

青石垂東魯，萬仞巖巖瞻尼父。青石臨東洋，百川灝渺回霞光。少年星落文章筆，羲文周思泣天日。龍標迥出青雲衢，抱璞獨對帝日俞。孤鳳冥騫炫文彩，中朝聲業今幾載。豸冠憲斧氣横秋，梁汝風謠狐兔愁。逸興晴飛洛浦雲，行囊滿貯嵩高月。功成書獄斷幾條，霜臺驄馬朝天闕，青石青石歌未歇。

注

㊀翟瓚，字庭獻，號青石，山東昌邑人。正德癸酉中舉，授工科給事中，出為河南僉事。嘉靖二年任河南按察副使，後升湖廣巡撫。可參李夢陽《空同集》卷五四《贈翟大夫序》。

孟川行有序㊀

予與孟川皆以壬戌賜第，先皇帝之恩厚矣。愧不才病廢林下，乃孟川弱齡積學，才雄萬夫，歷官聲業隆隆，在人口碑。

今二十二載始憲副督河河南，頃走書敍舊，予為泫然者久之。乃若大復何子仲默、甓湖朱子亨之輩，皆秀出壬戌者，今皆不可作矣，感而賦孟川行一章。孟川者，李子公遇；賦之者，蒼谷尚絅云。

壬戌號多才，飄瀟瀛洲偉。風雨變龍虎，中衢半為鬼。大復諸郎銷紫烟㈡，痛如甓湖㈢亦小年。余今潦倒蒼山下，天上黄河仰孟川。

注

㈠李際可，字公遇，號孟川，弘治壬戌（一五〇二）進士。直隸河間府河間人。

㈡何景明，字大復，號仲默、白坡，弘治十五年進士，正德十三年出任陝西提學副使。十六年八月卒，年僅三十九歲。

㈢朱嘉會，字亨之，號甓湖，寶應人，弘治壬戌進士。

東方朔圖

三江古王喬，雙舄落梁郲。貌假方朔翁，瞻雲賀庚甲，甲子算年員。阿那蟠桃嘯覆瑤池果，玉雪香分第幾顆，醉舞羣仙長邀我。

堯封行贈馬少府㈠

少府君行何處？塞馬燕鴻渺烟樹，千里生來失一顧。月明亭下搖雙松，捉影不著驚飛龍，使君何處傷堯封？

西樵行㊀

署接西樵下，醉後長聯赭。白馬座連西樵巘，燈窗臥聽哦書聲。那知拂袖歸蒼谷，西樵伐柯斗南屋。聲光突燄海山東，江鴻歲歲隔秋風。詔起西樵獨入相，卿雲賡歌聞天上，江南江北遙相望。

注

㊀西樵在南海縣，《西樵志》卷一云：『西樵屬廣東廣州府南海縣……西樵在郡城西南一百二十里，高聳千仞，勢若游龍，週迴四十里，盤踞簡村、沙頭、龍津、金甌四堡之間，峰巒七十有二。』卷二云：『方獻夫……正德壬申，方子為吏部文選，謝病歸。丁丑，構紫雲樓、沛然堂於此，曰「石泉精舍」。』呂本《方公獻夫神道碑銘》：『正德壬申，養病乞歸，杜門十載。聖天子中興，以薦起嘉靖癸未春，復除吏部考功司員外郎，調文選司。』此詩寫的是方獻夫的事。方獻夫，字叔賢，號西樵，弘治十八（一五〇五）年進士。

倉中鼠三章

一

倉中鼠，大如貓，嗟饑民兮毒如梟。

二

倉中鼠，大如狗，獸相食兮梟食母。

三

倉中鼠，猛如虎，嗟民死兮不可數。倉空尚可盈，民死那可生？

甘棠樹

甘棠樹，武寧祠㈠，陰陰風雨覆堂垂。村翁伏臘浮羽卮，一朝聲業千秋思。寧人萬口為公碑。於戲，刪後猶編召伯詩。甘棠樹，武寧祠。

注

㈠徐達（一三三二—一三八五），字天德，從明太祖征四方。謚文達。武甯祠為祭禮徐達之祠。

别九川子㈠

透迤重塞曲，邂逅九川子。凌霜奮虬髯㈡，懸河噴瓠齒。興來吟斷雪山雲，酣謌吸盡邠州水。過秦諫草枉十年㈢，喻蜀聲光照萬里。那知豹虎阻蕭關，旄頭流彗失營壘。東風朝覲對日邊，滿路民謠出袖裏。中天崚嶒華嶽起，九川九川孰爾爾。

注

㈠呂經（一四七六—一五四四），字道夫，號九川，寧州人。正德三年（一五〇八）進士，授禮科給事中。

㈡虬髯：拳曲的鬍子，特指兩腮上的鬍子。

㈢諫草：諫書的草稿。

步出上東門

步出上東門，忍見乞食子。襤褸無完衣，傴僂私相語。雖然今日活，不知明日死。不知後日死，不知今日死。

高孝子

郟山埜谷高孝子[一]，三載倚廬棘蒿裏。鬼噓墓前燈[二]，龍噴泉下水。雪狐霜兔嬉成羣，烏陣多如隴上雲。哀哀高孝子，刻木祀新墳。迴風乳燕隨朝曛，青天弔鶴遙相聞[三]。朱花瑤草綠芳芷，松楸馬鬣堂封起㈠。高孝子歌轉憂，人生塵世孰無母，歸來歎爾先白頭。

校記

〔一〕郟山，清同治三年《郟縣志》卷十一作『郟城』。

〔二〕噓，清同治三年《郟縣志》卷十一作『吹』。

〔三〕『哀哀高孝子，刻木祀新墳。廻風乳燕隨朝曛，青天弔鶴遙相聞』，清同治三年《郟縣志》卷十一脱。

注

㊀堂封：墳墓。

送柳塘出叅湖廣㊀

東風見我來，林花參差開。北風送君去，葉落空庭樹。花開花落愁人心，洞庭湘水深復深。勸君有酒對明月，君不見李太白。

注

㊀楊子器，字名父，號柳塘，浙江慈溪人。明成化丁未（一四八七）進士。歷知昆山、高平、常熟等縣，有惠政。正德庚午（一五一〇年）任湖廣參議，官終河南布政使。

送李教授之任

維金入陶鎔，巨鏞編鈴收黄鐘。維土入洪鈞，犧象雲雷居上尊。百年模範終誰修，明堂材用足徵求。海底驪珠動我愁，嗚呼，驪珠動我愁。

榮養堂卷為河南二守劉希武題

浩渺雲山黯鄉思，詩哦棠棣留心事。榮養憑誰扁北堂，河陽太守眞同志。昕夕登堂問起居，旨甘臧獲羅庭除㊀。慈顔休暇更和丸，但看郎君學讀書。蟠桃上壽舞斑裳，和氣德星聚一堂。君不見嵩山擁堂東，四時花草來香風。又不見洛水繞堂南，龍門瑞彩遞晴嵐。山麓水涯驅別駕，謾採民謠娛膝下，黄堂尊酒梅花夜。

注

㊀臧獲：古代對奴婢的賤稱。

與常君話別

春風香，春鳥忙。毒霧暗江口，愁雲瞻帝鄉。宿松老簿今東去，天涯何處問豺狼？

短歌行

君不見城東少年遊，青絲金勒陵五侯。又不見城西少年遊，名姬麗曲當朱樓。眼前有酒不知醉，過去韶華空自愁。

貞母吟

夷山高，江水深，大都争似貞母心。耶孃已遠良人沒[一]，遺孤嵬磊誰當任。吞聲白日抱兒泣，山風黯慘山鬼暗㊀。環堵蕭颼四十年，正心惜誦指蒼天。機斷熊丸俱細事，兒成始見貞母賢。母心自分貞得死，誰疏幽節聞天子。生來不幸事則然，詎願姓名登太史。我聞此語重感傷，芙蓉霜月空秋堂。古來賢達與命忤，幽人何用嗟昂藏。中霄起讀貞母傳，毛髮森豎獨三嘆。高軒揄狄過長安，陌上悠悠市兒羡，陌上悠悠市兒羡。

校記

[一] 沒，明本作『歿』。

注

㊀暗：緘默，不說話。

郭氏女曰貞歸予弟蚤卒感而賦此哀之[一]

哀哉郭貞婦，凄楚向糟糠。神清命苦薄，世短意逾長。蘋蘩悲阿舅，門戶失中郎。有姑不諳貞婦絍，有夫不諧貞婦琴。夜月城隅一抔土，空照千秋萬古心，哀辭歌罷愁雲深。

校記

[一] 詩題明本作『郭氏有女曰貞歸予弟蚤卒感而賦此哀之』。

扈澗謠㊀

笑殺蒼谷子，結茅扈澗傍。衡門交蔓草，三月閉春光。細雨朝來策疲馬，一蓑骯髒眠繩牀。鄰人漉酒邀余去，髣髴王喬棲隱處。擊鼓鳴鐘方祖踞，雲液璚漿祛俗慮。瑤琴一弄風落絮，瑞烟縹緲雙鸞翥。覆觴便欲隨仙馭，洞中丹霞剩有情，勸我青精飯一飭。出門杲日光破山，雨脚朣朧雲意閒。清風萬里振天末，廻頭芳樹非人間。由來是蒼谷，長謠下扈澗。澗中風景人不聞，對山聊作流水漫。岫峍東飛旗影青，三峯矗矗樹圍屏。莫道山人醉無事，讀書臺山閱金經。頹然一覺芸窗曉，布谷林端[一]啼野鳥。

校記

[一] 端，明本作『耑』。

注

㊀扈澗：是郟縣的一條重要水系，源于禹州扈陽與大劉山之間的五龍泉。扈澗水至前灣村匯粉漿河、馬不前溝水後，稱青龍河，南流入北汝河。

楊之水為朱淑人賦四章

一

楊之水，悠悠東流，素衣朱繡，載從之洲。有母莫慰，使我心憂。

二

楊之水，悠悠東注，素韠朱繡，載從之滸。有母莫恃，使我心苦。

三

楊之水，白石粼粼，云誰之思，嗟嗟子孫。

四

楊之水，白石齒齒，云誰之哀，嗟嗟孫子。

荊山弔卞和氏

題玉以石，昧所天兮。揜誠以詐，刖所憐兮。玉誠在心，乃歸全兮。

宋王狀元墓㈠

朝驅鄭郭門，暮投東里村。道傍城阜寺，云是沂公墳。沂公沂公，宋王曾狀元宰相公，才能立朝，正色屹無朋，兩宮調爕佐中興。赤手扶天天欲倒，趙家社稷云誰保。簾幄當時焚諫草，平生有志無溫飽。浪浪黃沙臨淯地，牛眠馬鬣知何處。西有子產東晉公，旌賢千古祠堂同。自昔忠孝臣，死沒[一]還為神，今古等。朝暮煙花秋復春，祠前淯波渤潏在，東去年年終到海。

校記

[一] 没，明本作『歿』。

注

㈠王曾（九七八—一〇三八），字孝先，青州益都（今山東青州）人，北宋時期名相。

和端谿韻㊀

梅初蕢日幾曛，暗香風裏度，疎影月中分。冥冥來燕迷春雪，哀哀去鴈飄寒雲。

注

㊀王崇慶（一四八四—一五六五），字德征，號端谿，開州人。正德三年（一五〇八）進士。官任南京吏部、禮部尚書。

愚菴別㊀

咄咄咄，愚菴別。傷玆九原游，壯爾萬里節。達人非狥名，國士志不折。匣中劒氣常鬱結，十年出水照霜雪。敵騎西來霾漢月[一]，用時正補天山闕。愚菴別，咄咄咄！

校記

[一] 敵，明本作『胡』。

注

㊀《明史》卷一百三十七云：『李希顏，字愚菴，郟人，隱居不仕。太祖手書徵之，至京，為諸王師。規範嚴峻。……授左春坊贊善。』

乾陵無字碑㊀

無字碑，誰立祖。李兮唐，周兮武？千秋冤結一抔土。唐家餘子不足數，于闐此意晦終古。

注

㊀乾陵：唐高宗與武則天陵墓，在咸陽市乾縣。

永壽縣

行行廣壽里，云是南豳城。葫盧河邊聽鴈過，穆陵關外看牛耕。嗟嗟前人經國情。

行經瓦雲宜祿

白草凌琱弓，黄雲自來去。轆轤百尺淺水城，破屋撑槐瓦雲驛。

易水歌為雨山賦

風蕭蕭兮謌易水，千古荆軻報太子。郵亭奮筆勒壯士，數字十年尚掛齒。即今何處有不平，願攜龍泉為君死。

松山小隱用白五松山韻㈠

謫仙千載醉，不向五松還。舞袖凌天外，雄濤落世間。風來醒鶴夢，雲去與鷗閒。徐君諧雅調，異世許追攀。計然意槩崇，天子隃將別墅搆松山。五山大隱更沈幽，崚嶒雙壁照宣州。碧開九華秀，青垂五粒秋。芝蔓緣庭戺，落花馥堰流。高吟遺種德，暮舄集仙遊㈡。雙麟還抱送，玉紱頌誰修。

注

㈠《全唐詩》卷一七九有李白《與南陵常贊府遊五松山山在南陵銅井西五里有古精舍》詩：『安石泛溟渤，獨嘯長風還。逸韻動海上，高情出人間。靈異可並跡，澹然與世閒。我來五松下，置酒窮躋攀。徵古絕遺老，因名五松山。五松何清幽，勝境美沃州。蕭颯鳴洞壑，終年風雨秋。響入百泉去，聽如三峽流。剪竹掃天花，且從傲吏遊。龍堂若可憩，吾欲歸精修。』

㈡舄：柱下石。

雪竹贈節婦姬夫人

君不見東風入上林，江芳顏色深。又不見薰風過南浦，萬卉那可數。卒然搖落起金風，上林南浦一時空。何事孤標占清絕，陰崖寒谷長飛雪。誰云枝幹奇，更是根株別，冰壺新月羞貞潔。嗟哉，此君眞苦節！嗟哉，此君眞苦節！

卷之二　五言古詩

洛浦

登山望洛浦，神女夙有詞。涼風振露草，促織鳴轉悲。有衣未著絮，自顧空纍纍。日夕前道迴，淚下畏人知。安得乘風鴈，為我語相思。

洗耳

買名非洗耳，世弃自忘機。所以西山下，伊人學採薇。哀歌向畎畝，知音千古稀。顧獨甘藜藿，本亦願輕肥。乃知遼海客，白首未言歸。

鳴鳩

淅淅涼風颷，鳩鳴嶺樹巔。山行方澶漫，感之心淒然。仲春蒙大化，拂羽樂桑田。火流金氣至，復恐墮鷹鸇。海東有鳳鳥，怡神得永年。物情允相似，悲傷朱鷺篇。

鵲橋斷牛女一章為空同賦㊀

昭代藝海窟，誰與空同子。責善恥雷同，結義傾底裏。乃知四科流，允蹈非徒爾。嗟余駑蹇資，鞭策從公始。種樹枉明章，縱鼂闡大旨。山鬼思然疑，江妃裒奇靡。生死感交親，別離念儔侶。康邊既爾違，徐何永不起。往者吾何知，來者余何俟？賤子非阿戎，龍湫幸竊比。詎有延年丹，服食還兒齒。如何一水間，鵲橋斷牛女。

注

㊀此詩當作於李夢陽去世後。李夢陽卒於一五二九年。徐縉《明江西按察司副使空同李公墓表》云：『嘉靖己丑二月二十九日，前江西按察司副使空同李公卒于大梁。』

李夢陽：字天賜，又字獻吉，號崆峒子、空同子。弘治七年（一四九三）進士，授戶主事，遷郎中。為人剛毅，因劾宦官劉瑾，數下獄幾死。劉瑾誅，起為江西提學副使。有《空同集》，主張『文必秦漢，詩必盛唐』，為明前七子之首。康邊，分別指康海、邊貢。康海，弘治十五年進士，對復古運動的興起，特別是對轉變散文文風貢獻很大。邊貢（一四七六—一五三二），字廷實，號華泉，山東歷城人。弘治九年（一四九六）進士，曾任太常博士給事中、衛輝知府、荊州知府、陝西提學副使、河南提學副使。徐禎卿（一四七九—一五一一），字昌穀，一字昌國，吳縣（今江蘇蘇州）人，弘治十八年進士，正德六年三月卒，年僅三十三歲。據《明清進士題名錄》：『王綖，弘治十八年二甲十一名進士。開州人，字邃伯，號龍湫。授戶部主事，拜戶部郎中。時劉瑾用事，群閹倚勢請托，綖皆不顧。遷湖廣副使，累遷大理卿。』

嘷天吟

河南汝州郟城南沙洋口李翁㊀，名可，翾直為善人也。垂老一身，百無所依，一日舉酒屬絅曰：『死後以骨骸相纍』，已而涕泗交頤。絅乃歔欷曰：『天乎？』翁曰：『天豈可怨哉！』哀之，次其語，作《嘷天吟》，用陶淵明《怨詩》韻。

舉世皆怨天，而我獨不然。力耕了租稅，孑立九九年。二室中偶喪，瞽子命亦偏。薪水托良姨，螟蛉鬻膏田。抵老不經獄，遠履不及廛。念此腸百結，咎悔夜無眠。神聽諒本幽，運駛闇相遷。怨天不怨天，涕淚平山前。辟之孤樹賁，曠野銷雲烟。蒿里倘臨歌，吾眸瞑高賢。

注

㊀沙洋口，據清同治三年《郟縣志》卷三，縣南小豐保有沙洋溝和沙澗口兩個村莊，離縣五十五里，無沙洋口村，或為音變所致。

玄雲篇寄李空同

玄雲翳白日，淫雨竟瀰漫。頹垣連百雉，戶牖何曾乾。菱荇牽木末，鶗鴂起長歎。迢遙望空同，劒倚秋風寒。誰能招鳳鳥，揚彩青雲端。小山鬱叢桂，中谷傷幽蘭。調高愁和寡，念此鬢絲殘。酒酣姑騁目，擅馬歇層巒。

鴉路詠古

纚纚三鴉道㊀，萋萋生芳草。薄蝕銷朱光，陸沉漢諸郎。嗟爾謹厚子，恓惶嘗寄此。渴飲道傍井，馬跑山下泉。玉環那可見，慈鳥翊我前。纔過返照里，信宿鬼築城。石餅孰可炊，鐵牛孰可攖？寂寥千祀下，還見古人情。東京飛赤龍，漸臺滅元亮。至今南陽將，列宿明天上。

注

㊀三鴉道：又稱三鴉路，指南陽北邊石橋鎮的古道。向東去赭陽（今方城），向北去方城關（今葉縣保安鎮的楊令莊隘口），向西北去南召、魯山的道路。

三游詠

王方伯首山㊀

方伯棄南湖，結盧首山墅。廉隅動棨嬳，交深諧贈處。觀魚忘舊樂，縱舃鄙仙舉。仕隱諒皆然，春游已心許。

注

㊀王鑾（一四六二—一五三〇），字拱之，號首山，河南襄城人。弘治十五年（一五〇二）進士。曾任陝西參政，仕終湖南布政使。

牛太僕西唐㊀

太僕宛葉豪，十年秉衡鑑。良璧啟追琢[二]，精金出鍛煉。漂麥訝前聞，探環徵慧見。嵩游氣已雄，巢由或立傳。

校記

追琢［二］：清同治辛未《葉縣志》卷九作『琢追』。

注

㊀牛鳳（？—一五四五），字西唐，河南葉縣人。正德六年（一五一一）進士。官任南京工部侍郎。博學能文。

王侍御洛東㊀

汝調今柱史，鑒識璠璵美。深衷託誄詞，交親誰復爾。遺愛頌棠陰，蜚聲避直指。鄉山驅薄游，勝跡從兹始。

注

㈠王侍御洛東，指王鼎。據《直隸汝州全志》，王鼎，字汝調，河南汝州人。正德丁丑（一五一七）進士。任直隸元氏縣知縣，擢監察御史，清陝藩戎務，巡按南直隸，風裁凛然。洛東應是其別號。

旭陽一章寄韓苑洛代啟㈠

旭陽驅中使，遺賂委山川。詔還韓愈氏，投疏已歸田。欲固諒機淺，節遠照物先。揭去維虎窟，沉吟維盜泉。啟幽無費辭，游神有太玄。長揖滄海畔，嗟嗟魯仲連。重夏赴中臺，三疏枉澶淵。親交亂衷曲，中夜起鳴弦。雲鴻哀杳杳，寒月照涓涓。步眺時增歎，歎惋誰能宣？傳列傷舊懿，易範感遺編。瞻依苑洛子，芙蓉華嶽巔。轉蓬難倚託，結藻接芳妍。倘因微風發，待子以殘年。

注

㈠韓邦奇，字汝節，號苑洛，朝邑人。正德三年（一五〇八）進士。

田禾歎

夏來田禾旱，秋來田禾水。大旱禾無根，大水禾生耳。冬寒苦夜長，日長怨春晷。長夜尚可支，日長忍餓死。餓死忍有期，租稅從誰起。哀哀歎田禾，往訴明天子。天子省田家，溝中亂如麻。

葛仙翁觀同首山諸公登山分韻得葛字㊀

蚤發雙鳧祠㊀，宿栖仙翁闉。通津從誰問，迷途幸爾脫。賞心賴二賢，蒙目恣開豁。徙倚諸峰巔，塵闤渺天末。軒冕豈不貴，烟霞有相奪。吞舟怍蓬海，鉛刀虧一割。熹陽儵云邁，怪事空咄咄。知音維子期，撫弦歎疏越。邱壠肆墾發，悽愴雍門曷。今古轉昕宵，方術事幽闊。子喬孰可招，李先孰可活。服金慕金丹，懅如饑且渴。落棺與沉船，厥事並乖剌。鱸羊如元放，逐聲亦薰聒。糠粃世所棄，良玉甘被褐。歸去來中山，采薇復采葛。

注

㊀雙鳧祠：實際叫雙鳧觀，是東漢以來紀念王喬的建築物，在今葉縣舊縣村北。古人對葉縣雙鳧觀題詩較多，如蘇軾、黃庭堅等都有《題雙鳧觀》詩。葛仙翁觀位於今襄城縣高陽山，為晉代著名道士、醫學家葛洪所建。現有明人湯紹於嘉靖己酉四月所書『紫霞仙境』石碑。

詠樹根

磐錯根節在，臃腫開庭除。棟梁斧斤外，榱桷廢棄餘。固知其燼煨，或敢借吹嘘。雨露青天負，風雲白日虛。降才孰計本，篤始爾自初。朽化欽莊子，雕來憶宰予。瑣屑竟相待，寒灰可能儲。嵌鏄堪漉酒，秘閣貯好書。明堂何日者，浮槎犯斗如。為山茲休假，蟠海愧已疎。末照除此夕，春風謝草廬。

栖栖

栖栖百年人，蟲魚游瀚海。念我昔同衾，長臥已五載。幽扃啟泉臺，石枕專相待。形容化土荄，萬寶沈光彩。爾應長不滅，永永知何在？

藍靛根

莨莠不成米，蒺藜未可飧。何知藍靛草，結根傍水村。顧維通稔歲，秖以厭雞豚。乃今華屋子，競取供朝昏。盛氣曾腴色，充腸更滌寃。尚衣如獻納，衮黻謝君恩。

守歲六首

一

記得垂髫年，齒壯驚渠老。朝來理吾髮，已復素如草。不識朱顏郎，向我應孰道。

二

亦有夸毘客，未老輒稱翁。道達力先憊，慚負壯心雄。寂寥千歲事，邈以憂患中。

三

既知齒云邁，方少復乃疑。擾擾百年內，念兹使人悲。忘言者誰子，萬古同襟期。

四

鏗算未為壽㈠，淵樂不在貧。平生求至理，寧復見斯人。陶公無意緒，顧於酒相親。

五

出郭擇塋地，正見伐古墳。臨穴歎未已，昔人聞不聞。蝸涎明畫壁，苔痕蝕篆文。

六

誰似魯仲尼，不知老將至。正使期百齡，衹餘五十二。早晚未可知，富貴非所覬。

注

㈠鏗：彭祖。

詠蘭二首

昔人慕蘭蕙，涉遠行裹糧。瞻依如覯玉，百拜升中堂。嗟兹誰委弃，時恐傷牛羊。臨風幸自愛，回首泣年光。

蘭生同中谷，芬芳如共蒂。那知各遠移，敷榮不相待。崇墉揚明馨，幽逕存宿𦺇。增培倘有人，幸兹本根在。

送武功尚生分韻得序字

嘅此倦遊人，悲歌傷齟齬。一琴一束書，作客燕秦旅。忽與集祖筵，詩卷吾當序。愁絶正春暮，停雲思延佇。前日迎我來，今日送君去。去住竟何如，脉脉空無語。搖搖此心旌，投棲欲何處。春風一杯酒，江山萬里許。河洛通龍津，浮槎犯牛女。嵩高西華巔，飄蕭學仙舉。遊山遊水間，得意擬相與。不然青門瓜，勝訪東陵墅。

泰陵㊀

攬衣重行行，日慕泰陵道。林樵藉援引，再拜哭絶倒。驚顧畏人執，不由通籍造。誰能鑄紅顔，令君常不老。牧兒拾橡栗，食我坐荒草。葉落滿空山，溪風為除掃。壤樹甘露繁，考古傷懷抱。

注

㊀泰陵：明孝宗朱祐樘與皇后張氏墓。

期仲默不至歸坐偶書[一]

買宅城西隅，退食慚幽獨。閉門芳草閒，誰復憐修竹。凉颸滿四隣，海月照山屋。仰視雲閒鴻，冥飛不可逐。

校記

[一] 歸，《盛明百家诗·王方伯集》作『孤』。

平山祠㊀

泥途縶騧馬，聽雨東山下。風廻落木深，沸浪銷鳴琹。有衾不可寐，有酒不可醉。靡靡中夜情，亹亹念平生。登臨抱勇志，嗟兹風雨聲。採薇復採薇，山中幾日歸。

注

㊀清同治三年《郏縣志》卷十：『平山先生祠，在東郭外。』

月蝕

歲華倏既望，三歎天目虧。夏仲月初滿，雲戰血離離。朔日食之既，距今復幾時？蝦蟇肆狼毒，薄蝕如星靡。萬方齊道苦，黯慘悲冥司。陰陽互吞吐，復圓諒在茲。殷勤想態度，恐懼讀仝詩。

妾薄命

始憐妾命薄，終負主恩覃。少小隨天仗，尋常附後驂。春風爭柳媚，斜日鬬花酣。起舞誰將妒，幽閒性所耽。秖緣歌袖扇，轉使笑蓍簪。御夕非無意，妾身自不堪。

西樵

西樵本石隱，屢詔登南宮。千仞瞻翔鳳，渭水載非熊。頤神游詞翰，屬草託深衷。錯輔成周定，禮問老聃同。編氓歸率土，休戚切聖躬。顧有商巖客，悲歌西復東。采蘭傷時邁，朱華萎飛蓬。涼飈飄颻去，天路欲安窮。奄忽歲云暮，鳴琹起夜中。素書那可識，啟事謝山公。

松皋㊀

鬱鬱松皋嵬，英名邈四海。八座聯尚書，亮節崇謙虚。世胄藉華勳，眄盼猶浮雲。典刑積探討，咎繇諒師保。類聚感鹿鳴，塤篪應同聲。彈冠者誰子？綈袍愧爾卿。傷哉菽水士，陳情有舊章。箕潁閒可眺，薇蕨足首陽。齷齪祛蘇張，醇風迴虞唐。卓犖松皋子，古道自兹始。

注

㊀許讚（一四七三—一五四八），字廷美，號松皋，河南靈寶人，弘治九年（一四九六）進士，累至吏部尚書。

雨坐

細雨良不惡，鳴聲蕉葉間。孤琴罷尊酒，對此草堂間。移情向雲水，風帆天際還。野蔓開荒逕，從君歸舊山。

雲津書院用白沙韻㊀

聖岸迷通津，雲荒未可尋。歸輿在陳歎，傷哉去魯心。鳳往巢空在，鏗然餘磬音。白沙迴何意，相投惜芥針。

注

㊀陳憲章（一四二八—一五〇〇），字公甫，號石齋，廣東新會白沙村人，後人稱為白沙先生。正統十二年（一四四七）舉人。

山中懷華泉四首㊀

一

平生負意氣，磊磊舊京親。劇談終日夕，流傳句有神。奄忽向不惑，關山阻問津。雲霞飄海曙，雞鳴幾再晨。傷哉華泉子，別去鮮吾隣。

二

離離谷中草，夙駕窮中岐。歸來理蘭蕙，結友良維兹。含薰待風至，顧來靜者宜。損神向幽獨，朅來鳥雀欺。臨文欲改思，慚愧北山移。

三

蒼蒼有一士，習隱向山中。願言奉君子，雲水邈無窮。采采一携菜，緘之封詩筒。豈曰充珍味，庶以竭愚衷。

四

種樹蒼山中，中山苦乏水。石磴轉崎嶇，抱甕日爾爾。垂枝嘉果成，露沾亦已喜。山禽虛着眼，山人不蒙齒。和葉籍筠籠，寄語華泉子。

注

㊀這組詩當作於正德乙亥（一五一五）。清同治三年《郟縣志》卷三：『蒼山在馬頭崖西南，前有蒼谷寺，亦名龍爪崖。』蒼山又稱蒼谷山。

謝菊在軒併送原帽二章

一莖幻五綵，金丹鍊海涯。枝枝色鬬豔，如看頃刻花。靈根竟誰染，陶令故名家。臨風懼先萎，零露益重嗟。五華褰帷外，萬里隔窗紗。

二年秋節麗，毒熱病天涯。那知九日過，不見一黃花。颮垢動盈把，群芳空憶家。寒光照霜雪，夜闌忽歎嗟。瓊巵迴無寐，爾帽落青紗。

題梅菴汝梁別意圖詩序㊀

梅菴公，弋陽之隱者，耽詩涉史。其子希銓授汝郡博㊁，公携詹孺人往來就養。于其行也，士大夫繪為圖詩以贈，太守唐公命曰汝梁別意，而屬絅為序。詩曰：

出處繇來異，忠孝故難并。炯如而父子，仕隱皆嘉名。居常勖庭訓，私淑裕群英。日廩出學舍，膳母足餘羹。尚需徵賢詔，兼全色養誠。去住無復道，來往片帆輕。秋風江滸樹，日夕寒蟬鳴。臨岐擁冠蓋，洋洋頌惠聲。覆觴前致詞，征夫已抗旌。辭尊寧有為，事道詎無成。秩高如列鼎，乖隔若為情。亦有卑栖者，虛罍愧吾生。

注

㊀此詩當作於正德十四年（一五一九）。胡希銓正德六年（一五一一）任汝州學正，唐誥時為汝州知州。

㊁郡博，指學官。

贈內答釋三首

歲己卯，余行年四十又二，卯運逢生，母心實慮。十月二十五日初度之辰，先期將避客入山。妻嘗留行，不聽，是日山中竟以傷足。撫摩悲悔，慟感何如，爰託陶子形影贈答之韻，用以紀過，并垂戒云爾。

贈內

運歲重歷卯，迍邅良此時㊀。詠禱請星士，愚謂安所之。質明方初度，折足竟由玆。蹩跛怯履門，念爾臨盆期。養子知母勞，定省曠余思。一朝誠委弃，淚雨空漣洏。有來終有去，早晚幸無疑。傷心復揮涕，與爾自此辭。

注

㈠迍邅：行走艱難，指處境困難。

内答

奉君以賤軀，半生愧本拙。舅沒雖有孫，慈養乃屢絕。登高聞趾傷，為君失歡悦。生人孰不死，所懼生離別。祿食大官佳，賜刖影隨滅。家食豈其好，鼎廢畏中熱。違己互交病，肝腸斷已竭。君心異曾子，如妾斯乖劣。

母釋

水木遡本源，氏族各顯著。怪爾小年人，嗔我輒道故。十七適王門，葛藟窮相附。念此幾男兒，辛苦向誰語。功成名不立，阿爺竟何處。乃今七十年，暮光那可住？闔族爾一身，餘子不足數。兒兮愼攸行，疾足非遠具。婦兮結來緣，為爾心相譽。賦命易窮通，日月易來去。眞心苟不渝，短脩復何懼？茲言入九泉，毋忘老身慮。

答龍湫子來書用二謝韻二首

一

絕交二謝後，歎曲意已悲。習坎當岐路，陽朱非吾誰。石磴兼山險，溟溟霧雨遲。跂子過襄野，旋余汝水湄。

二

眇眇太嶽川，行行具茨山。往歡歎未已，新悲路轉延。亮表開屢顧，董疏飲三篇。口碑自餘子，籤題詎我言。

烏夜啼

哀哀不見母，啼烏夜夜啼。烏啼一何亟，兒心一何悽。悽悽復悽悽，念母心轉迷。啞啞驚老大，反哺愧烏棲。含悲傷孝已，顧養有伯奇。聲盡繼以血，孰云天聽卑。吳起何如烏，樂羊豈憚麑。天全物則韙，物引性天頹。於烏良孝子，參爾復曾西。

過抱哥村㊀

中原昔喪亂，義姑出里門。遂使千載下，抱哥猶名村。伏臘走祠廟，義姑儼有神。維兹困饑饉，迯亡盡四隣。空過抱哥村，不見抱哥人。

注

㊀抱哥村：據清同治三年《郏縣志》卷三載，西關十里，崇興保有抱哥灣。同書卷二十一《藝文志》有清人仝梧《抱哥灣》詩，可與本詩相參照，其詩如下：『義姑寺下水潺潺，逢人說是抱哥灣。灣裏桃花紅簌簌，老人愛住桃花屋。為問誰稱魯義姑？老人一笑霜髯枯。當日赤眉走白馬，旌旗蔽空山原赭。姑抱其侄與其兒，力不能支氣吐霓。兵戈漸近山嵂萃，我侄我兒皆骨肉。含血呼兒委道旁，襁負弱侄走山陽。一灣流水聲嗚咽，天地怒號風落葉。義姑抱哥臥水灣，萬木為兵障草菅。精誠已貫三千尺，亂臣賊子消雄魄。問誰巾幗隱蒿萊，凜凜英風眉未開。義姑泣語揮天曰：「吾實有兒並有侄，伯道血印已棄之，泉下吾夫只此枝。」壯士呑聲淚雨潸，吾輩虛生天地間。抱哥氣吐灣前水，當與山川永不徙。投戈放馬謝東陵，從此乾坤不沸騰。及今抱哥灣上草，終古青青長未老。我聞其說拜墳頭，灣裏涓涓水自流。義烏飛集墳頭樹，咽咽嗚嗚嗚不住。男兒仗劍爭如姑，幾個凌煙閣上圖？老人一笑一淚漬，誰無君臣夫婦義。有胸爭似義姑心，致教劍戟滿山林。請君試看墳旁寺，龍樹香花留古字。』

關中行

彼美楊夫子，同此關中行。緊余備郎署，荃方握鈞衡。乞養返薇垣，綵綸登秘閣。冰炭忌炎涼，雲泥判苦樂。鵾鵬大圖南，鷦鷯戀故枝。去魯十四載，茹荼難可知。孰云昔蹈海，還將東去秦。嗟嗟雍門子，涕泗孟嘗君。

寄元氏魏僉憲

問病行山野[一]，紫塞鴈來稀。那知余方罷，君亦拂劍歸。歲晚臨朔風，綈袍戀舊衣。王弘能載酒，醉與話相違。

校記

[一] 野，《盛明百家詩·王方伯集》作「夜」。

避客山中二首和陶飲酒韻謝李少叅惠米

一

山中饒勝事，饑餓失所之。奈何秋風顔，將擬盛年時。負痾理毫素，玄髮竟如兹。撫心詎怨老，嗟來謝世疑。感君一斗米，腆贈遙相持。

二

有客驅我出，薄暮未歸山。薇蕨苦不易，村火借宿言。慰問無別道，災荒歎時年。願得采風子，擊壤終流傳。

病中自嘲

舉世皆愛官，誰人不諱死。官非愛可得，死非諱可止。愛者良已蚩，諱者亦徒爾。不諱復不愛，委運曰天理。何妨跛脚翁，終為屈膝子。

壽封君畢先輩

有客秦中來，自列攻文字。獻策天子廷，遠作天朝使。四牧亟宵征，勉旃此王事。粤維父初辰，稱觴壽余志。河流瀉金罍，崑崙開玉笥。東來訪青牛，丹砂廻百二。西去揖金母，桃實熟幾次。千锺羅鼎食，三台博崇位。漢水縈方城，當陽横紫翠。素心諒維兹，遥祝欽雅致。

客從遠方來謝莫太守

客從遠方來，驚我西堂夢。再拜展書筒，楚璧勞將送。濯濯茅仙筆，鬱鬱青州瓮。瓮口篆木香，茅草扎三洞。斟酌取微醺，試手風雷動。肺病一已瘳，膏肓一已控。感子徒意長，寧能賦五鳳。

寄上浚川兼答舊意四首㊀

一

伯同歸申陽，道見浚川公。持節下湖北，左轄還山東㊁。儵聞忽愴舊，親交夢寐通。詎知委巷士，不為悲途窮。

二

竹林素多賢，蘇門迥獨嘯。倬茲二三子，韻苦不同調。反招顧何歸，反騷亦云妙。荆棘塞中衢，聰明異老少。

三

淵明歸猶遲，長吉去未早。白玉千載樓，黃花三逕草。誰復化雲龍，持觴候遠道。嘔肝未可知，山阿並終老。

宿交敦以於，周親顧徘徊。況我雙飛鵠，十載隔雲泥。握手河梁側，悵悵臨當乖。孰能慕蘇李，吁嗟爾平崖。

四

注

㈠王廷相（一四七四—一五四四），字子衡，又字秉衡，號浚川，河南儀封（今蘭考）人。弘治十五年（一五〇二）進士，選庶吉士，授兵部給事中，官至兵部尚書掌都察院事，加少保。罷歸，卒謚肅敏。明代文學家、思想家、哲學家，為明前七子之一。

㈡左轄：即左丞。左右丞官轄尚書省事，故左丞謂之左轄。

詠史

作事有大體，不為細物妨。撫劍游跨下，捧屨進河梁。下齊王爾信，封留足吾良。偉哉二傑士，能忍固克剛。千金報一飯，黃石敦舊章。

憶兒同㈠

憶爾家食時，雞鳴已蚤起。焚膏具短檠，左經右子史。研朱以抽白，講讀遞無已。卒然獲奧義，解饑還忘暑。悠悠天壤間，孰樂可易此。槐黃促爾行，擢秀為爾喜。大火憶三旬，蚊蠅欺孤處。披襟坐中堂，揮汗鬱如雨。眠食互無聊，疾痛將誰理。慇懃夢老妻，精誠念游子。

注

㈠王同，字一之，號中泉，王尚絅長子。嘉靖壬午科舉人。曾任海州、隨州知州。為官清廉，又工書法。有關材料详見本書附錄三。

周道一章用前韻答莫太守

周道日交馳，誰復宣尼夢。清虛慚舊章，歸寔良兹送。驚蛇起暮煙，綠蟻浮春瓮。緬想廣成公，拂袖雲間洞。嗟兹鬱以沉，有客還飛動。間玉阻塗泥，逸駕安能控。瞻衣具茨山，千仞飄孤鳳。

詠羊裘

冬烝宰素羊，因之製裘領。乃知林壑間，千載空忍冷。烘燠展雙肩，蒙茸護脩頸。綦繫易攬結，拜趨亦嚴整。回首舊緼袍，臃腫如病癭。熹陽免暴檜，臨風忻造請。盤觴詎不惜，豹狐工為省。粤心既允安，云胡論衣裝。卓哉富貴翁，兹理已前省。

鎮海寺五首㈠

一

暮雨蓑笠出，取會稽琴尊。道周揖輿皂㈡，下馬各扃門。迷津誰可渡，倉皇棲近村。夜游復秉燭，高興賴王孫。

二

光明拜老姥，辛苦問金鍼。閃電驚雲開，長月悸星臨。殷勤理沾濡，痛定銷侮心[一]。點化迴天力，悠然感愾深。

三

林聲風未停，簷溜雨不止。風雨酷如秋，麥黃青亦死。經春夜方中，相望扈磵涘。泣雨悲迴風，淒涼宋孝子。

四

龍興蔣少府，哦松了公事。禮樂既百年，歸賢借遠志。啟篚執殘經，童冠遞問字。破衾半榻懸，長鞭獨馬至。觀風倘後時，能忘鎮海寺。

五

解組歸林泉，十載廢讀書。遺經將二子，講授淩郊墟。風湍蕭寺在，三宿輒逢殆。霧雨迷江天，波濤漲汝海。開徑延蔣生，稽古識桓榮。河汾齋久閉，誰復問升平。而我漫浪士，亦復奉君子。登堂曠晨昏，一宵凡幾起。大戴執爾欽，燼煨傷予心。泥途空三歎，何處可攜琴。

校記

[一] 侮，《直隸汝州志》卷九作「悔」。

注

㊀鎮海寺：道光十七年《寶豐縣志》卷五：「鎮海寺，在縣西北，汝水之濱……汝水蜿蜒西來，皆安瀾也，至寺北，則波濤汹湧，湯湯乎有海若之象焉。」

㈡輿皂：古代十等人中兩個低微等級的名稱。泛稱賤役、賤隸。

題張少府畫四首

春讀

惠風振書帷，廻陽盼芳草。陵苕懼中摧㈠，潛穎苦不早㈡。屈曲良已勤，遠志惻先道。道往有遺編，幽傷以終老。

注

㈠陵苕：花名，凌霄花的別名。

㈡潛穎：亦作「潛穎」，萌生的芽穗。

夏松

亭亭江上松，清風蔭江滸。二老都無管，班荆坐相語。心期不計年，意静還忘暑。或云此夷叔，安知非伊呂。

秋閣

陰森樹露簷，華景囪臨水。紛囂遠市朝，帷坐竟何以？游神藝墨林，馳情竹素裏。嗟茲考槃人㊀，弗告亦永矢。

注

㊀考槃：指隱居。

冬驢

茫茫歷冰雪，關山凍已合。征僕惟往路，驢背風匼匝。寥寥意轉豪，凌空厰虛閣。中有滄霞賓，為君俯懸榻。

和端谿韻

相見不可得，相悲意闇然。玉膏期嵩少㊀，遺羹憶潁川。千秋王子晉，片心與誰傳。今人不見古，瞽瞽向彼天。

注

㈠玉膏：喻美酒。

咸陽謁周陵㈠

成康列昭穆，文武故纍纍。狐邱尚父墓，畢陌周公祠，顯承沈謨烈，齊魯荒周詩。耕犁偪隧道，率土阿邦時。傍有漢唐塚，鄰人芒未知㈡。往古詎勝歎，寒風鳴樹枝。

注

㈠周陵是西周文王、武王的陵墓，位於咸陽。

㈡芒：通「茫」。

邠州清卷

簿胥委中途，紛籍如蝟只。緯繣翳堂階，粉墨遞相識。然膏繼永夕，硃筆按終始。賈寒敝公私，歲月一坐此。孰知殘闕文，璧完向君子。從玆守關西，絜綱其念止。

解嘲澤山

翩翩牛衣子，草野來青山。倉皇奉王命，膜拜出前筵。差池方媿禮，屬意顧腥羶。大烹孰儗聖，魚肉難可捐。乃知齊魯客，嗟去固宜然。

別苑洛子

古道日以淪，贈處憤取友。粵余駑蹇姿，分岐寡援侑。靜默甘勇退，繽紛罹讒詬。進焉矯玆媚，同群遽駭走。升高顧釋階，終于爾何有。踟躕念子別，如失魯中叟。

寄贈渼陂㊀

咸京遇渼陂，開軒坐微月。戚戚感舊游，辛苦問采蕨。波埃各相歎，歲序良儵忽。懷珍爾離孽，抱璞誰泣刖。回風悲往日，世事空咄咄。中宵起交手，游春謌屢闋。登樓賦王粲，拾遺臥李渤。溟漠欽高論，代舞森興發。池草憶連枝，褎萱倚門闕。朝來滕河梁，種種照素髮。釣竿指杜鄠，百里望歸筏。

注

㊀王九思（一四六七—一五五一），字敬夫，鄠縣人，弘治丙辰（一四九六）進士，官至吏部郎中。坐劉瑾黨，降壽州同知，尋勒致仕。

關山雪㊀

乙酉冬，閏月既望，予以分守，桑憲副汝公以兵備同事冒雪固原，送總制太傅楊公東還㊁，省糸楊（靜修）、孟（望之、培之)㊂，憲司丁（原德）、江（□□）、任（宗程）、劉（堯民），各以職守先後沓至，而二康太史（德涵）、戶部（德充）㊃，各趨制府之召，歲除偕雨山大巡，雲集奉天。顧予蒿潛有年己，感之，作《關山雪》。

委羽伏蒿津，幾失京華春。那知關山雪，復此平生親。玉門閉重塞，皜渺覆皇仁。澤山驅劍戟，鶴洲寵詔新。申陽來孟氏，康子駕西秦。雨山開東閣，督府迓高賓。行避丁江節，任劉氣益振。更有商州使，璧連二孟鄰。藩臬鬱龍虎，冠蓋愉繽繽。玆焉會豈易，歌吟情並眞。星彩聯文瑞，川光耀嶽神。占天奏史氏，獻賦想楓宸。

注

㊀此詩作於嘉靖丙戌（一五二六）。桑溥，明朝濮州人，字汝公，正德十三年（一五一八）任華州知州。

㊁分守：明時按察使、按察分司，又稱監司，亦可稱分守。楊公，指楊一清。楊一清（一四五四—一五三〇），字應寧，號邃庵，成化八年（一四七二）進士。官至內閣首輔。《明史》本傳稱其『博學善權變，尤曉暢邊事』，『其才一時無兩，或比之姚崇云』。王尚絅在詩中称其為邃老，如《邃老第一關韻》《邃老蒿店壁間韻》。

㊂孟洋（一四八三—一五三四），字望之，一字有涯，號無涯子。如：《孟洋遊月牙巖和龍奇徐淮詩》：『天設巖須古，月牙名自今。樹低千岸轉，洞敞萬峰侵。冠服乘雲罷，笙歌落澗深。南州眞勝概，北客此登臨。正德乙亥夏汝南無涯子孟洋題。』（《桂林石刻總集輯校》，中華書局二〇一三年版）河南信陽人。弘治十八年（一五〇五）進士，除行人，選為御史，坐論張桂詔下獄，謫桂林教授，遷知汶上縣，再遷嘉興同知，升湖廣僉事，引疾歸。旋起山東僉事，進參議，轉陝西參政，拜僉都御史，巡撫寧夏，改理河道，官終南京大理寺卿。

㊃康海（一四七五—一五四〇），字德涵，號對山，陝西武功人，弘治十五年（一五〇二）狀元，任翰林院修撰，為明『前七子』之一。

据余春柯《康海著述交游考释》，康浩，字德充，号南川，辛未进士，康海叔父之子。曾任户部郎中。

七言古詩

無梁寺

正德改元三月春，風雨過從覲紫宸。嘉靖改元二年夏，宿藹初收駐予馬。年翻年覆雲雨晴，看詩壁上不勝情。明廸塔外洞廉亭，楚天萬里樹青青，依舊人間夢未醒。

箕山㊀

誰向箕山厭溷濁，西來我亦情作惡，悲風瑟瑟看搖落。少室月明俯少陽，素光千里遙相望，徘徊欲渡河無梁。百年幾日今壯齒，雙舄那能見王子。洞中餐玉黍，還幸吾家有，吞聲辭別抽身走。憑誰寄語廟堂人，梁肉休將厭馬狗。

注

㊀箕山：嘉靖八年《登封縣志》卷一：『箕山在縣東南三十里，一名許由山。相傳由嘗隱於此。今其墓與廟猶存。』

孝感圖歌

有所思兮在太行，白雲縹緲晉之陽。陰山上黨交清漳，中有孝子名顯揚。年年蔬素夜爇香，禱將已算贈萱堂。蹐厚載兮籲穹覆，孚草木兮格羽獸。向來萬感孰云繆，百齡夢天天為佑。崔家病母樂為壽，蟠桃雙鳥來清晝。萬里一朝歌孝子，把觴問君那得此。涕流泫然胡爾爾，門人方廢蓼莪詩。投筆歸君孝感詞，有所思兮有所思。

中秋壽冒太夫人

冰輪碾玉紫香陌，露濕銀塘桂花白。寒蟾老兔噴清光，二十四橋天一色。聯翩珠翠藕花青，夫人小坐芙蓉屏。雲牋錦織長生頌，冠裳祝壽塞前楹。碧窗鳳宿梧桐老，雕盤冰浸枇杷小。水風渚竹繞鹿鳴，玄鶴雙來獻瑤草。侍女抱扇曳珮璫，萱英黃鵠飛秋堂。孤鸞鳴咽紫皇叫，吳歈楚舞回春光㊀。王母遙臨雲車下，月波瀲灧杯中瀉。再拜把似珊瑚枝，瓊樓回首霜封瓦。中秋中秋來無窮，年年此夕醉秋風。彭咸去兮甲子在，海上蟠桃幾徧紅。

注

㊀歈：歌謠。

輓復菴王絅之㊀

阿戎角弓驚名家，百丈珊瑚青海涯。秋風笑摘金粟花，殿前落筆長河瀉。翰苑清光滿高價，豸冠風采傾天下。十載歸來澮一邱，野雲襄水日悠悠。天閽突兀白玉樓，虹光萬道紅雲裏。獵獵霜風射眸子，寒煙白草空城起。

注

㊀王錦，字絅之，號復菴，襄城人，成化己丑（一四六九）進士，授庶常，制敕賦詩，揮筆而就，同館號為文虎，當軸忌其才，出為御史。後與同官不和，拂衣而去，時年二十八。著述甚富。

輓監丞陳先生㊀

嵩山陰繞重雲結，河水東流夜嗚咽。儒林梁棟風摧折，尼父袂掩麒麟血。游楊門外空愁雪，三禮殘編復斷絕。憑誰更補冬官缺，長歌一聲天地裂。

注

㊀崔銑《洹詞》卷十一《錄贈言》：『弘農雲逵，字中夫，為蘭州學正，以經術六藝造士，諸生有饋皆却之。後為國子監丞。』馬理在序

《蒼谷集錄》時曾指出王尚絅與陳雲逵的交往情況：『夫古今諸賢之學，各有所發。宋之理學，皆發於陳摶濂溪康節二派是已。對山發於教諭趙內江，後渠發於甘泉學官李子乾，涇野發於蜀人高學諭，大復發於高鐵溪，蒼谷發於陝州陳監丞……陳監丞者，誦先王先聖之法言，身體而力行者也。其早年亦強悍不遜，仲由、周處之流耳。後學論語至『四子問孝之章』，遂惕然悔過，日遷善焉。他日事親，易拂逆之狀，為婉順之容，雖撻罰是加，亦怡愉而承之，父母遂蒸蒸相順於道。久之成反身循理之學，希顏希魯，卓然有立而無所搖矣。時方石謝公為祭酒，緝熙林氏為博士，不相謀也。陳子居處莊，禮樂日不去身，監中人士咸非之。理就而察其所學，眞洙泗派也。乃以語吾七友，七友咸往就之信，遂相與習禮講學，實相得焉。問厥所友曰薛思菴、王虎谷，而其所嘗遊者，蒼谷一人而已。於戲！陳子一世之英也，但位卑而時人不知，蒼谷乃獨知而友之，取其益焉，他日文行名世，卒謚為貞孝文子。文非枝葉，謂所發不於陳子而誰耶？』

浙東別卷

山城蜃樓霞光爛，海村雞犬聞相喚。使君坐上張靜琴，鴈蕩峰頭旭一旦。一朝趨詔啟城鑰，行車花底隨烏鵲。

具慶堂為洛陽孟天衢賦

飄蕭鶴髪兩地仙，天津渡頭驢背便。西街門巷憶三遷，王母耆英喧壽筵。壽筵射覆開春酒，拜舞郎君稱上壽。萱花椿樹鬱葱蘢，灑雨參天紫髯叟。

喜雨歌

四月五月旱太苦，咫尺陸海沉沙鹵。二麥悲秋穀欲腐，東村鳴鍾西村鼓。妖祟無端信巫蠱，天高依舊憐焦土。唐侯唐侯赫轉怒，昨日號令今日雨。一州四縣裁安堵。

燈下與鄭州劉開話舊

九月九日悲秋風，十日燈前杯酒同。面顔老醜看突兀，欲語曳裳泣不發。坐上黄花濕素月，江風獵獵群芳歇。感君舊意宛如昔，笑我頭顱抽白髮。劉郎謁我燕京市，細讀經書問奇字。劉郎别我歸鄭州，秋風幾度望京樓。劉郎劉郎太行路，九折歸來人不顧。秋花秋月開寒素，山中無限傷情處。

乾州諭父老

昨日池陽馳羽書，城門烈火愁池魚。今日奉天淨虎穴，父老歡迎奉漢節。丁有徭兮田有賦，生前聚兮死相訃。升平世世天恩布，父老父老宣吾諭。

卷之三　五言律詩

與張伯純二首㊀

一

風濤時作惡，塵海各逢艱。黄憲初辭漢，張卿亦臥山。荒田蓄㹀瘦，引水蹇驢還。翻笑茅齋好，疏籬枕碧灣。

二

不解皇天意，空嗟吾道艱。壯心惟白簡，生計有青山。入夜聞鷄舞，看雲見鶴還。裹糧能問字，幾日落星灣。

注

㈠張璡（一四六六—一五三一），字伯純，山西澤州人。弘治九年（一四九六）進士，授知尉氏縣，改宜陽，課農興學，擢御史，累遷陝西僉事。

旅夜和温庭筠賈島楊發三首

一

妻子團燈下，相言只故鄉。風高天蕩暑，月白地驚霜。玉漏傳深院，寒砧隔短牆。那知今日夢，春草滿池塘。

二

久客慚歸興，秋風過小園。緇塵懸斗劍，黄菊隱柴門。萬事渾輸命，三才剩有根。幽居心自約，無愧聖人言。

三

青林城市裏，曲院轉衡門。插架書千卷，横窗竹數根。野翁忘塞馬，禪客識靈猿。肯信風塵外，空明自本原。

贈别張子

旅食燕京地，相知二十年。風花傷過客，流水暗鳴弦。恨舊青山老，吟閒白雪編。無方愁涕淚，對雨夜燈前。

别劉生

幾日臨山縣，泥塗指鄭州。青雲天上夢，白髮鏡中秋。謫仙誰賀李，賓客爾應劉。解龜還市酒㈠，朝鴈益含愁

注

㈠龜：用作货币的龜甲。

玉泉來韻

何處生遙思，前溪注玉泉。夕陽歸嶺外，秋月向湖邊。琹韻隨流水，燈光滅紫烟。歌廻春雪調，撫劍一茫然。

答龍湫使者

空作河南使，同游異武當。風濤搏虎豹，兵火靖豺狼。別意花縈恨，啼情鳥斷腸。班荊能對晤，隨地可聯牀。

雪中食次偶書

孤負山中約，開窗雪滿簾。早梅渾得意，晚麥喜先占。本作羊裘臥，翻為鶴氅嫌。對滄還自笑，一撚解州鹽。

憫旱喜雨二首

一

毒日蒼山道，哀時意轉濃。飛塵眠穀黍，涸井對杉松。野磵時喧鼓，神祠夜撞鐘。共傳澆旱魃，争侶打虬龍。

二

移席簷花近，林碪望雨來。霾雲斜貯日，急電突聞雷。天末黄埃盡，山椒白浪開。驅牛者誰子，獨唱起高臺。

宿鎮海寺

古寺臨湍立，新春冒雨來。飛流妨殿角，崩岸坼牆隈。夜磬驚龍卧，香烟逐浪廻。夢游空鎮海，鉢灑愧吾才。

寄空同二首

一

再拜空同調，元雲意已眞。獨愁青鬢友，半作白頭人。地接妨吾御，天高共爾淪。雲臺風雨夜，涕淚灑交親。

二

李白南流地，長沙北召時。每從書卷上，剩有使君思。晚禽啼杜宇，春草照江蘺。相懷不相見，歸夢爾何為。

書芝泉寺

山寺登臨地，遺跡嘆往賢。元堂開鼻祖，墨帳有家傳。善後憑誰力，知非愧此年。燃燈應未泯，寚月照芝泉㊀。

注

㊀寚，同『寶』。

汝州九日

勝日登高節，十年過郡城。霞觴懷舊主，黃菊照離情。落景愁東眺，凌秋促遠征。龍泉思報國，萬里識班生。

過華清何子韻

薄暮驪山下，停車感歲華。烟波千里路，塵土十年家。故殿餘蒼栢，浮生落晚花。客宵催短晷，城戍已朝霞。

十月十日感舊

宦邸卿初度，凄凉想舊容。吹簫堪起鳳，合巹愧乘龍。鑑匣菱波逺，陽臺暮雨重。那知成隔世，風雪灑寒松。

五泉子墓㊀

五泉天下士，嘉玉擿荒城。掛枝還有意，宿草更含情。登堂愁拜母，立傳苦難兄。兩河東逝水，日夕起愁聲。

注

㊀韓邦靖（一四八八—一五二三），字汝慶，號五泉。

醴泉縣和韻

泉釀誰成醴，邑名爾藉光。溫秀隋宫在，昭陵谷口長。黄昏鴉樹古，殘雪鴈蘆香。遠塞兵戈地，西征記此嘗。

和唐漁石韻五首㊀

竇女雙烈祠

唐陵空織錦，竇姊侈雄祠。清風存宇宙，苦節判華夷。野著千年史，血流幾字碑。偷生凌數代，聲訴使人悲。

涇州有感

晚渡涇州月，斜橋水面沱。孤城隨地仄，敝壘出郊多。供餉愁充閣，開邊願止戈。前溪聞漢祀，星女下銀河。

白水驛

白水留征旆，青山斷遠笳。滿林栞落木，隔磵斧冰華。月霽光如晝，天空影徹霞。蕭關明日信，和淚寄誰家。

夜過平凉

水折平凉路，宵征更幾家。淩風塵逐馬，向郭晚留銜。鼓打溪聲亂，弓開月影嗟。銜寒問前浦，霜鴈接天涯。

望崆峒山㈡

軒轅曾駐驛，長劍指崆峒。不見廣成子，惟餘問道宮。靈文歸渺默，元化隱鴻濛。可怪鄉山舊，雲霞若箇紅。

注

㈠唐龍（一四七七—一五四六），字虞佐，號漁石，蘭溪人。正德三年（一五〇八）進士，授郯城知縣。後召為太僕卿。嘉靖七年（一五二八）改右僉都御史。嘉靖十一年進兵部尚書，總制三邊軍務。

㊁此處崆峒在汝州。正德《汝州志》卷二：『崆峒山，在州西六十里，上有丹霞院，即廣成子修道處，今有墓存。』甘肅平涼也有崆峒山。

出蒼谷山二首

一

逶迤北山道，風勁欲摧顔。塞鴈紛成陣，岩華亂匝斑。路廻黄澗曲，水繞白雲關。絶頂開山盡，曾無寸土間。

二

不才安濟世，無病許歸田。况復厓羸母，同臨遲暮年。鄉山拱採藥[一]，澗水學耕煙。何幸中秋節，長吟下潁川。

校記

[一] 拱，清同治三年《郟縣志》卷十一作『共』。

詠嵩

訪隱臨嵩麓，非關愛少林。昔人測日影，從此驗天心。嶽瀆推嚴重，佛仙歎鬱深。陰雲懶出谷，渴海望爲霖。

謝甯僉憲 依山行元韻

哦詩空宿病，載酒復陪行。花雨分春色，松風對月明。二年蒼谷道，落日順陽城。何似東曹客，雲山有舊情。

雨夜次大復韻作別兼懷空同子

君年纔弱冠，辭官許禁庭。烟花開舊卷，風雨共閒亭。少室雙龍臥，清淮一鴈冥。情思今夜裏，雲聚太階星。

贈張揮使

飲馬長城窟，寒風壓陣雲。角弓鳴鴈杪，刁斗落鴉群。萬里烽烟隘，三關草木曛。將軍號能武，早晚報明君。

仁壽延恩卷

野老來丹詔，春風起壽筵。銜芝看舞鶴，傳犖聽鳴泉。白雪綸巾滿，青雲挂杖便。謾勞推甲子，擊壤樂堯年。

壽武光生

勝日張高宴，羣仙共舉觴。浹旬蓂葉改，六月水花凉。草木知時節，雲山自夕陽。青精長袞飯，階下擁諸郎。

贈李解元行二首

一

長路金風夜，山城白露初。若為千里別，能寄一封書。荆楚傷王粲，天人恨仲舒。相期何限在，暫去莫躊躇。

二

易水蕭颸處，秋風聽短吟。雲來村樹暝，虫響豆花深。舊篋猶縣劍，高齋已罷琴。酉君渾未得，寂寞數年心。

長至謁陵途中謾興

帝命山陵去，嚴僮曉戒裝。寒鴉翻樹暝，瘦馬怯冰疆。朔雪劉蕡墓，燕雲竇氏莊。質明長日至，舊祝憶秋嘗。

試院登樓二首

一

危樓時獨往，風浪壓城頭。遼海低垂雨，燕雲故作秋。割分成萬古，形勝入雙眸。玉宇分明在，輕陰未足憂。

二

試院一登樓，天津欲近頭。落霞明積水，古壘暗藏秋。文武連高第，乾坤快遠眸。王褒還有頌，能破帝心憂。

題蕭正齋卷二首

一

海内陰功在，高蹤未可攀。雨留萱草暗，春入杏林間。哀輓千人和，銘旌二月還。新墳誰作表，歸去玉泉山。

二

館閣收元老，雲山起孝思。暫歸恩特許，明發陛初辭。華省還虛席，雄才合濟時。望京樓下路，舟楫早春移。

仲默初至

三載衾綢夢，風雲與爾俱。野花虛別墅，秋月浄江隅。阻絕哀時暮，蹻難謝世虞。乍逢猶未晤，寂寞短檠孤。

李黄門志道使占城㊀

占城今使節，交趾舊經過。瘴霧天南暗，春風海上多。孤槎淹歲月，萬里接山河。去去能珍重，蠻夷説伏波。

注

㊀李貫，字志道，晉江人，號紫崖，弘治十五年（一五〇二）進士，任禮科給事中，兵科給事中。正德五年（一五一〇）受命與劉廷瑞往封占城王國，是明代外交史上值得一提的人物。

得仲默書 和韻

過眼風花處，秋鴻遞遠愁。故人歸汴野，新月照蘆溝。海曙春迴宴，雲波凍不流。小齋空寂寞，千里寄神游。

送月瀧之南太僕㈠

湖海相逢地，因君感宦情。孟韓今夢路，南北舊才名。衣鉢司空後，頭銜太僕卿。菱溪山月好，應共濯長纓。

注

㈠據《明人傳記資料索引》，陳大章，字明之，號月隴，成化二十年（一四八四）進士，官至太僕寺少卿。善畫菊，有詩名，尤工行草。楊同甫《明人室名别稱字號索引》同。因此，月瀧，當作「月隴」。

夏日山居

不報長揚賦，來從谷口樵。苦思緣病廢，俗態亦狂消。日色逢花旺，溪聲度竹嘹。晝長無一事，短葛任逍遙。

遊斗門

帶郭幽居勝，青山對掩扉。松凝雲遶戶，石蔭水通池。鳥入霏烟斷，人行曠野微。摘鮮供一餉，許坐引盃遲。

別妹

長懷于氏妹，返棹下通州。老母三年隔，孤兒萬里愁。身危看佩劍，病起倦登樓。心事憑誰說，封書抆淚流。

寄友

水落潮痕淺，江空鴈影孤。懷人愁對酒，去國喜乘桴。雲漢憐鄉井，烽烟障海隅。為官如問我，謀拙愧頭顱。

寄弟尚明㈠

蟋蟀聲初咽，鶺鴒意轉傷㈡。流年驚自改，塵海為誰忙。荆樹春風院，萱花舊日堂。遥憐拜嘉慶，團坐少星郎。

注

㈠王尚明，王尚絅弟。清同治三年《郏縣志》卷八《選舉志》云『王尚明：字愚夫。丁酉歲貢。』卷九《人物志》云：『王尚明，歲貢生。以正學與兄蒼谷相勉勵。』

㊁鶺鴒：《詩經·小雅·棠棣》：『脊令在原，兄弟急難。』喻兄弟之情。

邀浚川三首

一

舍遠人稀到，樓南瘦竹青。開函消永晝，移榻俯秋冥。誰識山翁醉，獨慚屈父醒。蕭條懸磬在，安得倒長缾。

二

貧病苦侵尋，憑誰話此心。草虫秋院靜，燈火夜堂深。海鶴看孤影，冥鴻寄遠音。疎桐明月下，自撫一張琹。

三

高客招難至，風前感慨頻。異鄉逢病苦，閒處得詩新。葉落秋生樹，階空鳥避人。夜來看袖劍，斗耀絶纖塵。

雨夜宿職方次一泉韻二首

一

隔署遥開柝，重門早閉關。燭花雲影暗，簷溜雨聲潺。圖本來邊塞，征書過北山。攬衾渾未寐，緑鬢欲成斑。

二

白日沉長浦，游雲斷玉關。老悲春冉冉，别恨水潺潺。皷角連城戍，烽烟冒海山。請纓懷壯士，夜雨坐苔斑。

和司空文明與韓紳宿别韻二首

一

誼重情眞别，風流薄玉川。雲龍常入夢，犬馬獨忘年。室暗青梅雨，簾懸紫閣烟。詩成餘舊恨，謾使洛陽傳。

二

雲屏何處別，箕潁舊山川。病怯驚聞夢，心癡不計年。聯床聽夜雨，橫笛弄江煙。此際眞長恨，凄涼暗未傳。

送陳封君

武陵人已逝，愁思滿斜陽。西谷名猶在，東山興未忘。封章頒聖主，儒業付諸郎。風雨腸堪斷，蕭蕭下白楊。

送魏錫堂邑

蟬蜕風塵外，飄蕭兩鬢星。閒居歌舊賦，野史起新亭。門閉江聲迥，簾懸岱色青。伏生誰為老，尚許再傳經。

送儀封扈元善尹滿城

出宰郎山地，風烟百里秋。官清民事少，庭靜鳥聲幽。繫馬燕臺下，看花易水頭。孤琴彈野鶴，千載尚風流。

無涯宅賡素屏韻

邂逅論文地，空齋坐不扃。雨牆聞促織，花塢晃流螢。乍覩翻疑夢，神交信有靈。多情能似舊，尚許問騷經。

謝内翰歸省餘姚

倦郎辭陛出，旌旆指姚江。悵別風雲壯，行吟鬼魅降。蟻尊燕市酒，蜃閣海門瀧。文獻東南勝，觀風問古龐。

輓李黄門

鄉評名姓在，家業子孫留。鸛鳥堂空迥，芙蓉逕已秋。雲陰寒鴈過，月暗斷猿收。祠墓岑寥處，誰堪地下愁。

和商寅長雨後韻

雨後尋幽會，相逢復故人。高秋淨綺席，澹月散芳隣。汝水春來興，京華歲暮身。登樓無限思，肯厭去來頻。

小安寺觀起龍殿柱得詩二首㊀

一

白日淩雲去，泥蟠定幾年。擊雷初破柱，飛雨遍騰川。冥然神何在，屈伸道已全。潋垣留舊跡，空使世人傳。

二

幽潛寧擇地，奮世自垂堂。時來驚變化，德隱憶韜光。老聃留柱下，諸葛起南陽。肯信豐城夜，千秋寶劍藏。

注

㊀小安寺：清同治三年《郟縣志》卷六：『小安寺，在縣南，元建。』

得高侍御書

幽齋春夢迴，何處短書聞。錦節來荆楚，瑤函下汝墳。野情猶蔓草，高興足停雲。十載緇塵跡，相知獨有君。

韓荆州寄唐詩别刻

不見荆州面，猶聞正始音。蟬蜕秋初歇，龍歸歲已深。改弦傷故調，洗竹得新陰。汝海襄江水，春風兩地心。

山中聞陳岳伯臨汝奉懷

聞逐皇華使，聯鑣下汝梁。詞林留舊慣，豸府飛秋霜。直節先朝重，高名四海揚。誰令泉石侶，衰末席餘光。

山中懷范憲長年丈㊀

檄書飛列郡，當道赫先聲。所幸同年客，今持憲府衡。江山堪墮淚，花柳若為情。安得琴尊畔，通家敘此生。

注

㊀據《明清進士題名碑録索引》，弘治十五年（一五〇二）進士中有范嵩與王尚絅為同年進士。范嵩，蘭溪人，字邦秀，號衢村。

示牛生

塵海西歸日，風波斷俗緣。青春渾舊夢，酷暑共誰憐。勳業唐虞上，文章孔孟先。老夫雖病眼，試看祖生鞭。

用舊韻別大復二首

一

筆倒河流迥，帷褰華嶽新。同年三百輩，如子更何人。氣正廻天地，聲先動鬼神。八龍兼曷爽，星聚敢論陳。

二

宦況今餘幾，交情向爾多。鳳毛還瑞世，鵲羽欲填河。衢路元霄漢，山居自薜蘿。攀留意無限，高興復如河。

在軒東樓

秉燭開東閣，廵簷阻在軒。囊琴空古調，塵榻許誰論。竹外風搖玉，花前雪映尊。五華眞到眼，萬仞謝龍門。

舟過浮山寺和韻二首

一

濠梁瞻汝海，雲樹鬱層層。擊檝情空劇，登樓夢屢凭。岸風遲曉渡，嵒月欵高僧。向老慚余病，商歌謝未能。

二

帝鄉開勝郡，天勢轉崚層。江閣閒相眺，船窗迥自凭。雲鴻先候吏，篆草出山僧。濟險嗟何力，臨淵羡爾能。

金山寺和韻二首

一

清磬諸天近，高臺上界分。佛光波耀日，天净夜無雲。山水江淮盡，民風楚漢聞。登臨後諸子，落日未成醺。

二

江寒銷酷暑，宿漲晚凉新。閣迥雲飛蓋，嵒空鳥避塵。海天纔出世，風浪已忘身。他日名山詠，飄蕭幾故人。

毅齋觀潮韻

齋宿先潮候，角弓擐欲彈。空聞重譯貢，剩假六鰲觀。雪浪行天隘，風雷湧日寬。桂香飄海樹，何處灑衣寒。

和少原子二首

一

東海誰乘棹，北山興轉移。風雲驚末路，霖雨愧明時。夢迴青天在，心摧素髮知。敢云塵世裹，跖蹻共夷隨。

二

少原開古製，何遜惜當年。汝海文星耀，行山劒氣懸。兼金人共訝㊀，雙璧世應傳。觀化臨新月，凌空起暮烟。

注

㊀兼金：價值倍于常金的好金子。

謁顔魯公祠廻喜愚菴碑落成㊀

江外青條嶺，芳春幾日還。墓碑今姓李，祠額故名顔。海嶽情方劇，風雲夢未閒。林泉十載過，猶有未登山。

注

㊀顏魯公祠在明汝州城西大街，又稱忠孝祠，至清代仍有，民國以後毁。清同治三年《郟縣志》卷十：「李愚菴先生祠，在薛家村先生墓前，蒼谷先生所建。題曰「平生不怨西山餓，萬古難逢北海清。」又曰「立朝師道傳當世，真隱餘風仰後人。」」

壬午十月二十四日宿愚菴祠明日適生辰得兒同報生孫男喜占一首

山社邀新祀，生辰報得孫。浮名催客老，罔極愧天恩。世業文中繼，家傳子上論。異時尋舊隱，手澤定吾尊。

和王守備韻二首

一

大復無雙士，將軍又白坡。綠林東去盡，銅馬向來多。獨愧眞元曲，空勞下里歌。胡笳樓鼓夜，乘雪望時和。

二

蚤梅風雪裏，笻杖獨南坡。感子詩相寄，懷人興已多。愁新花對晤，恨舊鳥長歌。流水天涯操，鐘期聽且和。

宿愚菴祠祭掃得月食詩二首

一

夜光方屬望，房宿訝初經。眞魄迷黃道，流光散小星。紀廻良不易，度失豈無靈。鐘皷知何濟，香燈拜野亭。

二

桂宮今食既，輪郭喜還生。半吐西山影，旋復大地明。彎弓慚壯志，撾皷識羣情。蟾兔渾無恙，蝦蟆恨未平。

讀黄中郎鞏奏㊀

一疏千秋少，沉吟淚自傾。逆鱗心本赤，縛虎氣還平。國勢逢諸葛，人才誤賈生。異時同史傳，空復古來情。

注

㊀黄鞏（一四八〇—一五二二），字伯固，莆田人，弘治十八年（一五〇五）進士，追謚忠裕。《明史》有传。

扈澗觀漲

陰雲連秋夏[一]，平川見海濤。牧牛忘去路，征馬問歸橋。走石山摧陣，回風浪批刀。不才方際險，無補聖明朝。

校記

[一] 陰雲，清同治三年《郟縣志》卷十一作「陰雨」。

平山觀漲㊀

獨立平山下，居然萬井憂。行潦明積水，逖逋是今秋。色變林花舊，聲傳野鳥愁。乘鸞誰奏賦，淮海罷巡遊。

注

㊀清同治三年《郏縣志》卷三：『平山俗稱平頂山。在縣東南五十里。峭壁倚天，絕頂平如掌，方十里許。』平山即今河南平頂山市區北邊的平頂山。

九月晦與周德茂話別用唐張文昌薊北春懷韻㊀

落木鳴琹外，知音似爾稀。今宵方醉酒，明日又寒衣。夢筆驚龍化，泥書候鴈歸。可憐烏鵲伴，相與上林飛。

注

㊀據清楊泰修、馮可鏞纂光緒二十五年《慈溪縣志》，周大昌，字德茂，號後溪，慈溪人。

和唐音岑參韻寄行甫年兄㊀

甲第聯金榜，春風醉玉隄。問年今老大，仕路各東西。别悵花前淚，秋吟雨後詩。驊騮千里意，伏櫪向誰嘶。

注

㊀據清楊泰修、馮可鏞纂光緒二十五年《慈溪縣志》，馮志，字行甫，號心齋，慈溪人。弘治十一年（一四九八）進士。

別汝庠胡掌教任滿東還㊀

東汝文星聚，西江晝錦光。陰垂桃李盛，道接海天長。兩省掄才地，十年品士場。春風來後夜，遙憶講經堂。

注

㊀此詩當作於正德庚辰（一五二〇）。胡掌教即胡希銓。

董方伯焚黃稱壽㊀

封贈何年賜，家山便道回。慈顔祝海嶽，帝澤到泉臺。寸草三春茂，秋風萬木哀。皇華看四牡㊁，耑望使君來。

注

㊀舊時品官新受恩典，祭告家廟祖墓，告文用黃紙書寫，祭畢即焚去，謂之焚黃。後亦稱祭告祝文為焚黃。

㊁皇華：指奉命出使或出使者。

清源旋節

王事勞千里，孤征寄短蓬。江流回夜月，使節擁清風。瀕海聲先迥，歸途氣轉雄。舊遊何處切，相望五雲東。

竹山

湖海蒼生念，東山又謝公。書香留太史，家世本孤忠。田簿堪供祀，園荒未厭窮。泠泠林外竹，千古挹清風。

崇福寺

邂逅清涼境，停車問大乘。河山如待客，歲月似傳燈。半壁千花樹，雙泉五月冰。紅塵催去馬，多少愧高僧。

過浮圖峪午飯和東田韻

野戍出寒雲，孤征幾夕曛。中原方用武，邊塞欲迴軍。路謝河南阻，關從嶺外分。幾時春殿側，旋復理南薰。

驅鵝

山游趂晚晴，隔隴聽鵝鳴。出遠將誰愛，窮源羡爾行。波光浮對影，沙岸語同聲。驅逐遵歸路，凄凉愧友生。

聞袁尹報

百里垂明見，雙鳧藉省郎。空群來冀北，製錦向河陽。顴頷憑誰問，謳歌已自狂。携琴方未晚，高枕謝農桑。

正月十四日夜試士對月二首

一

雪塲催小試，春月淨遙天。蟾光浮硯水，桂影落雲箋。寶匣初開鑑，瑤弓欲滿弦。元宵明日是，萬里見團圓。

二

列宿攢燈火，寒光映雪天。新年初見月，綵筆試題箋。劍射虬龍氣，琴開玉匣弦。明宵應共仰，銀海十分圓。

王掌教轉安陽

憶昔曾相餞，承恩復此行。郊山愁對酒，鄴柳正含情。宫瓦磨芳硯，春波浣舊纓。詞華慚數子，禮樂待諸生。

和端豁韻

馳驅原隰夢，堂背繞萱花。芳草迴春色，椒觴感歲華。長歌雲欲斷，醉舞月同斜。記得天涯淚，隨風落鴈沙。

長平阻雨和韻

雨後毘盧閣，重山四望賒。畦田明漲水，戍壘破流霞。月出漁人集，風來燕子斜。江鄉渾未遠，回首復京華。

為和兒舉麫酒苦雨有作

學道原何事，功名自倘來。元雲知我意，白日幾時開。興阻三秋鴈，情空萬里臺。野堂筵席罷，剩有菊花杯。

睡洞

墜驢如愛隱，堅臥向蒲園。流水當年在，浮雲盡日閒。丹爐封藥裹，古篆剝苔斑。萬里風烟興，纔臨第一關。

謝鄉約

漆園方弃世，斗酒過比隣。綠綺迎薰裏，朱花照水濱。晚凉入座濕，暑雨逐時新。末契無增歎，鄉人轉更親。

和陶明府三韻二首

一

春風迎竹馬，細雨濕行裝。詔落三台迥，恩承百里光。幾時無事酒，能醉病夫腸。

二

載筆隨香案，吟囊許倒裝。風雲瞻王氣，日月近清光。十載鵷班吏，傳聞幾斷腸。

五言排律

送趙彦慧還澶淵

雲壯懷舊里，曉旆下燕京。捫蝨驚高論，聞鴻動旅情。慟余方病懶，羨子正才名。迥野寒烟斷，幽塘春草晴。閒尋汲黯宅，懊想寇公盟。耿耿看雙劍，横霄氣不平。

書唐李和別卷

寒亭揮別酒，曉騎逐征塵。易水悲歌壯，襄臺旅夢新。一冬方見雪，千里欲逢春。草樹迷江岸，雲波漲楚津。還看碑墮淚，漫有句傳神。海鶴琴堂夜，孤鳴莫向人。

壽羅尚書

辭謝天官去，綸巾弄釣筒。比隣尋故老，別墅課兒童。湖水晴樓碧，羅山晚座紅。名高八表在，動舊四朝同。風月長吟外，乾坤爛醉中。瞻雲悵遊子，壽誕倍思翁。

元菴

元菴者誰子，幽獨淡成家。雲水開塵霧，樓臺宿晚霞。色空今已寂，世路漫無涯。影落三花樹，丹還九轉砂。逶迤星斗近，縹緲海山賒。我欲觀元化，誰能出巨槎。

送鈞陽劉閣老

阿衡天眷尹，屏翰嶽生申。萬古雲霄客，三朝社稷臣。長林屯虎豹，傑閣迥麒麟。帝澤霑黄壤，龍章下紫宸。氣增山海闊，光動草花春。磊落看先輩，疎慵仰後塵。中原遮父老，相業謝重新。

過輔城寺偶題㊀

城父何年寺，龍山此日遊。地形分漢楚，天塹自春秋。路古河流斷，祠荒草樹浮。問津思責沈，定鼎憶尊周。日月窗前馬，乾坤海上漚㊁。艱難渾謝病，休暇已忘憂。

注

㊀道光十七年《寶豐縣志》卷三：「輔城：《隋書·地理志》：開皇初改龍山曰汝南。十八年改汝南曰輔城。」

㊁漚：通「鷗」。

和許函谷韻㊀

爰從會善院，重覽給孤園。鐵指橋梁斷，輕談貝葉翻。元堂收法祖，衣鉢領徒孫。帶醉揮詩卷，豪吟破酒罇。意長悲夕短，才劣恨辭繁。玉案懸朝望，三呼想聖恩。

注

㊀許函谷，即許誥。據《明清進士錄》，許誥，弘治十二年二甲五十一名進士。河南靈寶人，字廷綸，號函谷山人。授戶部給事中，劾中官苗逵貪肆，官翰林檢討。其父為成化進士，累官至兵部尚書，忤劉瑾削籍，誥受連，謫全州判官。父喪歸家，聚徒講學。嘉靖初，遷侍講學士，官至南京戶部尚書，卒謚「莊敏」。有《通鑒綱目前編》。

乾州元日

履端逢令節，遥拜奉天中。晝黼開黄道，譙樓繞禁宫。重闈分皷角，列署散絣幪。柱下肅清史，班頭引上公。制傳三輔重，嵩祝萬人同。燦爛庭燎麗，峥嶸劍戟雄。妖氛銷積雪，瑞靄迓東風。日月明夷塞，乾坤仰聖躬。

别雪峰嚴明府之溫縣

别促交猶淺，情眞句轉工。論才今世裏，數代古人同。逸况黄虞上，高談魏晉中。倠科慚子賤，擊摶豈文翁。易地非常調，辭喧羨此風。孤槎凌雲漢，滿座俯群嵩。誰識羊裘裔，由來冀北雄。列星占太史，光彩照宸楓。

壽馬司馬

天心宏景運，賢相起河陽。夙志風雲壯，崇勳日月光。鄉評高賈誼，舊論惜張綱。輣軻千鈞□，扶搖萬里檣。直言畱太史，奏捷滿邊疆。諸葛悲先主，周公感後王。九重方注念，多士競交章。鵷鵲頻宣問，貔貅任主張。白髮重恩共，青雲後裔長。祖禰均雨露，桃李藹門牆。海屋春增壽，德星夜聚堂。玳筵歌且舞，重獻紫霞觴。

榮感卷為陳封君介翁太夫人賦

感恩深雨露，聚德訝星辰。御史雙銜舊，南阡二表新。内儀元用事，執法動如神。棠樹姚江在，椒花上日親。書樓遺宦業，文範許鄉人。吟入陳陶社，卜堪孟母隣。于飛還鳳鳥，掩涕向麒麟。世促名猶嗇，才高道未伸。火烟相哽噎，隴月共嶙峋。甲第榮先輩，孫枝逈後塵。風霾開憲府，山火照冤民。帶礪丹書下，松楸萬載春。

慶冒郡伯壽 代王楚峰作

同祝嵩山壽，歡邀洛社英。和風紅杏滿，瀕海碧桃晴。家世春秋業，名崇月旦評。巍科傳令子，遺澤在編氓。烜赫雙龍誥，飄蕭五馬纓。浮槎凌太乙，脫幘問長庚。風雨孤懷壯，乾坤老眼明。醉便黄鶴夢，癖愛紫芝榮。水月供詩卷，山雲杜杖行。塵心忘蹇拙，世道謝升平。無窮方外興，端坐說長生。

埋狗

守犬朝來斃，衡門念爾勞。朔風驚晚覺，凉月聽清號。歸遠先常迓，聞刑暗已逃。中唐無穢矢，牆角有殘膏。掣電明雙眼，旋花鬭毹毛。釜空曾共餓，簷曝計同搔。去魯纍纍夜，臨烹嗾嗾宵。階盾噈如意，盧令頊解條。何處逢奔馬，前星隕二旄。俊才失狡猾，俗吏鄙貪饕。關外遺黄耳，雲邊墮錦袍。籍茅防陷首，為隴憶連尻。埋狗真如賜，臺山愼旅獒。

卷之四　七言律詩

山中得友人書

南鴻何處落秋聲，十載淒凉此夜并。故國烟花三逕逈，空山風雨一燈明。懷君實有先朝夢，念友虛留舊宦情。死去病身唯執古，愁眉相對白頭生。

送侯主簿致仕

中堂抛却簿書勞，天地擡頭便覺高。名在去思留縣石，夢先行李過江皋。雲間翥鳳非荆棘，海外冥鴻自羽毛。一調秋風知和寡，廣陵山木興偏豪。

會試出適清明館人索詩

雨霽春風萬里晴，長安花柳競清明。群芳初試紅塵面，萬綠同隨紫陌行。喜對明王頒制策，聊憑佳節託吟情。龍門頭角初雷震，濟漢崇勳望有成。

送李梧山公南行㈠

都臺執法三朝舊，塵海橫流一柱雄。纔喜平星占亢野，又看飛雨過江東。逢時屈曲傷諸葛，憂國分明向召公。他日華原懷父老，桑麻殘影望雲鴻。

注

㈠李充嗣（一四六二—一五二八），字士修，號梧山，内江人。成化二十三年（一四八七）進士。嘉靖間任南京兵部尚書。

上幸菴大司馬㈠

四朝星月老忠臣，百戰風濤出此身。銅馬群兇憑手盪，玉關重譯為誰賓。師班不賞豺狼姤，賦就歸來鳥雀馴。今日漢王招舊隱，子卿還得首麒麟。

注

㈠據劉耕撰《彭公別傳》，彭澤（一四一九—一五三〇），蘭州西固人。名鄘，後改為澤，字濟物，早年號敬修，晚號幸菴，謚號襄毅。歷弘治、正德、嘉靖三朝。弘治三年進士。歷任浙江副使、河南按察使，所至以威猛稱。明本《蒼谷集錄》卷一有《幸菴行》，卷四有《幸庵彭總制師出河梁》。其中《幸菴行》中寫道：『憲廟緊作養，幸菴名揭黄金榜。孝廟敦愛才，幸菴霜日明諸臺。戎馬交馳正德年，掃清醜虜奠三邊。殷邦嘉靖逢今上，出將如公還入相。箕山一枕謝唐堯，素壁稜稜重四朝。幸菴幸菴抽身早，迴車却走秦關道。夜孛搖光耀蝃蝀，幾節佗年訪幸翁，高築金臺易水東。』

雨中即事

社外南鴻去已遲，一亭風雨獨相思。遠道魚鹽停市井，比鄰羯鼓罷淫祠。明珠雨綴蒲萄架，翡翠春生檜柏枝。曉坐無端傷歲久，賞心惟有漢唐詩。

高大孃

高大孃家萬木春，女工曾是世間人。花前綵鳳飛來迴，葉上蜻蜓照水眞。雙眼夜光懸寶婺，片心雲錦謫天孫，老來形影誰相弔，拄杖支頤對雪貧。

獨坐

獨坐《離騷》罷《九章》，琴心中夜託帷囊。山雲無地悲鴻鵠，四海何人計鳳凰。悵望洛神空灑淚，夢迴楚館尚含香。鸞輿秖恐東廵晚，鶗鴂愁先衆草芳。

送尹進士出使還京

九重丹詔三關下，幾載芳尊半日留。晉國山河驚夢裏，燕京雪月照心頭。停雲肯慰淵明望，伐木寧知子美愁。是處風謠須顧問，春風玉佩想龍樓。

贈胡郡博和韻

藻鑑橫秋懸玉潤，詞塲破曉落金聲。囊中潁脫驚毛遂[一]，席上龍飛訝孔明。元自按圖分料匠，更誰揮麈得專征。從來魯國徵賢地，禮樂于今待兩生。

校記

[一] 潁当作『穎』。

贈程鄉老

藩庭令器攀龍客，汝海仙翁跨鶴賓。霽雨桑麻開緑野，春風楊柳醉芳辰。登堂夜報三光聚，結社時看二老隣。世道清平聞擊壤，况逢恩詔出楓宸。

鈞臺㊀

冠蓋鈞臺今盛會，水花池館幸追隨。席上坐春分舊韻，醉來吟月想當時。俯臨灝渺慚清潁，仰見嶙峋得具茨。風期洛社應難再，千古斯文喜在兹。

注

㊀正德《汝州志》卷二（郟縣）：『鈞台，在下黄道保，世傳黄帝問道於廣成子，駐蹕於此，大奏鈞天之樂，故名。』

病遇聖節用舊韻二首

一

三秋仲月祝天壽，四海兹辰仰聖恩。地鹵群心猶憫旱，河清孰力可窮源。武昭才氣情還劇，堯舜勳華道本尊。採薪未了山中病，夜夜星河繞禁門。

二

賡歌載嗣明良調，拜舞難忘覆幬恩。青山品列千峯地，滄海籌添萬里源。蟻蜂愧爾君猶重，犬馬慚吾主自尊。病裏羊裘迎日觀，夢中金榜照天門。

任公子

客寄春江四十餘，病來尊酒記村居。林花雨霽香還渺，海月雲移影自虚。虎據空山過漢壘，龍興古刻見隋書。好奇誰似任公子，袖裏長風看釣魚。

江陰沙文粲東還

家世才名許二班，故鄉初著錦衣還。松雲繞逕秋容澹，蘿月浮江月色閒。悵別定誰歌易水，夢歸常自賦君山。詩壇酒社虚盟久，此去招尋重解顔。

獨坐五首㈠

一

側懷天地迥難容，揩眼空堂燭影紅。白鴈泥棫前日事，黄花村酒幾時同。半生骨肉睽違裏，三晉雲山夢寐中。牆角月明懸舊劍，宦途銷盡此心雄。㈡

注

㊀原題注『存三首』。

㊁原注：『右用柏齋韻。』何瑭，字柏齋，明代中期懷慶府人。

二

青燈四壁夜將闌，舊札新愁不忍看。賈誼何心能獻策，淵明未老欲投冠。江山釣獵懷吾土，廊廟經綸愧好官。遥想倚門懸望處，碧雲廻鴈曉風寒。㊀

注

㊀原注：『右用浚川韻』。浚川即王廷相。

三

禁漏疎鐘入座幽，年華倒指迅如流。郢中琴譜留孤調，海上山靈笑遠遊。花暗房櫳連日雨，月明砧杵萬家秋。興來空有如椽筆，不盡寒城此夜愁。㊀

注

㊀原注：『右用白坡韻』。白坡，何景明號。

出山

洞口烟波不繫舟，出山先為入山謀。月明松逕看歸鳥，雨外石田見使牛。農薄稻粱還自足，病廻藥草復誰求。山中日月閒愁思，嶺上黃雲已暮秋。

壽尚書劉公

鶴外烟花遶座青，玉膏眞賜慶遐齡。金門紫塞皆勳業，潁水嵩山識秀靈。萬壑屯雲天送雨，太階騰彩夜占星。中流一柱應千載，曳履時看出禁庭。

苦雨

四野滂沱雨勢豪，遍看雲樹起波濤。銀河倒注城飜海，綺閣平臨水滿篙。只恐蛟螭蟠地窟，更愁魑魅鼓風飈。乾坤滿目無安土，何處天衢尚可逃。

秋樹

蕭索楓林滿目愁，早霜醉葉墮枝頭。夕陽影薄人驚老，露宿巢空鳥解羞。萬里挾風鳴塞苑，一行和月蘸江流。秋來有賦悲搖落，宋玉才高未易酬。

病中六首

一

昏昏獨榻病牀眠，數日南窗未見天。茶竈已虛嘉客坐，藥方還有故人傳。歸來燕子風猶動，飛盡桃花歲又遷。時節過逢增旅恨，况兼游祟故相纏。

二

百感經心旅病餘，晚凭長几獨躊躇。飛龍日角慚通籍，別鴈山南候遠書[一]。異域豺狐按壘捷[二]，中原雞犬半成墟。逢人欲問安劉事，何處南陽有故廬。

校記

［一］『山南』四庫存目叢書《盛明百家詩·王方伯集》作『天南』。

［二］『異域豺狐按壘捷』四庫存目叢書《盛明百家詩·王方伯集》作『異域豺狼初報捷』。

三

百變微軀齒最剛，天時似與病為狂。雨慳燕浦三春旱，風起龍沙萬里黃。俟命直教湯藥廢，銷愁已與酒杯忘。更憐頭髮如氊裹，皮骨朝來對鏡長。

四

心病幾番愁肺病，年華十度客京華。每將水火烹粟米，閒看兒童撲柳花。舊日竹林誰是主，春風燕子又成家。通衢大市門獨閉，城上塵埃起暮笳。

五

百歲交親千里隔，兩函書劍一時傳［一］。中郎早已知王粲，安石何能起謝玄？白水青山空復爾，暮雲春樹亦悠然。呼燈坐啟看無厭，扶病乘槎欲問天。

校記

［一］劍，《盛明百家诗·王方伯集》作『劄』。卷六《嵩游途中懷友人五首·华泉》：『一緘書劒勞相問，北闕原非得意詩。』劒，明本作『劄』。

六

讀罷遺編損壯心，乾坤興廢乍浮沉。漸臺剛自除新世，郿塢還看刼上林。未信獻皇原季父，須知孟德是淮陰。臥龍崛起渾無賴，萬古英雄感慨深。

送蕭宗漢丞松之上海

潞河南下水淙淙，別酒情深玉滿缸。有道吳儂非故日，堪憐蜀客入東江。薰風晚對青山迴，霽雨間唫老樹雙。未信太平兼吏隱，憑君驅石海門瀧。

愚樂

老年七十學田夫，洛社耆英醉欲扶。杏苑聲華憐壯志，柏臺諫草在皇圖。溟鴻不受樊籠繫，海鶴曾甘世網拘。風雨覆翻塵眼在，如公壽樂豈眞愚。

兀坐讀空同詩有懷大復

幾年詩卷未曾開，紫邏雲山憶鹿臺。午漏旌旗隨日轉，天門鐘鼓放朝廻。憐才不見李生久，動興還如何遜來。舊事新愁共蹭蹬，清霜落木益堪哀。

賞菊和韻

白雪黃雲照晚枝，可堪嘉客賞來遲。寒香暗度風欹處，疎影偏宜月正時。携酒許通元亮社，悲秋強和少陵詩。歲寒消息虛窗外，笑對空山恐未知。

長至陪祀西山途中二首

一

馬頭薄旭出城初，赤地人烟覆草墟。隱隱崇山圖畫裏，茫茫沃野戰争餘。冰灘沙暖驚鷗隊，霜塞天空過鴈書。廻首禁雲迎日至，長陵此夜宿寒廬。

二

風光入眼記曾來，輦道回龍紫殿開。石溕御溝悲液水，草寒荒壟惜燕臺。歲時數走登山騎，湖海空馳濟世才。最是先皇恩未泯，相逢猶見路人哀。

輓淮安葉太保

尚書新塚臥淮安，鄉社逢人掩淚看。韓信城頭山月小，劉伶臺下草烟寒。賙窮誼重今天子，富國功浮此地官。不盡英雄千載恨，楚江東去水漫漫。

送潘鳴治出守漢中

十年為客長吟地，今日朱幡送客游。春夜江雲違伏枕，漢人風景記登樓。蜀川西出金牛路，荆楚東連白馬洲。聞道山中盡饑饉，急須膏雨慰深憂。

泰陵二首㈠

一

雲厓崒兀擁明樓，萬古傷心土一抔。遍嶺風鳴槲葉暗，隔林烟障鳥聲幽。蜀山王氣悲先主，漢世遺踪寄古邱。待漏金門疑是夢，東南翹首舊神州。

二

至日佳城分帝祀，小齋燈火駐征鞍。烟燈縹緲朱門迴，松雪崚嶒玉殿寒。欲問山名逢牧豎，漫談國事邂陵官。市朝車馬紛如故，誰念林邱土未乾。

注

㈠此詩當作於弘治乙丑（一五〇五）年冬至，其時王尚絅赴泰陵哭孝宗。

別張君幕

長松白日照瓊巵，蒼谷靈巖話別時。過眼兵戈三墮淚，驚心歲月一彈棊。何人更接平生論，舉國渾留去後思。嵩少晚來西眺處，秦關烟柳正絲絲。

送譚太守之開州

群山毒熱對燕臺，縹緲雙麾遠入開。作郡已看叔度政，論交空惜彥威才。九重明詔銜恩去，千里征車帶雨廻。花巷野亭皆竹馬，有人還望使君來。

送于先生分教即墨

一官博得愜閒情，囊捲青氈破曉行。闕里風烟廻首近，墨池山水照人清。遺經已喜歸諸子，奇字還應走後生。千載朱弦空絕調，煩君此夜聽琴鳴。

送許太宰休致

百尺燕臺起廢初，老臣許國意何如。投冠偶拜天王詔，束帛曾勞使者書。十畝林園塵土外，百年海嶽夢魂餘。征旂明日河陽道，依舊寒烟遶故廬。

潞河別意卷

長河抛練淨塵寰，何處鳴榔下碧灣。笑我胸中磐海嶽，憑君眼底領江山。時危野瘴初經暑，地窈鄉音漸入蠻。遥想南征應有賦，倚樓重待子長還。

夜坐寫懷

晚窗風雨憶平生，一紙書來萬慮輕。千里江鄉今夜夢，六年京國此塵纓。毛郎捧檄情何壯，王粲登樓賦欲成。歸思瞢騰誰對語，寒蛩露草月華明㈠。

注

㈠寒蛩：寒蟬。

送馬太守

白眉鄉里獨才名，記得垂髫宴鹿鳴。三賦章封終内補，一麾兵火促南征。長歌易水秋風勁，回首昭陵落日横。側席佗時如再問，漢廷還羨賈生行。

過父城寺偶題

一夕商飈草又枯，輔陽城郭幾荒蕪。香山西去浮圖在，龍水東來野廟孤。舊市新衢終互變[一]，斷碑殘碣盡模糊。前村月落宿投晚[二]，欲問莊王事有無。

校記

[一] 終互變，《直隸汝州全志》卷九作『多寂寞』。

[二] 月落宿投晚，《直隸汝州全志》卷九作『酒好堪浮白』。

壽圖

青髦白鹿海東潯，誰識乾坤靜此心。赤壁夢回山月小，滄浪歌罷水雲深。閒拖竹杖驚龍化，醉舞霓裳引鳳吟。何處兒童頻祝壽，碧桃花外日陰陰。

和馮通政留別韻

春風江草動離愁，去去王孫念遠遊。白浪片帆過故里，清山獨戍隔神州。清明寢殿行應薦，上巳新亭事已休。莫向銀臺便吏隱，使君名姓御屏留。

送惲僉憲兵備湖南

湖水湖山勢欲吞，雙旌五月下荊門。風烟出峽乾坤迴，瘴霧漫江日月昏。襄野豺狐千里道，衡陽鴻鴈幾家村。使君能藉廓清力，詞賦騷談未足論。

登明遠樓韻㊀

小坐崚嶒最上樓，年來矮屋礙擡頭。半空風起波翻海，四月天寒雨送秋。去國尚懷王粲賦，看雲還動子山眸。閶闔況復渾多事，一曲南薰憶解憂。

注

㊀注見《秋日和登明遠樓韻二首》。

武穆祠和韓憲副韻

武穆精忠冠古今，雲長義概孔明心。夢先匹馬天移宋，寃入黄柑世已金。正氣不隨南北盡，哭聲留作短長吟。祠王世世朱仙鎮，廻首湖西隴樹森。

宋韓公

潞河南下買孤舟，破曉冰澌夾岸流。紅葉如花醒醉眼，清霜似雪白人頭。望窮天際尼山迴，歌盡風前易水秋。别去滿懷廊廟念，戍城應起望京樓。

毛家嶺庵院[一]

丹峰黄葉净秋顔，鳩杖芒鞵出舊關。日脚已曛雙汝洞㊀，月明先宿二熊山㊁。融融潁谷瞻雲外㊂，瀝瀝由瓢想樹間㊃。獨向空嵓慚病體，誰將玉屑飯吾還。

校記

[一] 詩題嘉靖八年《登封縣志》卷三作「山前」。

注

㊀原注：「洞有前汝、後汝。」
㊁原注：「山有大熊、小熊。」
㊂原注：「潁涯考叔庿見存。」
㊃原注：「箕山下今所谓許由祠墓即公存瓢故地。」

風穴[一]

蒼谷西來風穴寺㊀，十年塵海動相思。轉憐休暇緣多病，喜得登臨漫賦詩[二]。鑿洞雲峯尋辨叔㊁，聞笙嵩嶽憶庭芝[三]㊂。寂寥汝潁鍾靈地，秋雨嵐亭負愧時。

校記

［一］詩題清康熙十二年刻本任楓輯《風穴志略》（天津圖書館孤本秘籍叢書）卷下作『遊風穴寺』。

［二］喜，清康熙十二年刻本任楓輯《風穴志略》卷下作『直』。

［三］嵩嶽，清康熙十二年刻本任楓輯《風穴志略》卷下作『繚嶺』。

注

㊀風穴寺：位於汝州市東北九公里處，始建于北魏，初稱香積寺，隋改為千峰寺，唐擴建為白雲寺，又因寺東龍山有大小兩個風穴洞而名風穴寺。寺周林壑優美，萬柏葱籠，寺院依山傍水而建，錯落有致，無明顯中軸綫，頗具江南园林特色。

㊁原注：『辨叔，吳幾復字，所謂吳公者即公讀書處，今亡矣，可惜。』

㊂原注：『庭芝，劉姓，汝州唐時人，茲游嵩猶及見公聞笙篇，志失其名，可嘆。』

送張先生九昂司训

講易傳詩道已東，惠風門下憶春風。庭蘭愛日看諸子，江樹瞻雲有醉翁。天上九鯤應自化，海邊萬馬為誰空。不才潦倒還能傳，他日名鄉啟孝忠。

廻寄登封李明府

何處元珪識嶽神，清烟薄旭俯城闉。入山秖恐迷歸路，問舍何曾遇主人。㊀塔上名題非故我，壁間詩詠出天眞。廵游幾日歸忘倦，感說年交援引頻。

注

㈠原注：明府號嵩麓主人。

邃老蒿店壁間韻

河外新城幾受降，朝宗萬水共淙淙。身如砥柱中流迴，名並昆侖氣槩雙。回首風雲瞻象闕，還朝雨露灑晴江。中宵星彩占來使，明日龍章走繡幢。

挽巴山用文利韻㈠

瓣香灑淚還如夢，天外浮雲幾變更。北斗南金瞻裔世，春風門雪仰諸生。行崇那藉詩文重，官耐何如道義榮。炎海不堪悲往事，九原留取萬年名。

注

㈠巴山：即王弘。據光緒《六合縣志》卷一：『巴山，在縣西北四十五里，高四十丈，周二里，有寺。明副使王弘家於此，因號巴山先生。』同書卷五《王弘傳》：『王弘，字叔毅，廣洋衛人。弱冠舉《禮記》第一，弘治癸丑進士，授行人。以名自砥勵，莊文節昶愛而妻之。正德改元，擢南京福建道監察御史，論列逆閹劉瑾罪狀，忤旨，被杖為民。瑾乃榜奸黨於朝堂，弘與焉。庚午瑾誅，起廣東僉事，進副使，督學政。時霍宗伯韜、倫司成以訓在諸生中，弘首加獎進，從服其明……嘉靖初，有欲援弘出議大禮者，堅却之。隱居巴山，卒。論者以為無愧定山云。』《鄒守益集》卷十《歐陽南野崇一》云：『往歲侍先師於虔臺，王巴山自廣歸見，忍咳與談，談劇復咳，咳止復談。客退，請其故，曰：「是定山壻，有文學，後輩所歸。若轉得巴山，則六合之士皆可轉矣。」』本詩中『春風門雪仰諸生』『行崇那藉詩文重』，對王弘事迹高度讚揚。

答對山

筆頭風雨驚游刃，颯沓浮雲到眼空。顏色早傾天下白，根荄誰識狀元紅。內堂視草三山迥，東閣看花一醉同。自笑疎慵何所用，兼收亦在藥籠中。

用商司廳元旦試筆韻

饋歲已驚成昨日，占年獨起瞰長空。曙光入閣千山紫，燈影登樓萬樹紅。霜草鴈迴清塞北，雲岡龍臥隔隆中。陽春曲好憑誰和，異代眞慚調不同。

紀慟

北堂歌舞歡春酒，忍聽慈顏泣故窮。釜爨秖留星火在，罌儲遙畏午飡空。數椽茅屋封殘雪，百結牛衣抗烈風。涕淚轉教兒女笑，此情千載慟愚衷。

登天壇山二首

一

元壇碧殿出嶙峋，勝日遙臨萬仞春。花鳥半空迷上界，風雲匝地接嚴宸。明河下照槎光近，列宿重看劍氣新。咫尺對天如有問，眼前饑饉見斯民。

二

軒轅勝跡獲群仙，夢繞瑤臺半百年。萬里河山蟠樹杪，兩丸日月落雲邊。中華景福無量地，洞裏元眞第一天。桂籍朝來如應選，臥龍霖雨遍山川。

讀五山詩

五山與月瀧輩以詩鳴秋臺㊀，絅幸託於寮友，方期一晤，而訃至矣。覽其集，為之惘然。

夔州老後謫僊逝，翡翠蘭苕滿漢邦。絕代風流渾欲盡，凌雲才氣故無雙。神交誰復憐池草，句好猶能見月瀧。腸斷五山秋雨夜，水聲三峽正淙淙。

注

㈠月瀧，見卷三《送月瀧之南太僕》注。

懷友

浮雲聚散悲生事，臥病歸來歲已深。行處青山如契舊，爐中丹藥是知音。梅花落盡天涯夢，海月難消此夜心。見説琹臺誰更鄙，美人還解白頭吟。

餞席侍郎來濟

曖曖去塵昏灞岸，飛飛輕蓋指河梁。雲峯衣結千重葉，雪岫花開幾樹糚。深悲黄鶴孤舟遠，獨歎青山别路長。却將别路沾襟淚，還用持添離席觴。

贈夏時鳴彈琴用空同子韻

浙水塗山思未窮，聽君今夜理絲桐。調高渾入羲皇上，意古分明徵角中。天日幾廻看起鳳，烟波何處語歸鴻。秋來此興應誰共，寂寞無從託晚風。

秋日和登明遠樓韻二首㈠

一

堂下魚龍泛海漚，嘯看雙眼據危樓。風雲地覆中華迴，圖畫天開萬里秋。利國何年曾有問，專門他日尚堪求。最憐馬獻明庭盡，信是廬空未足憂。

二

羣公雅韻落天上，首首書題明遠樓。乘興浩然方望楚，傷心甫也正悲秋。齊梁日月還能數，潁洛風烟盡可求。多病不才今愧我，少年曾爾賦先憂。

注

㈠明遠樓，在开封。據楊輝《王尚絅年譜》，正德十一年（一五一六）秋，王尚絅與李夢陽、邊貢、毛伯溫集於開封明遠樓，有詩唱和。

和在軒登樓韻

望鄉高詠五華秋，片月遙登鎮海樓。廣末玉龍歸洞口，昆明金馬耀池頭。扁舟何處忘眞隱，刻燭今宵足壯猷。已報漏殘歌未寢，寂寥後夜慰君愁。

黎城分司病中謾興

公私鞅掌病還生，千里行山兩月征。獨戍瞻雲天闕迥，疎槐聽雨夜堂清。世情老去推元亮，心事年來許向平。長臥不堪開藥裹，佗時出處記黎城。

浙中答客和韻

逾年礙我游湖興，此日逢君把卷開。一餉功名占旅夢，半生昏嫁賦歸來。歌殘舞袖空金縷，代却長陵有玉杯。海畔傷心為客地，天涯翹首望鄉臺。

德清答西屏和東橋韻㊀

湖南湖北淥增波，短日長吟滯兩阿。黃葉半山渾欲舞，白頭中夜奈愁何。虞弦淚濕風前調，牧笛魂銷雨後歌。擬過東橋看虎嘯，西屏雅興入秋多。

注

㊀區越，新會人，字文廣，號西屏。白綸，涇陽人，字天敘，號東橋。

關右答龍湫併寄趙近山用舊韻㊀

望隨寒鴈關河盡，坐聽春城鼓角哀。千里獨歸垂釣浦，百年相望讀書臺。蒼山桂樹曾招隱，碧海閒鷗肯見猜。只恐羊裘勞帝夢，客星光彩射中台。

注

㊀趙近山：趙廷瑞（一四九二—一五五一），字信臣，號近山，又號洪洋，開州人。正德辛巳（一五二一）年進士。官至兵部尚書。

出代州雨中有感

幾日馳驅七日程，紫雲長繫戀君情。山陵回首成千古，書卷迷人已半生。當夜急雷簷外落，前途膏雨望來平。此心轉處天應鑒，欲挽巡車勸蚕耕。

宿原平驛與登拱二生

細燒銀燭夜生花，舊坐青氈歲已賒。風壤西來懷漢上，雲山東指笑天涯㊀。飄流世事元如夢，辛苦時年不用嗟。華髮對渠驚老大，薄官憐我尚為家。

注

㊀天涯：原注『天涯，山名。』

崇福寺㊀

五月巡車出冀寧，亂山橫繞笑伶仃。岡頭日落烟光紫，谷口風來雨氣腥。未信豺狼今塞道，漫驅龍虎夜談經。大行雲樹都如古，誰為梁公起舊亭。

注

㊀崇福寺：在山西太原。

扈澗山莊四景八詠㊀

春

一

春來結舍碧流灣，病怯柔軀喜燕間。出郭未能三十里，開窗已得萬重山。愁深花鳥知詩興，醉舞松風散酒顏。搔首北堂纔咫尺，斑衣夢裏幾迴還。

二

落絮飛花社雨香，慵看燕子為泥忙。三槐舊日王公里，五柳清風處士莊。世事暗如塵土變，野情間逐水雲長。江南我欲携萊婦，洛下誰應念草堂。

夏

一

貧中得味誰相信，病裏無營意自閒。十載塵纓抛逝水，一瓢春酒對蒼山。陶潛有子還能課，原憲逢人亦強顏。幾日雙岐歌歲稔，林泉坐見古風還。

二

菡萏開時澗水香，幽人兀坐看花忙。牛羊出牧相為侶，燕雀飛來自識莊。歎世故知清樾厚，素滄渾覺午天長。遙憐千古同聲友，密止誰應會埜堂。

秋

一

風高宿漲落前灣，溟色溪光晚更閒。世事看來惟白月，浮生閱盡有青山。蛩鳴夜榻渾無夢，鴈過霜林早著顏。採藥山中須此日，携琴人去幾時還。

二

山窗古鼎夜焚香，轉覺閒心尚爾忙。卒歲輸官愁晚賦，舉家糊口愧鄰莊。菊花愛主秋容淡，梧葉懷人夜雨長。聞道此中堪便老，更求何處卜茅堂？

冬

一

廻風積雪閉柴關，僵臥誰知在野間。銀海合冰天末路，寒空疊玉畫中山。向來花草都何處，最是松筠獨舊顏。幾欲携龜償市酒，孤城那得故人還。

二

梅風妬雪暗餘香，簷雀飛鳥晚更忙。四十飛騰愁暮景，東西隔絕幾家莊。興空僧舍鳴鐘迥，目極榆關輦路長。凍壤蟠根廻麥隴，寒天短日背萱堂。

注

㊀本组詩為作者在郏縣西北約十公里的黃道鎮王李灣一帶隱居時有感而作。王李灣一帶，扈澗水環繞村前，棲鳳嶺（落鳳坡）環抱村後，背風向陽，風景優美。『密止堂』就在王裹灣扈澗水青獅潭畔。

烟波萬頃樓和周白川韻㊀

烟波曉望出蘇州，來醉君家舊酒樓。畫虎幾番堪自笑，乘龍萬里愧同游。柴門荒徑何年啟，水閣重陰六月秋。滿目激湍渾未定，到來百折問東流。

注

㊀周用，字行之，號白川，吳江人。弘治十五年（一五〇二）進士。

遊龍泉寺用元汝守李君恕韻㊀

長松突兀出層霄，望裏雲山路轉遥。暑去凉風秋滿座，朝來宿雨水平橋。殘碑剥處猶看篆，曲徑迷時欲問樵。還向老僧通姓字，題詩漫自寫黄蕉。

注

㊀龍泉寺，又叫靈泉寺，在郟縣北鳳翅山中，「靈泉夜月」為郟縣八大名勝之一。清同治三年《郟縣志》卷十一有趙修紀《春霽游龍泉寺》、李模《靈泉》、金世純《靈泉寺感懷》等詩，均是寫龍泉寺的。

和何柏齋見贈韻二首㊀

一

春風入座片時開，洗却塵心隔歲來。川上閒情忘道體，眉間靈骨識仙才。堂封宿草寃猶在，華表停雲志不迴。飲海肝腸枯欲盡，封侯那願築燕臺。

二

硤江折坂繫龍湫，捧箑龍門望爾休。希聖豈徒聞怪事，味騷寧欲續靈修。泰陵鼎化千秋恨，易水歌空萬里遒。題鳳肯教懷刺汦，他年高士並南州。

注

㊀何瑭（一四七四—一五四三，字粹夫，號柏齋。弘治十五（一五〇二）年進士，改庶起士，授編修，參與纂修《孝宗實錄》。正德八年（一五一三）為正德皇帝講經時直言規諫觸諱，貶為開州同知。正德十一年調東昌府同知。當年九月請求致仕，未允。次年上疏致仕得准，離任返回原籍。謚『文定』，世稱何文定公。為明代著名理學家。

山中同贛同二子守歲

山莊守歲坐通宵，黃卷青氈慰寂寥。驥子為誰兒亦好，阿戎得爾興偏饒。洞中殘雪烹茶竈，門外東風上柳條。四十歸來成一老，年年擊壤聽村謠。

新春寄慈溪周子㊀

百代金縢開虎座，千章玉樹起龍潭。相思雪嶠尋詩苦，取醉燈花照酒酣。汝上春來風又古，浙東人去道還南。憑誰早寄梅花信，羲卦元公本自諳。

注

㊀周子：周德懋，見《烟波萬頃樓和周白川韻》注。

春風堂為汝州胡掌教賦

講堂終日聽胡公，源遠流分漫不同。千載遺經開正學，四時和氣坐春風。庭梧鳳去音猶好，壁水龍潛意自雄。分野會應占太史，再看奎壁聚天中。

對月懷龍湫子用杜子望野韻

夢歸白鶴醒華表，興逐飛虹過御橋。新月近人千里共，春風聚首十年遙。愁中錦字勞頻寄，病裏鳴珂怪懶朝。幾度憑欄聞候鴈，楚江烟柳自條條。

漫興用杜韻寄大復子

薄軀病久春仍健，舊卷燈孤夜自開。乹鵲喜占梧樹杪，春鶯巧囀上林來。錦囊不負吟池草，綠酒猶堪醉野梅。細向初唐變詩律，真成烈火煉金廻。

和端谿韻

叢桂裏垣幾度花，東風廻首暮雲遮。十年懷刺投無地，千里傳詩拜作家。玉燭春光廻斗柄，金蓮嘉氣滿燈華。山中此夜情偏劇，諸子焚香望海涯。

和東齋玉泉觀石上韻

詔宣方外今應是，供奉螭頭此更難。遁世希夷非叛道，愛民如舜本來寬。四時花鳥林中樂，一枕乾坤洞裏看。不必名山可歸隱，遙岑堪著鹿皮冠。

邃老第一關韻

簡命一朝離隱處，登臨幾度托名山。片鶴清吟歸海杪，五龍高臥出雲間。蹊邊草色爭春意，石上蓮花聳舊顏。生來性與烟霞癖，題遍平崖獨後還。

七言排律

燕臺別意卷

絳節隨親出帝鄉，江山是處老萊裳。一天風景看幽薊，萬里河流入楚湘。鳳穴引雛呈聖瑞，龍門納客散餘光。別來忽起鄉情舊，住久寧知旅夢長。暮雨登樓傷庾信，春風下第恨劉郎。青蕉夢裏誰分鹿，白石山東欲化羊。昨夜光騰收劍匣，何年穎脫失錐囊。每驚筆勢風雲亂，雅愛詩魂月露香。社酒定傾淮水畔，驛旌遙指朗山陽。重來何限期君處，橋梓陰森繞建章。

太和山和呂純陽韻

游雲澶漫浮沙海，突兀中天見此山。寶鑑兩輪開地軸，明珠幾點落星灣。虹橋直跨金鼇背，甸閣斜簪紫鳳鬟。巧出孤峯文作篆，細分流水玉生環。巖前帝子垂青蓋，洞裏仙人閉竹關。絕壁杉松渾欲到[一]，懸梯鐵鎖動成彎。丹迴不用靈芝採，歲卜時將榔樹攀。黑虎夜巡金甲異，珍禽幽喚我師閒。錄傳翼軫乘龍渺，劍繞虛危桂樹間。飛杵磨鐵千古在，誰逢老姥便知還。

校記

［一］『到』，當作『倒』。清陳焯編《宋元詩會》卷六十九杜瑛《湖口阻風登江磯觀濤》詩：『狂風吹人渾欲倒，瑟瑟寒聲動秋草。』清吳綺《林蕙堂全集》卷十九《贈陳婁東》詩：『卻笑玉山渾欲倒，也隨陶令兩眉攢。』

三山挽詞

衣冠鄉曲愧通家，陸海舟沉望眼賒。席上騰雲看起鳳，行間入草見驚蛇。劉郎興在花千樹，公子名高劍一槎。獨歎良金灰冶礦，誰憐璞玉涴泥沙。中山世胄遙歸漢，下里歌歈未和巴。病臥長卿深自懟，交疎中散為重嗟。乾坤甲子風前燭，今古榮名浪裏華。惆悵三峯山路杪，寂寥一犬月明斜。

注

㈠《郟縣志》卷十一仝軌《重修黃道鎮永慶寺記》云：『西望野豬峪十余里，青雲劉先生及其子三山先生墳在焉，即余有事外家塋處也。』青雲劉先生指苑馬寺少卿劉濟，三山是劉濟的兒子。可參卷十《壽官劉公墓碑銘》，其中說：『公上世俱隱居，自弟濟始讀書舉於鄉，歷守乾、徽二州，終遼東苑馬寺少卿』。

㈡三峰山，在今禹州，距郟縣二十公里左右。

卷之五　五言絶句

龍門

隱隱望龍門，依依出遠樹。山銜嶺外雲，水嚙橋邊路。

伊藩索和韻二首

一

麗石開中嶽，清陰散午凉。長生眞有藥，誰復許東方。

二

嘗祀秋風急，官齋夜月凉。皇華能奏賦，霜鴈定何方。

瓦亭驛

野荒風火暗，土瘠雪崖青。來往沙塲路，傷心自瓦亭。

金佛硤

佛硤舊聞名，元昊此屯兵。佛身金未落，硤石波猶鳴。

春遊紀勝二首

一

出遊隨衆吏，接引下客臺。風日百年少，江山萬里來。

二

明堂誰獻賦，封禪媿無才。舊跡閒曾問，郊壇建國開。

四時清玩卷七首

此沈石田贈柳塘者㊀，卷每自題，柳塘間以示予。見其竹木山雲清純可愛，因以紙摉其舊句，俟句成，啟而校之，乃亦不甚相遠也，為之一笑。

一

濯足此溪水，孤舟何處郎。煙波春浩蕩，宿雨夜淋浪。

二

千畝竹林邃，清風赤日寒。蕭條七子後，江上一絲竿。

三

紅雨飄楓葉，綠雲戰竹竿。亭皐看鶴放，萬里碧空寒。

四

大地一片白，何處有先春。滑滑襄陽道，應憐鄠杜人。

五

曳杖出林樾，行行野徑深。蒼山幽自好，飜怪有鳴禽。

六

石室臨江鑿，山橋隔磵分。松風吹晝雨，到處耳邊聞。

七

落落青桐樹，靈雲曙色開。小亭吟眺處，隔水送琴來。

注

㈠沈周（一五二七—一五〇九），字啟南，號石田、白石翁，長洲（今江蘇蘇州人）。工於書畫，為人耿介獨立。

土門六首㊀

一

蒼蒼土門口，日出逢樵叟。問爾何處來，山中苦無酒。

二

沙苑平如掌，青青苜蓿痕。昔時牧馬地，今作牧牛村。

三

朝從田父館，繫馬古林西。村鷄不知曙，日高猶自啼。

四

蜿蜿野田中，白路净如掃。停鞭問征客，云是居庸道。

五

枯楊臨大堤，上有鵁鶄窠。春風幾日至，令使綠陰多。

六

山中風日煖，藹藹似初春。亂石牛羊徑，時逢掃葉人。

注

㈠土門：原屬郟縣李口鄉，今屬平頂山市衛東區。

寄仲默代簡

懷人愁夜雨，送客渡長河。渺渺看南雁，馳箋到白坡。

邀王秉衡

得魚常換酒，繫艇夕陽還。醉問黃塵客，百年幾日間。

玉泉院次雨山石上韻㊀

空谷閟幽意，伐木振餘響。垂書不見人，華嶽開天上。

注

㊀玉泉院：位於陝西華陰縣，是登臨華山的必經之地。

上山

嶽神何峻極，日落苦追攀。嶢崅看屐齒，晚宿申家灣。

崿嶺道中二首[一]

一

早促轘軒行，三年傷舊旅。前山下夕陽，立馬私相語。

二

少室山欲闕，少陽水欲竭。曈曈嶺外雲，皎皎峰頭月。

注

〔一〕嘉靖八年《登封縣志》卷一：「轘轅岭一名崿岭，在縣西北二十七里。」登封縣地方志編纂委員會《登封縣志》中「名勝文物旅遊」一章在談到「轘轅關」時指出：「《登封縣志》載，轘轅關，位於太室山之西，五乳峰之東，少室山之北，通濟橋之南，登偃交界處，俗稱峨嶺關。」根據這些材料，此詩第一首的「早促轘軒行」當作「早促轘轅行」。

自少林過山憩清涼寺得詩十首〔一〕

一

歷歷危峯上，無風晝自鳴。玉膏如不死，栖隱足平生。

二

處士今何在，山中舊結廬。嶽僧雖既老，口自誦韓書。

三

卓錫上清涼，客來不受謁。騰騰白道洞，秋風臥明月。

四

每從書卷上，再拜武平一。唐臣盡峿嶁，君心似太室。

五

寥落箕山後，比隣自不凡。峷嵂煙霞外，田廬尚有巖。

六

挺挺嵩高上，雙峰幾度秋。從知王子晉，長揖謝浮邱。

七

一片面壁石，此中有深意。如何後世人，指摘為怪異。

八

折齒不為傲，斷臂不為奇。嗟嗟今古人，所貴心相知。

九

惡木無良才，惡土無良壁。所以君子山，常有碣白石。

十

丹邱臥元子，嵩陽隱鍊師。世無謫仙眼，千古空愁思。

注

㊀清涼寺：嘉靖八年《登封縣志》卷一：『清涼寺，在縣西三十里，金貞佑四年建。』貞佑四年為一二一五年。明本《蒼谷集錄》卷七《嵩游記》云：『明正德乙亥，予西歸凡四載已。乃八月十日甲子雨霽，明日出郭西扈澗，攜兒同憩密止堂，又明日丙寅宿蒼谷行窩。同曰：「風高氣清，採藥嵩少，此其時乎？」丁卯，出山后介兩熊山，宿毛家嶺菴，有洞曰前汝、後汝……下山宿清涼寺，山雲水月，夕景尤嘉……癸酉得風穴賦聯書二通，一投穴中，一焚廟上。八景詠成而雨，數日前山行所無也。簑笠出柏林東，歸蒼谷。甲戌下娥眉，謁蘇墳，還扈澗山堂……』可知，《過山書清涼寺》《嵩游途中懷友人五首》《嵩陽觀》《三祖菴二首》《風穴寺八景》等都是在這次游嵩時所作，也可以看出《嵩游集》的主要內容。

風穴寺八景

錦屏風[一]

巖丹織苔斑[二]，秋吟自往還。春風懷邵老，坐擁錦屏山。

校記

[一] 詩題清康熙十二年刻本任楓輯《風穴志略》卷下作「題錦屏峰」。

[二] 巖丹，清康熙十二年刻本任楓輯《風穴志略》卷下作「巖卉」。

珍珠廉[一]

雲崖掛罘罳㊀，磵石横玳瑁。晚霽試凭闌，鈎月明珠碎[二]。

校記

[一] 詩題嘉靖八年《登封縣志》卷三作「盧崖飛瀑」。

[二] 明珠碎，清康熙十二年刻本任楓輯《風穴志略》卷下作「靈珠碎」

注

㈠罘罳：或作罦罳，即屏风。

吴公洞㈠

蜿蜒山谷中，不見吴公洞。囊橐撫朱絃，知音千古慟。

注

㈠原注：宋右丞吴幾復讀書處。

仙人橋

丹書何處著，古洞隔塵囂。蟬蜕蒼冥外，凄凉渡此橋。

大慈泉

汝崖横北望，詎止高千丈。中有大慈泉，明河瀉天上。

玩月臺

散步清林樾，崇臺方突兀。浮雲天際來，招我弄明月。

懸鐘樓

落日史家莊，鐘聲聞遠岫。鷄鳴拚早飡，更恐擊齋後。

翠嵐亭

極目羣峰頂，煙霞失錦屏。遠公能餌我，伏枕翠嵐亭。

望州亭懷楊太守㊀

白雲聞盛集，盟締已逾年。採藥千峰畔，孤亭望石川。

注

㊀汝州市史志編纂委員會《汝州市志》第二十篇《文化》載：『望州亭，係（風穴）寺内最高建築，俯視寺院亭臺樓閣，盡收眼底，放眼南眺，兩峰中斷如闕，州城恰當其中。』楊太守，指楊椮，正德十年左右任汝州知州。

蕎麥花

葅畬惜廣儲，待哺悲含齒。如何蕎麥花，一夕著霜死。

元日

元日圓通寺，焚香拜紫宸。星歷看十載，又爾一年春。

題畫

沸浪中流迴，文明薄海遙。歸來閒刷羽，獨立自當潮。

佛堂灣

採藥窮山險，雲嵒幾日過。晴將游子渡，風雨灑江波。

鄭舉歸自信陽書扇勞之

寥落鍾期後，奚囊萬古心。崎嶇山逕仄，何處有知音。

昆陽報

使節衝宵發，雲飛過上官。一函馬前詔，不敢問悲歡。

下舡小憇喻氏山堂

今日塗泥盡，風濤憶此身。飄蕭行旅店，人望九陽巾。

阻雨薛村坐待龍湫十首㊀

一

雲臥不出戶，之子乃東征。萬言千聖主，幽意本蒼生。

二

彌望風沙地，冥冥細雨來。汴京無多路，不遣鴈書廻。

三

相逢何處贈，回路各升堂。命駕如今日，孰為鷄黍光。

四

踏盡山陰雪，千秋憶子猷。中宵耿無寐，聽雨坐危樓。

五

行省雙絫政，途人羨二王。吟醉梁臺夜，張家夜雨莊。

六

驛梅傷杜老，芳草怨王孫。鷄聲三度盡，高枕薛家村。

七

林下償書債，築臺舊日盟。澶淵共扈凋，相望不勝情。

八

過宋千年厄，游梁萬古心。圖書留汗簡，山水付鳴琴。

九

鴈影渡溪頭，光函溪上月。不畏影光分，只愁音信絶。

十

顧我天涯客，如公天下無。村燈明夜雨，不恨此身孤。

注

㊀薛村：清同治三年《郟縣志》卷三載，洪山保有薛家村，离县城五十里。

起龍柱下伏虎禪師

怒視裂雙眥，膝前扼玉環。虬龍破柱去，猶伸伏虎權。

崇福寺二首

一

晚來崇福寺，燃火讀龍章。佛海蒼生會，千秋誦濕王。

二

漫山檜葉清，壘徑松枝滑。素體挂緇巾，從渠問左轄。

濕山王席上題二首

一

江山猶凍雪，草木欲廻春。無限磎橋意，鹿門歸去人。

二

寄傲長松下，綸巾不記年。塵世誰能爾，山陰是小仙。

荆山弔卞和氏

玉池鳳已去，古洞蝕苔斑。怨歌今故在，含淚下荆山。

六言附

飛泉紀雨山題名

飛硤倒飆碧玉，横天片石中臯。蒼苔小篆丹字，鬼泣虬龍夜號。

和端谿韻

冀北飛雲望裏，冀南落日吟中。抗疏愁隨禁月，傳書影逐秋鴻。

韓府畫竹四首

一

月華疎影相依，篁篁千竿並老。寒香肯逐時違，晚節期君共保。

二

虬幹雲中射日，龍標箇裏生孫。餘蔭能忘祖德，高枝迴接天恩。

三

飄倏麗石鳴凰，颯颯江風萬里。靈君闓發天聲，韶樂重聞聖主。

四

直節虛心萬古，斜風細雨江南。遮莫乾坤歲暮，瀟瀟興寄冰菴。

卷之六　七言絶句

走筆别唐明府

别酒筵前月未西，詩成信筆向人題。清風明月長安道，萬里江山入馬蹄。

奉祖母祭掃

當年山水渾相似，去歲紅芳更不同。何幸白頭隨二母，親扶藍輿到山中。

雨中邊太常過訪㈠

數人[二]曹騰馬上塵，夜堂今喜聚比隣。多情細聽燈前雨，萬里風沙慰遠人。

校記

［一］人，明本作『日』。

注

㊀邊太常，即邊貢。

題同兒扇

香滿天風玉樹高，乾坤氣概許兒曹。絲竿眼底渾無價，看爾江頭釣巨鰲。

平陵㊀

平陵散杞猶成棟，曲礀長松自永年。何處笛聲吹遠客，倒騎牛背笑青天。

注

㊀平陵：漢昭帝劉弗之陵，位於咸陽。

代簡崔晦夫四首

一

飄蕭志氣欲凌雲，春水橋門記識君。回首舊遊今幾載，古槐涼月思紛紛。

二

孟郊走馬看花處，竇子慵書閉戶時。待得蓼莪成廢卷，即看長社起穹碑。

三

旌麾何處不英聲，溟海瞿塘萬里行。豸斧豺狼今膽破，廣平謠頌似長平。

四

遼水瀰茫路萬重，三更夢落海邊峰。便教華表聽歸鶴，誰信隆中老臥龍。

西麓題馬公順夫人

北山山下紫英梅，調鼎人携上國來。惆悵冰魂銷玉笛，空餘明月滿金臺。

送虚舟李親家使湖南

高軒五日義方堂，醉雪仙桃薦酒觴。去路炎凉何足問，蒼山明月照滄浪。

寄董憲副抑之㈠

十年清切懷君地，千里馳驅濟險才。多病笑余慚未已，片心遥逐鴈書廻。

注

㈠董鋭，字抑之。弘治癸丑（一四九三）進士，玉田（今屬河北唐山）人。詳見李夢陽《空同集》卷四十四《明故申宜人墓誌銘》。

題高民望扇

樹頭春色濃如染，閣外山光翠欲流。何事濟川民望久，晚來高繫一孤舟。

別董少府

聞君矮屋頭方礙，冢子雲衢翼已成。郭外有田還二頃，賦詩歸去老臨清。

晚歸

馬上歸來自短吟，水邊籬落數家村。高樓夜舞初聞板，古寺昏鐘欲閉門。

送白德明之太原

十載高名專百里，舊遊山水入新詩。雲山樓閣開王屋，春水田疇繞晉祠。

挽谿雲

瓦瑤岡下舊情深，年種松楸迥作林。可是主翁歸去晚，隔谿雲影晝陰陰。

記夢

夢裡青山路不迷，石梯雲磴轉高低。分明一段江南景，欲遣丹青寫入題。

夢中題畫

麻線細抽今日苦，桑皮打破此時心。枝頭鸚鵡能言語，應道人生不似禽。

寄題清溪觀

縹囊曾駐清溪觀，回首白雲十六年。見說松高鶴已去，春風留得草芊芊。

中秋書崇福宮㊀

山來碣石終成懊，月到中秋本自圓。記取此生奇絕處，中山明月正中天[一]。

校記

[一] 中山，明嘉靖八年《登封縣志》卷三作「山中」。

注

㊀據登封縣地方志編纂委員會《登封縣志》，崇福宮位於嵩山太室山南麓萬歲峰下，西漢元封元年（前一一〇）武帝遊嵩山，敕令在山頂建萬歲亭，在山下建萬歲觀。唐高宗改萬歲觀為太乙觀，宋真宗時改太乙觀為崇福宮，對宮院大加修整。

甘泉亭

宮瓦荒涼草樹深，仙人新館護遙岑。重來曲水流觴地，惆悵當時歎夕陰㊀。

注

㊀原注：『程子嘗監此宮，故云。』

嵩陽觀

崚嶒中嶽奠吾疆，塵海風濤信可傷。獨向青山懷舊老，少師眞不愧嵩陽㊀。

注

㊀原注：『少師馬端肅公，號嵩陽道人。』按馬文升，鈞州人，字負圖，號約齋、三峰居士、嵩陽道人，謚端肅。

三祖菴二首

一

太室山坳一徑横，茅菴勢倚碧崢嶸。叢林好語聞啼鳥，猶似當年萬歲聲。

二

洞府迢遥擁翠嵐，傳燈留得舊時龕。直從法藏歸僧粲，天上竹林是此菴。

過山書清涼寺

少室雨[一]來六六峰，碧空雪[二]水出芙蓉。病扶仙杖游孤頂，廻首風烟幾萬重。

校記

[一] 雨，明本作『南』。

[二] 雪，明本作『雲』。

嵩游途中懷友人五首

空同

钜礎穹碑登覽在，殘山剩水廢興餘。中華嶽寺渾游遍，依舊浮生未讀書㊀。

注

㈠原注：『空同舊語』。

華泉

霽月和風傷對座，箕山潁水共遐思。一緘書劒勞相問[一]，北闕原非得意詩。

校記

[一] 劒，明本作『劄』。

柏齋

覃懷高士落開州㈠，千里風烟客淚收。北望河流天際迴，濟川早晚起虚舟。

注

㈠正德八年（一五一三）四月二十二日何瑭為皇上經筵進講《尚書》，因言詞得罪，次日命下，謫開州同知。

龍湫

龍湫掣電烱雙睛，矯矯猶聞月旦評。病向雲緘題數字，書前多少未言情。

雪臺㊀

交情肯落高岑後，作賦寧輸李杜才。千古汴京文物會，吹臺雪後復平臺。

注

㊀劉節，字介夫，號梅國、雪臺，大庾人。弘治十八年（一五〇五）進士。曾任浙江右布政使。

望空同山

荻蘆寒影渡飛鴻，百折遙看汝海東。共覩秋風不相見，鈞臺㊀南去訪崆峒。

注

㊀原注：『黄帝問道廣成子處。』

西望懷王沁水用舊韻㊀

望望雙鳧隔翠岑，太行山水想高深。迴車轍跡今猶在，誰識當時去魯心。

注

㊀王沁水即王溱，字公濟，號玉溪，正德六年（一五一一）進士。直隸開州人。王崇慶《明河東鹽司運使王君墓誌銘》云：『辛未，尋登進士，尹沁水。』『嘗與空同李子善，頗以詩劄往還，思所以挽大雅於中古，發後進而變之。』（見河南省濮陽縣檔案局編《明直隸開州八都三尚書文獻選編》，河南人民出版社二〇一四年版）。王溱還曾於嘉靖三年陞任山西平陽知府。據王大高《河東百通名碑賞析》（山西人民出版社二〇〇二年版），現存於山西夏縣司馬光祖塋的《謁司馬光祠墓》詩碑云：『維嘉靖四年十月丁亥，平陽知府開州王溱，乃偕解州判官高陵呂柟，謹以瓣香清酒，敢告於宋丞相太師溫國文正公神道前曰：溱等晨披露來自安邑，敬申瞻摻，罄茲仰止。』

碗子城

碗子城頭俯碧岑，巉崖絕壑倚雲深。于今兩脚纔平地，卸却羊腸萬折心。

答大復書中語二首

一

中舍本為賢隱客，薇垣偶得嶽山游。誰將蹤跡分朝野，萬里心同海上鷗㊀。

注

㊀原注：『用九梅翁意。』

二

選古初看樂府詞，悲秋重枉盛唐詩。泰山如有栞書興，沮溺津頭問仲尼㊀。

注

㊀原注：『答來書中語。』

得華泉邸報㊀

曾向邊笥瞰海寬，龍章新自出朝端。願將東魯先師秘，乞與中嵩士子看。

注

㊀此詩作於正德甲戌（一五一四），本年邊貢調任河南提學副使。

還蒼谷寺觀菊㊀

迎霜已落千山木，冒雨重廻八月槎。去日蓓蕾渾未綻，今來[一]多是放新花。

校記

[一] 來，明本作『人』。

注

㊀蒼谷寺：清同治三年《郟縣志》卷六：『蒼谷寺，在縣西塔亭保，唐建，王蒼谷先生嘗讀書其中。』

曉發硤石

鞏洛風雲瞻紫氣，函關星月照皇華。蒼山可待[一]淵明酒，落日聞鐘想到家。

校記

[一] 待，明本作『負』。

靈寶别許子四首㊀

一

寵錫銀臺尚寶臣，山河百二愧吾秦。蒼生出處均相望，併作桃林勸駕人。

二

函谷蒼山棲隱地，十年雲鴈幾傳詩。今日我來君更去，兩蹊烟月共相思。

三

九日寒花破酒杯，驅車突向長安道。使君逸興滿江東，夢裏春回江上草。

四

花滿山堂酒滿壺，使君高興本來孤。逢人索我詩千首，貧病那知一字無。

注

㊀許子指許誥，號函谷。見《和許函谷韻》注。

九成宫

仁壽遺墟更九成，宫泉侈許魏徵銘。游荒藻麗隋唐盛，終古行人笑未平。

鳳翔上疊菴都臺四章㊀

一

中臺坐擁三千騎，列郡雲屯百萬兵。昨日乾州方奏凱，潢池何物敢衡行。

二

萬里烟塵清塞北，三冬雨雪慰關中。飛火雲旗傳將令，歌謠滿路頌明公。

三

馳驅旆繞徵兵地，撫諭牌臨牧馬邨。借箸可能容豎子，願充執戟向轅門。

四

章程載試三秦制，經略弘開八陣圖。即掃綠林修露布，徵書轉見出皇都。

注

㊀亹菴都臺指王藎，卷一《亹菴賦》校記〔二〕云：『亹菴者，二泉大宗伯邵公為大中丞王公號也。往戶部二公友善，尚絅亦嘗從事其公。丙辰甲第，名命曰藎，字曰惟忠。……絅不才，欽慕餘風。廢棄有年。乃甲申公撫中州，未幾邊警西調，絅汛用公薦亦以明年調參關西。既冬，提兵洮岷，駐節鳳翔。絅導之岐下，經汧瀧，踰關山，別之長寧驛館，方有請於公，乃公以賦命絅。』

關山道中不見鸚鵡

隴山隙逕出天青，亂樹如蓬罩旅亭。鸚鵡爾知今已避，却聞人語訝猩猩。

七家莊

臨戎駐馬七家莊，狁部猿蹊轉窟房。誰信沿邊風壤異，文星中夜似河陽。

崇信縣觀城

晏公坡上狼羣嘯，草子山前虎畫蹄。偪側荒城才二里，南臨厓口北烟谿。

韓府雪中即席限韻

舞絮飛觴酒正炎，崆峒寒影列雙尖。韓王殿上裁詩韻，肯向風前道撒鹽。

張孝子哀詞五首用康對山太史韻

一

廬墓荒臨少華山，冥雲寒雪對愁顏。時時猿鶴聲相弔，夜夜松楸淚自拔。

二

張家孝子讀儀書，築土成墳山不如。門下蓼莪詩總廢，風前萱樹夢初虛。

三

三輔生光搖日月，五陵寒暑變干支。痛哭而翁還若舅，一呼爾母一呼兒。

四

天垂玉笋三冬瑞，地涌寒泉萬古情。林間雉子迎賓舞，冰裏雙鱗作隊行。

五

廬南太嶽壯名州，廬北黃河迴獨憂。常對三峰迎日觀，難消九曲接天流。

謝瑤湖兼懷谷平㊀

江淮三月雁來無，越水吳山興轉孤。南望谷平烟月渺，雲樓百尺拜瑤湖。

注

㊀王臣，字公弼，號瑤湖，南昌人。嘉靖二年（一五二三）進士，授泰州知府。李中，字子庸，號谷平先生，吉水人。正德九年（一五一〇）進士，授工部主事。明本《蒼谷集錄》卷四有《別李憲臺谷平》一詩。在明本《蒼谷集錄》中，包括以下《答黨穎東》等十七首絕句，總題目為《嘉興得詩十七首》。清刻本脫第一首《謝醫》，其詩曰：『臘月梅華信已眞，歸鳥望斷浙江春。採薪有疾君休問，不是懸羊假道人。』

答黨穎東㊀

望入中原眼際空，誰當俗冗識豪雄。箕山昨夜先吾夢，萬里歸心問穎東。

注

㊀黨以平，字守衡，號潁東，今河南禹州市郭連鄉党樓村人。正德九年（一五一〇）進士，授戶部主事，歷任廣西按察使、太僕寺卿等。為官直言劾奏，不徇私情，年未五十便辭官歸里。終年八十三歲，賜祭文中有『鄉人稱瑞，國之典型』之語。

謝屠九峰㊀

神游幻入天仙夢，興急還勞羯鼓撾。遂使郡城騰紙價，愧君芍藥雨中花。

注

㊀屠應埈，字文伯，號九峰，浙江平湖人。正德辛未（一五一一）進士，曾任禮部祠祭司主事、兵部職方、河南按察司僉事、湖南按察司副使等。見《國朝征獻錄》卷八八《湖南按察司副使伯兄九峰公应埈行狀》。

答汪秋浦㊀

進退浮生空志節，是非千古失權衡。烟霞何處逢秋浦，舞破蓑衣醉月明。

注

㊀據嘉靖《池州志》，汪珊（一四八一—一五四一），字德聲，號秋浦，池州貴池人。正德辛未（一五一一）進士。曾任陝西左布政使，終官戶部侍郎。

寄萬五溪㊀

逸韻慚君起寸筳，武陵遥對越山青。前江後夜相思處，劍影槎光照客星。

注

㊀萬湖，進賢人，字汝信，號五溪、立齋、五溪先生。

答陳虞山㊀

姑蘇江口懷君地，夢裏分明數往還。罷藥焚香開舊卷，小亭終日對虞山。

注

㊀陳察，字原習，號虞山，南直隸常熟人。弘治十五年（一五〇二）進士，授南昌推官。正德初，擢南京御史、左僉都御史。

竹樓書壁

歌鳳乘風過鑑湖，竹樓病臥海山隅。釣天俄許鳴凰遠，印水篔簹夜月孤。

答洪紹興

會稽文獻推名郡，跨鶴曾為弔古行。廻首二王遺跡渺，浙東山水不勝情。

答王浚川

見道平生呰老莊，知心萬古悲嬰臼。肯信殺人報未眞[一]，抒投奚為疑曾母。

校記

[一] 眞，明本作『貞』。

寄毛海隅㊀

山公薦草來天外，逋客歸心滿薜蘿。臺上無弦琹若在，孫生他日笑還多。

注

㊀毛思義，字繼賢，號海隅，陽信人。弘治十五年（一五〇二）進士，官永平知府。嘉靖中累遷副都御史。

和梅國韻

潁谷已非梅國意，考槃何地渺煙蘿。不愁薇蕨歸來晚，海畔風高暮雨多。

再答梅國

靈槎一葉飄滄海，東望長松笑女蘿。前席豈無宣室夢，浮雲天際病來多。

醉邵玉泉

占星萬里來天漢，訪藥中途識蔦蘿。白馬清江今兩地，浙中情思故人多。

寄謝白尹

碧海珊瑚第幾枝，丹徒令尹盛唐詩。興來可惜風雲少，辜負焦山夜半卮。

懷朱安齋二首㈠

一

青天白日求三友，二十年來興轉孤。浙中野史如相問，冀北從今始丈夫。

二

薏苡竟能銷馬革，懷沙幸免葬魚骸。千里吳淮烟水盡，每臨風雨誦安齋。

注

㈠據崔銑《都察院右副都御使朱君神道碑》，朱裳（一四八二—一五三九），沙河人，字公垂，號安齋、安貧子。曾任浙江左布政使。

和西磐見憶韻㈠

痼疾終如水石何，綈袍眞負故人多。自甘牛渚無瓢飲，敢向齊門扣角歌。

注

㊀據聶豹《張公墓誌銘》，張潤，字汝霖，號西磐，臨汾人。弘治十五年進士，正德時官給事中。劉瑾誅，劾其餘黨，罷黜者二十餘人。累遷僉御史，歷任順天、寧夏有聲，以戶部尚書致仕，年八十五卒，謚「恭肅」。

效子美十八郎十八首㊀

對山

南斗氣衝千尺劍，北風寒落萬言書。從來才盛須招妬，能使康郎跡也疎。

浚川

珍重贈言雙會錄，淒涼寄遠八方書。每從幽獨悲塵世，能使王郎跡也疎。

柏齋

磊落雄談驚帝主，崢嶸病骨忤尚書。傷心世難各相際，能使何郎跡也疎。

西磐

揮汗兩開伏日簡，倚爐重拆雪堂書。炎涼涕淚憑誰盡，能使張郎跡也疎。

苑落

曾向斗山懷舊典，還從律呂得新書。雲龍下上愁東野，能使韓郎跡也疎。

龍湫

老吏已看捕鼠傳，高才曾枉臭蟲書。而今朽質泥蟠處，能使王郎跡也疎。

大復

撥悶如醒千日酒，開函唯有隔年書。消風黄閣文儒父[一]，能使何郎跡也疎。

校記

［一］父，明本作『會』。

注

㈠《效子美十八郎十八首》仅存七首，明本《蒼谷集錄》中，其餘十一首題目分别是《空同》《華泉》《托齋》《一泉》《蓮峰》《虚舟》《西唐》《方山》《宿山》《甓湖》《柳泉》。其中，托齋，指温仁和，华陽人，字民懷，號托齋，弘治十五年進士。蓮峰，指黄河清，安南人，字應期，號蓮峰，弘治十五年進士。方山，指張衍慶，汲縣人，字仲承，號方山，正德辛未進士。萬曆《衛輝府志》卷八《選舉志上》：『張衍慶，汲縣人，傑孫，繼子。庶起士，授檢討，陞修撰。補參政、布政、光祿寺卿、都察院右副都御史、提督操江左副都御史協理院事、兵部右侍郎兼膺事府府丞。世皇南狩，行在火落，職質任。方毅，與人交無媚阿之態。所著有《方山集》行於世。』

下第夜坐

閣上蟾光影自移，故山歸鴈杳無期。高才回首青雲迥，獨抱琴書夜臥遲。

文達公祠墓

南來蘋藻拜佳城，木末風濤晚自鳴。功滿中年碑未盡，從誰地下起先生。

別蘇千兵

十年京里傳觴客，七里津頭問棹人。韜畧已看屯虎豹，勳名幾日畫麒麟。

朱買臣畫圖二首

一

給食何辭走負薪，歌謳獨有策相親。傷心自古先貧客，詎止朱郎一買臣。

二

杖頭凍色迷天地，脚底風煙泣鬼神。他日駟車行處穩，採薪誰識雪中人。

朝天門宮

繡豸長風落二賢，綈袍此日共朝天。星壇燈影連宵站[一]，辛苦雲泥問幾年。

校記

[一] 站，明本作『话』。

芝泉題壁畫二首

一

漆髪難忘浮世夢，青松獨坐講經臺。畫中不信商山老，那得靈芝引鹿來。

二

流落春風歲已深，小山盤石記重臨。瑤池不見東方朔，誰似獼猴獻果心。

諸葛菴

公在世應無魏晉，蜀存肯使漢成墟。兩朝宫闕傳聞麗，得似當時舊草廬。

次元次山韻

鴉路遥傳文叔舊，琴心黯識紫芝閒。頌興唐室忠誰侶，光復中天意未闌。

班師詞四首有序㈠

壬午，山東礦賊釀亂渡河，河南北洶洶，藩川先生手提大兵，始于蓮池，終于紅廠，卒以剪除，氓乃安堵。于是賦詞四章賀之，音調未諧而風義存焉，或太史公採而獻之，庶備實錄之考云。

一

東薄扶桑西去秦，越裳戎犬盡稱臣。潢池赤子屯河套，太白馳旌晝殺人。

二

魏闕陰霾二八年，萬方白日見青天。突騎山東猶轉戰，中興將相起瀟川。

三

臘日元年戍海涯，二年元日淨蓮池。迅雷蹴地廻天怒，插羽凌風露布詞。

四

龍虎提兵萬里漫，雲鳥重圍八戰寒。黄河殺氣歸紅廠，麟閣勳名上豸冠。

注

㈠壬午，嘉靖元年（一五二二）。何天衢（？—一五二七），字道亨，湖廣道州人，弘治九年（一四九六）進士，授嘉興知縣，擢監察御史。嘉靖初擢都御史巡視河南。據《國朝獻征錄》卷五一廖道南《工部侍郎何天衢傳》云：『王堂兵起魯沛，勢連淮潁，眾十數萬，天衢克之，晉工部侍郎。』

鴈亭二首

一

萬里風雲中夜夢，百年心跡此禽知。蓬蒿秖恐鳶相妬，敢向神君起獵思。

二

魯公政好傳三異，伯起名高有四知。溟海已空鴻自遠，大風猶使沛人思。

青山港二首

一

生死交親感慨同，十年旌節此山中。若將別恨論長短，萬古難銷漢水東。

二

隔江風雨去何由，三月分明變九秋。無端更渡青山港，獨抱兒郎哭未休。

無梁寺二首

一

雨林蕭寺聽晨鐘，說起前緣意萬重。自是山僧能愛惜，口碑眞勝碧紗籠。

二

春花野鳥慘離情，細雨平分萬里程。邂逅老僧談舊事，十年塵夢覺初成。

謝李春山四首㈠

一

朔風凄雨寄愁顏，寥落山中舊坐關。廊廟江湖空有意，蒼山何幸識春山。

二

天上何人新結社，山中使者更多情。只愁松鶴偏憐主，不識霜臺喝道聲。

三

峨眉山下坡仙館，夜雨南窗數載心。此日鳴絃來舊客，奈何塵土隔知音。

四

蘇子墳東扈澗莊，松亭菊逕久荒凉。客星今夕能相聚，百丈寒泉為洗腸。

注

㊀李元，字貞夫，號春山、文會堂。直隸山陽（今江蘇淮安市）人，正德三年（一五〇八）年進士。曾任監察御史、陝西布政司參議。

寄蒼谷上人

浮生定是無千歲，別墅相違又四年。寄語山僧勤種樹，白頭還有看山緣。

記夢二首

一

龍去閿鄉二十春，寂寥羣婺倚星辰。病臣夢哭山陵夜，虎拜何年睹聖人。

二

一紙天書下帝州，尋常曾笑杞人憂。夜來夢入班行舊，醉裏眉懸萬國愁。

寄蘇原㊀

秋月過江重作客，鸞吟鶴舞是誰家。到處相思不相見，夜來空對幾黃花。

注

㊀吳廷翰（一四九一—一五五九），字崧柏，號蘇原，安徽無為人。正德十六年（一五二一）進士，歷任兵部、戶部主事。曾任浙江參議。

竹渠二首

一

攬轡更修鹽海戰，登瀛曾讀翰林書。世間塵土憐蒼谷，天上星河望竹渠。

二

霜臺勁節凌千仞，鑑水靈源注九天。夭草細流休漫儗，竹渠風味世相傳。

河舟燕集

却投班馬堂中筆，來運龔黃幕下籌。視草無繇登翰苑，看花有夢到揚州。

懷紫岩太宰四首㊀

一

懷野紫岩瞻夢境，神州赤子久歡顔。寒雲已開三晉路，春風先度五巑山。

二

太行已舊來時勝，誰遣霜華改壯顏。別後有懷丁固夢，蒼松遙對紫岩山。

三

垂髫曾謝橋門會，太宰新看柱國雄。終日暮雲生冀北，幾時魚雁過江東。

四

泥途不見廻車道，燈火重臨介子邱。獨向紫岩傷暮景，那看浮水自東流。

注

㈠劉龍，字舜卿，號紫岩，山西襄垣人，弘治十二年（一四九九）進士，官至浙江按察使。

父城懷古四首

一

楚王宮殿昔聞名，遺址分明此父城。牛羊落日隨耕豎，不見笙歌作隊行。

二

西山公主青龍杳，南内祠園白雀歸。舊日路衢深似井，年年化作野塵飛。

三

龍山地聳麒麟臥，龍水天迴翡翠光。突塚已知無魏主，荒城那復問莊王。

四

孤城一片沒蒿萊，白露青春幾度迴。歎世重收今日淚，知音遙起後人哀。

答王一江㊀

鏡裏風濤灑翠林，弦中山水聽高深。蘭亭盤谷今何在，乞與松泉一賞音。

注

㊀王一江：據嘉靖八年《登封縣誌》卷六許誥《分巡河南道王公去思碑記》，王洙，字崇教，號一江，浙江臨海人，辛巳進士，『清白之操，治劇之材，家世儒學之傳，遠有所自』。明本《蒼谷集錄》卷二有《詠雪答王一江》一詩。

德清感舊二首

一

望洛已慚傷馬厄，扶潭何用到烏程。群鷗晚狎鼉魚興，十九年來薄宦情。

二

觀風始識義之郡，弔古重經范蠡塘。霜月好看橋下水，不知濁浪下河陽。

西磐二首

一

聯牀刻燭京華夜，回首風波忽廿年。未訴西堂春草夢，先看涕淚灑雲箋。

二

踏青征輦[一]渡汾川，花柳風雲媚曉天。可信西山儲將相，即看平地有神仙。

校記

[一] 輦，明本作『輿』。

題安人小像二首㊀

一

天班與爾並馳名，玉女金童作隊行。四十餘年同火伴，不應先我上瑤京。

二

冠簇明珠垂翡翠，褥開文錦繡芙蓉。誰知此語竟成哄，贏得丹青畫爾容。

注

㊀明清時，六品官之妻封安人。如係封與其母或祖母，則稱太安人。

書扇寄兒同

獨坐蒼山念爾勤，童烏燈火計元文。斗間一劍誰酬價，十五年來未有君。

兒同鄉試周惪懋己卯已有丁火之夢依韻和謝二首

一

紫氣龍光射斗間，想君新自月宮還。客星幸爾嚴平識，廻首崆峒劍倚山。

二

香飄萬里覓靈芝，誰信雲山可療饑。奇夢喜君傳子夜，照天文彩憶當時。

和端谿見懷韻二首

一

頌橘遙傳萬古哀，煮豆空成七步才。愁人斷鴈回霜塞，幾日鳴鸞罷紫臺。

二

太行宿漲垂天流，清漳濁漳萬頃秋。咫尺鵲橋誰可問，廻車當日記并州。

和袁尹渡河韻

浮槎消息問君平，更有張華辨列星。匣劍不妨塵土蔽，地中靈氣斗間生。

胡掌教總考山東

首持衡鑑厭羣心，文旆飄颻過孔林。海水太山無恙否，逢君此日説高深。

過陡溝舊主家

龍水橋邊舊主家，霾風曾記貴山茶。當時院落無人住，蕎麥惟留雨後花。

别墅觀燕

浮雲天上説貧交，斗北箕南似水抛。忙殺春風雙燕子，銜泥别墅搆新巢。

孔子燕居小影夢題

中和氣象寫難成，費盡心機損性靈。江漢秋陽千古在，無言終日對丹青。

弄丸清暇

誠齋古今人物畫，計三十有二葉，余題以弄丸清暇，系之一絶。

人物蒼茫任化工，乾坤千古鎮無窮。中間色態知多少，迴首風煙似夢中。

滄桑圖二首

一

阿母堂臨東海偏，海波長是變桑田。蟠桃又結垂垂實，不見偷兒獻壽筵。

二

沃野曾看生巨浪，滄溟還見發柔枝。波塵飜覆何由盡，直到貞元再會時。

董三峯二首

一

草堂聞道龍門勝，海內于今仰臥龍。紅雨正愁春又盡，洛陽明日拜三峰。

二

江山花鳥風初霽，安樂窩中剩惜春。耆舊轉看圖畫在，杜鵑何處過天津。

過關至蔡家峪

水氣谷風雪滿山，春寒恰過紫荆關。清明回首京華道，烟柳青青杏雨班。

謝韓太醫

春色年年上杏林，林間藥艸自成陰。願君长取青囊録，眼底蒼生繫此心。

出陵川途次感舊三首

一

塵世無情總是閒，有情總與世相關。飛花流水眞何事，回首崆峒夢裡山。

二

萬里清風馬上閒，狼烟昨日謝重關。征雲未出陵川谷，先遣甘霖過虎山。

三

門舊已無三老在，觀風空復下壺關。片雲坐我王劉宅，獨看斜陽雨後山。

和田僉憲園中韻

一川花柳將春至，萬里山雲送雨歸。客路紅芳今始見，東風寄語莫教飛。

崇福寺二首

一

崇岡伏日正躋攀，小憩征輿堠子山。怪底夜來衾簟冷，萬松叢裡一亭間。

二

元壁夜寒驚蛇影，蒼松歲古剝龍鱗。平生剩有遊山興，今日應為方外人。

遲齋

遲齋聲業傾東海，攜取琹書隱舊山。中夜爇香聞雅調，籠鷟空自愛龍灣。

張子二首

一

名崇海内張夫子，烈日秋霜道本尊。載酒何年重問字，願携杖履託龍門。

二

舜澤龍門幾度遊，行山翹首不勝愁。他時圖像徵賢佐，還許同登十二樓。

赴浙途次漫興四首㊀

一

落葉漂泊御苑東，傷心南鴈阻廻風。天涯何處上池水，疾苦無能問病翁。

二

清光迴首洛陽東，桂子香飄萬里風。衰病已忘身是客，不堪狗馬漸成翁。

三

王命宵征淮海東，飛雲猶似聽歌風。連城那識青山笑，捧屨初逢黃石翁。

四

畵舫西來輅又東㈡，黃雲酷暑變秋風。霜華自照臺前影，倚馬誰憐塞上翁。

注

㈠此組詩寫於嘉靖辛卯（一五三一）年，赴浙江任官途中。

㈡輅：古代車轅上用來牽引車的横木，又指古代的大車。

滎澤守凍

濟川何處横舟在，怪險遙天蜃氣層。寒鴈夜來驚弔影，洪濤萬里試春冰。

題梧鳳

鳳鳥何年下玉京，飄蕭千仞碧梧清。聞韶況復逢長至，試聽朝陽第一鳴。

寄殷年丈㊀

六月孤舟向海潯，風波銷盡壯時心。幾年知己重相晤，萬水千山寄短吟。

注

㊀殷鏊，字文濟、石溪，直隸丹陽人，弘治十五年（一五〇二）進士。官終福建按察司僉事。

晚坐

秋來無寐計雲程，遞聽隣鷄送曉聲。微風和露垂簾外，井上槐陰坐月明。

馬少師墳上

展墓春風一望多，杏山湫水入吟窩。少師勳業穹碑在，千載行人仰伏波。

再入華山二首

一

松逕烟蘿磵水深[一]，金風獨上華山岑。眞源欲問來時路，滿地桃花何處尋。

校記

[一] 磵，《盛明百家詩·王方伯集》作『澗』。

二

萬里花光明節鉞，三峰雲影[一]拂旌旂。馬前黃紙東風裏，好似圖南應詔時。

校記

[一] 影，明本作『景』。

渭南題釣臺

六韜三略太師書，渭水泰山擁故居。縱使前溪隱老子，後人誰復載安車。

西山

鐫名石上玉泉來，龍去空遺引鳳臺。霞氣未湌僊掌護，風聲早識土囊開。

寄西磐都臺

萬里雲峰看過鳥，千尋釣石喜遊鱗。秋來風月重增價，汾水行山待主人。

出趙城山望平陽

山川寒暖占天限，道路馳驅計日長。積雪凌冰來北[一]鄙，紅華緑柳見平陽。

校記

[一] 北，明本作『晉』。

塔崖驛至浮圖峪世傳燕太子丹送荆軻故道也和壁間韻

落日風塵連地暗，野花鷄犬過山哀[一]。便教荆軻成何事，衆口其如六國來[二]。

校記

[一] 哀，明本作『来』。

[二] 来，明本作『哀』。

平山候龍湫子四首

一

三日河清昭聖誕，一朝麟出啟明堂。文班武弁各迴首，看爾龍飛第一章。

二

汲公壯志摧山嶽，羊祜清名比漢江。聯璧詎容塵土涴，鳴鐘甘受木金撞。

三

滂母有天還念子，蔡郎他日本亡臣。草堂嘉句君曾賞，萬一臨危莫愛身。

四

春花暮雨綠籤題，春木遊魚草閣西。岐路風烟重聚首，深山深處對相啼。

答安崖㊀

一緘書劄來汾水，影破寒空孤鴈起。從今懷袖日相隨，夢繞江南千萬里。

注

㊀黃臣，字伯鄰，號安厓，山東濟陰人。正德六年（一五一一）進士，改翰林庶吉士，授吏科給事中。曾任山西參政。

詩餘

和李朝用所誦舊韻

白酒良宵曾對飲，風前亂落梅英。隔隣清唱聽鷄聲，露香入座濕，月影伴窗明。

屈指韶華今幾度，眼看白髮神驚，天涯暑雨正初晴。夜光渾似舊，痛飲又三更。

詠古枕

古枕，汝窑磁，馬子得之土中，質素古雅，中虛外方，衡面凹底。長尺二寸餘，闊五寸，崇半有奇。持之甚輕，蓋古物也。其詳不可考矣，面書古詞一闋，想為落花賦者，筆跡詞意近代所尠，依韻謝之。

玲瓏山玉托春頰，淚點還重疊[一]。錦文顛倒夢初昏，誰憶行雲擎出在高門[二]。黃塵染涴，飛花暮興，逐天涯去。一朝仙骨起，東風應使美人重識狀元紅。

校記

[一] 還，明本作『尚』。

[二] 明本脫『在』字。

卷之七　疏　記

陳情乞養親疏㈠

奏為陳情乞恩願解見任放歸田里事[一]。臣惟痛極者必呼天，病極者必呼父母，此人之至情也。臣愚竊為父母欲仰乞天恩者屢矣，據情按例，將進復止。然烏鳥之私終不能不為陛下陳之也，惟陛下少垂聽焉。

臣年三十五歲，河南汝州郟縣人，中弘治十五年進士，任兵部主事，三年考滿稱職，調吏部主事，歷陞本部署員外郎、郎中。六年考滿稱職，實授郎中，歷俸五箇月之上陞前職。資淺望薄，濫越驟陞，臣實耻之。即欲自陳奏免，緣非例請[二]辭免官員，又恐受命不行，將厚得罪。領到吏部照字二百三十號文憑一[三]道，謹依憑限於本年四月初四日到任管事訖。自分勉竭涓埃，庸圖補復，固臣職之當為，亦臣心之夙願也。不期纔[四]五日間接得同鄉人代州倉官趙貫家人齎到家書，內開臣原籍屢被流賊攻劫，臣祖母李氏見年九十一歲，臣母聶氏六十六歲，老病尪羸，不離床褥，聞賊驚恐，舊疾愈重，思欲一見臣面。臣聞命傍徨，無以為計。

竊念臣家世寒微，祖父早逝，祖母李氏織紝孀居三十八載。先臣父以家貧親老，願就教職養母，母養未終，臣父繼亡，遺母聶氏煢煢又十踰歲。臣奔父喪，未能親自裹斂，洎今抱恨，母且老病，迎養維艱。棄親供職，已復六載，當風燭垂燼之餘，遭兵火流離之禍。思臣自孩提為祖母鞠育以有今日，此里巷所共知者。自登科授任，與母氏相違，動無寧歲，晨夕寤寐，淚漬衾枕，展轉自省，狼狽為多。況今流賊洶湧，往復猖獗，倘母有不測，臣將何為！雖生無以報國恩，雖死無以入家廟矣。

臣骨肉痛深，方寸已亂，用是昧死上陳。如蒙皇上開天地曲成之仁，垂父母拊綏之愛，念我祖宗列聖創業以來，率以孝治天下，無使臣母子之微，隅泣於聖明之世，特勅吏部將臣解去見任，放歸田里，容[五]致仕養母。則臣心之虧欠或酬於殘年，陛下之仁恩永光於萬世矣。況臣前任貳考，並無公私違碍，今任地方見又寧謐，別無推避。惟陛下無拘往例，早賜發遣，臣孤子遠臣無任哀懇俟命之至。

校記

[一]『奏為陳情乞恩願解見任放歸田里事』，明本作『具官臣某奏為陳情乞恩願解見任放歸田里事』。

[二]請，明本作『該』。

[三]一，明本作『壹』。

[四]明本『纔』下有『越』字。

[五]容，明村作『容臣』。

注

㊀明本本卷《陳情乞養親疏》後有《再起陝西陳情疏》，清刻本無，有助於了解王尚絅的履歷，糾正隱居十九年之說，特録於此：

具官臣某謹奏為拜新命以陳下情事。嘉靖四年六月十一日，為缺官事該吏部給得照字二百十一號文憑一紙到，臣查係先該河南撫按臺臣各薦臣病痊，相應起用，該部擬授前職，奉聖旨是『欽此欽遵』。

臣聞命感激無措，除望闕叩頭拜領外，伏惟前職，臣初授山西，中改四川，戴罪林下一十三載，中間濫叨薦剡，猥承恩旨。今復幸蒙陛下録用，是臣一官極三命之榮，萬死無再辭之理。但臣情不容默念。臣家非世宦，生長閭閻，聞『五十始為大夫，七十始得致仕，古之義也』。今五十而授是職者，亦幾矣。乃臣當初授時纔三十有五，才識淺薄，年德不當，重以二母垂老，病緣兵火，痛深骨肉，用是狼狽陳乞終養，扶病去官，不俟報，分甘逮繫者，是臣之情也，是臣之罪也。曠廢程功，因循歲月，臣自顧本心，恒切慚懼。乃節年過蒙恩旨寬容，官司交舉。先以巡撫疏薦起用，改授四川，適臣祖母喪服未闋，繼以內喪患病。會陛下登極，詔旨覃恩，守正去官者類得推用，又以按會薦，該部查覆候缺推用，檄催就道。臣內撫初心，益增慚懼，乃今年猶未艾，復拜前旨。夫參政左右，品級既係相等；關陝西大藩，責任尤為特重。況臣諳練未加於前，夙學益荒於舊，顧名思義，又安敢冒罪苟祿哉？使其永棄，則初志不明，負我列聖作養暨聖明起廢之仁，情實可惜。先今已經具本，令家人前去，中途雨潦，患病回還。切思地方適多事之秋，正臣子當分勞之日。誠恐稽遲，誤犯宸嚴，謹當依限扶病赴任。所據臣愚，伏望皇上先正臣罪，然後復臣之職。乞勑吏部俯垂矜察，或將臣今任品級量加顯謫，或將臣到任俸祿量行削罰，以贖前愆，以昭後戒。庶臣心以安，效死無憾。蜂蟻既不逆其本性，而犬馬又得展其餘力。伺有微勞，仍從常例，則陛下之録臣與臣之圖報于陛下者于義為兩得矣。雖臣病母老，非臣敢言之時也。有此冒昧上瀆聰聽，無任待罪感恩俟命懇切之至。

獻民艱苦疏

奏為獻民艱苦冒昧以祈天恩事。伏覩節次詔書，內開天下軍民利病，許諸人直言無隱。欽此欽遵。

臣河南汝州郟縣人，世蒙作養，未報涓埃。今饑民艱苦萬狀，觸目惻心。仰惟陛下德崇堯舜，敬切湯文，日與良弼講磨治化，急如饑渴，誠千載遭逢之盛會也。顧小民微情，無由盡達，臣雖不才，叨從大夫之末，敢不為陛下獻，又忍為斯民隱哉！

伏以河南居天地之中，四方取則，災異之來，雖曰氣數，顧民偽日滋，惟其自取。自今觀之，死不如牛馬，生不如猪狗，種種艱苦。臣愚以為天下之人，分異而情同也：方其平居有疾，百方召醫，覬其必生，乃今無何，立視其死。若止令有司據原勘分數照常給賑，孟軻云『一杯水救一車薪之火』；若復稽遲，則所謂索轍鮒於枯魚之肆也。況今所在搶掠，勢艱輒禁，衆口枵腹，指麥為期。然麥秋之期，遥踰百日，不知其何以為計也。臣為此懼，道聽芻蕘，直言不文，冒昧萬死，為陛下獻。

倘蒙天恩，乞勅該部議處，付之廷論。無拘臣言，無循原勘，無拘往例，下詔求言，別有長策，為民造福，速賜施行。自一念而溥之萬幾，自一省而推之四表，則水不足以病堯而適足以彰堯之仁，旱不足以厄湯而適足以昭湯之德，天下不勝大願。所有後項一十六條，理合開[一]呈上，乞聖裁以慰輿望。

計開

一憫饑饉　一卹暴露　一捄中戶　一暫停徵　一懲不信　一權糴買

一謹預備　一廣恩澤　一省刑獄　一止匠價　一崇節義　一正服舍

一存恤流民　一重正官　一計處糧站　一禁革吏胥里書

以上數條姑即河南為言，若夫太倉鹽引，事關國計者，臣曷敢及？中間有姑濟一時、事完即止者，容有經久可行者。雖識見淺陋，未知是否，實葵心向日，區區一念之誠也。其所以議處廟堂，自有羣策，臣何足云？伏望宸嚴採擇，若涉虛罔，願甘斧鉞之誅無悔也。

用是冒昧，不避僭妄。惟陛下矜察，則好生之德重華於虞舜，如傷之視再見於周文矣。

臣無任戴罪懇祈之至。

校記

[一] 開，明本作『開坐』，義即開列。

復除再陳疏

奏為昭聖心、述臣志，以風天下事。臣惟進思盡忠，退思盡孝，此生人之大義，無所逃焉者也。洪惟皇上登極以來，制作更新，始於絲綸，終於身教。臣仰窺聖心，有出此二端者哉？念臣前職，始晉及蜀，歷秦復晉，窮簷栖栖，積有歲年。為母而來，終母而往，往思死忠，來思死孝，有志無成，臣竊傷之。乃今自生之年抵死之日，皆臣致身報國之秋，無復可諉者也。

痛惟起復中途，嘗有言於陛下矣。今逾數月，閶閻跂望，不聞用臣之言。伏覩復除之命，展轉思惟，陛下願治之主，臣非祿仕之人。叨茲遭際，授以文憑，責以期限。臣銜恩思報，措躬無地，詎敢遲違？抑如臣言可用，陛下用其言，尤愈於用其人也；如言不可用，則其人可知，顧安所於用哉？否則利祿之而已矣，豢養之而已矣。陛下求賢圖治，宵旰惓惓之勤，顧欲得是乎哉？國家數十年來，瀆亂以權奸，媒孽奔競，逆施倒置，養成軟美之習；磨礱脂韋，風俗大弊，誠有如聖諭所及者，有識者私竊痛之久矣！幸而天心開朗，雲漢廓清，如臣不才，省躬撫志，安忍負之？

茲當促裝，力疾赴任，謹錄原進本稿上呈乞[一]覽，惟陛下俯察，亦足以知其志之所存。倘一二可用，則付之施行；或盡不可用，則昭賜罷黜，斧鉞示戒，斷自臣始，況過於臣者有不風動者乎？庶臣之進退非無據者，或嗣是而往，尚有可言者歟？

臣某無任亹亹，竦愧待罪俟命之至。

校記

[一] 乞，明本作「一」。

登封縣令題名記

登封本漢陽城故縣，蒞嵩麓，分并、革沿以洎國朝，令凡幾易，漫無記識。關西李侯性甫視政之初，一一考而書之，系以來去大略，爰勒諸石，屬記於蒼谷。

惟今天下親民之職，惟守與令[二]為最。學道愛人者罔不願立其位，以道易及民故也。嘅眞風告逝，大偽日滋，職維艱哉，然未有艱於邑矣，而能易于國與天下者。嗚呼！其所由來[三]者微矣。自秦置守令而史廢，賢者以功德顯，以循良書，最不賢者，或酷烈以傳，饕餮[三]以著，中焉碌碌者去即無聞矣，天下莫不然也。兹李侯姓名之書，將古史之遺意歟？然天下民物異矣，而[四]物情民性，古今同之，顧登封獨以古今異哉！况夫地當天地之中，人稟中和之氣，又天下所不得而同者虖！後之嗣書姓名者，其果歷視舊令，以勸以懲，則兹書者固古史之遺意也！

校記

[一] 令，明本作『令尤』。

[二] 由來，明本作『来』。

[三] 饕餮，明本作『詖』。

[四] 而，明本脱。

重建虎亭文廟記

《史記》孔子將西見趙簡子，而有臨河之嘆。晉人思之，率為廟以祀。尚絅嘗守臨冀南，見有所謂廻轍廟、虒亭廟者，大抵皆在晉人祠夫子之遺址也。

山西春秋晉地，襄垣即趙襄子故城，虒亭則襄垣之屬鎮，傳所謂下虎聚者是已。鎮舊有廟，廟有夫子石像，有殿有廡，有櫺星戟門。創於唐，火於五季，廢興於宋元熙寧、元貞之間。載諸誌刻者如此，餘無足考矣。

嘅元貞洎今將復二百餘歲，孑孑獨存者石像而已。乃正德壬申，縣丞黨禮矢志恢復，鎮民協力相之，不踰年而告成。先是工役盛興，慮乏木石，一夕雨漂大木至，絜之中度。又一夕衡凡[一]礎石總至。廟左增墊舍十餘楹，拓地若干丈，時僉憲魏君時濟展禮廟下。廟既成，春秋維祀，灑掃維役。邑人某某輩樂黨君感召之速，謂絅亦嘗有是念也，馳狀請記，絅辭以病，去而再至。然此名夫子之庭，猶[二]未可終已焉者。

竊惟韓子謂天下通得祀者惟社稷與孔子為然，蓋社五土，稷五穀，神司之，養人之身者也；人倫之教，孔子司之，養人之心者也。人[三]莫大於心死，而身次之。土穀不可一日而亡，則孔子之教，顧可一日而亡於天下也哉？不可一日而亡於天下，則所以祀孔子者顧可限以地里邪？嗚呼！社稷雖可以配孔子，而孔子之教為尤重，况夫廻轍之思在晉人者尤獨至歟？

絅嘗伏讀敬宗先皇帝御製闕里廟碑，謂先師孔子上自天子，下至郡邑長吏，通得祀之。太祖高皇帝詔天下通祀孔子，謂其為天下師以濟萬世，非有功於一方一時者比。嗚呼！豈祖宗有所禁歟？他日過虒亭而聞弦歌，其尚知所思云。

校記

[一] 凡，明本作『汎』。

[二] 猶，明本作『有』。

［三］人，明本作『人哀』。

汝州洗耳河重治石橋記

維州西河曰洗耳，石橋跨河枕城，治自成化戊子，凡六十載於茲㊀，為嘉靖丁亥敝而復治，殆數也。喬侯之力弘矣，父老相率問記。

維天下自堯而治也，以讓許由，巢父聞之於焉洗耳。雄以為好㊁，大累刻，乃此地。瀕河有巢父井、許由廟，是故河曰洗耳。流風遺俗，遞相襲習，謳吟禱祠，顧曰罔徵云。

維州古豫州之域也，鄉汝背嵩，名宏［一］海嶽，靈毓崆峒，秀接首陽，左楚右洛，衢通九達而河襟帶其間。源淵嵩潁，礠礐岵崺，嶠如巋如。衆流縈紆，洄游紛亂下注，時潦暴至，波溢闤闠，橋治罔功，敝斯怨已。暑雨祈［二］寒，民日維艱，輪蹄負戴，阻塞山集，相望踊歎。伊未嘗不治之也，然而營非其材，工愛其力，濬逆其性，丁丁登登，民亦勞只。旦暮苟計，卒之岸潰土崩，漂沒于湍沙奔［三］濆之間，歲以相尤，曰：『勤吾治也，而民不我治有如斯夫！刑也而訟益繁，招也而逋益衆，繫也而盜益闖，賑也而殍益多。是何異塞之流、防之壞、隄之而猖者歟？時來弗拒，時往弗追，時行行，時止止。道以由而不有，政以平而不惠，功以公而不居，若未嘗治之也，天下卒治於堯矣。

喬侯之治斯橋也，於橋弘哉！惟橋視舊加三洞，闊三尋有奇，崇倍之，袤視闊加三倍焉。石闌羽簉，中如華表，飛虹初開，廠於隈伐㊂。石鍊金力者、飼藝者、直牘者、輿能者。督侯時省試，官罔靡財，民罔知費，經始於是年孟春之月，逾夏而成，利涉罔病敝，斯治治斯，悅已悅斯。

問記詣郟者數，蒼谷子曰：『天弘美乎！吾土渾渾噩噩，聖人千載之風，崆峒振於軒轅，首陽播於孔子，維兹箕潁。』余嘗為之弔曰：帝王與隐君相為表裏，風化與政教相為始終。微堯舜孰與敷綱常之政，微巢由孰與建節義之風？世道大防，天則大中，歷篡弒之慘禍，慕節義之為功。君子曰：巢由、堯舜同功。大矣非諛！雄其感諸廉頑立懦，伯夷氏之所以見慕於子輿也，而謂其非崆峒、洗耳之餘風乎，而謂非聖人而能傳遠若是哉？

諸父老再拜曰：乃吾問治橋得治水，得治民，得治天下、風萬世之道矣，奈何井淤、廟蕪敝也久矣？於戲，弘哉治橋，維侯之力與！

侯名年，字如松，家世肥鄉，以循良擢自堯都云。

校記

〔一〕宏，明本作『弘』。

〔二〕祈，明本作『祁』。

〔三〕奔，明本作『汝』。

注

㊀《正德汝州志》卷八胡謐《汝州重建城西石橋記》：『成化戊子，秋七月，汝州城西石橋成。』

㊁雄：即王雄，字世杰，北直隶顺天府永清县人，弘治六年（一四九三）进士，弘治十七年任汝州知州。

㊂限伐：限，山或水弯曲的地方；伐，畎上高土。

密止堂記㊀

郟西北，山曰扈陽，水曰扈澗，澗艮隅搆堂曰密止，蒼谷子止焉。于樵于釣，讀書有臺，渴睡有洞，顧而曰寡德昧道，顧安密止？往歷幽昏，阽危罔錯，顧其地，人爾争也；利害，爾擾也。處非其止，天下之至殆也。密止云者，止於密爾。

夫鳥擇于[一]木，魚擇於淵，羽鱗猶知止已，乃若吾所自有而不暇於擇[二]。顧其地，顯而隱，章而闇，昭而夷而希。靜言思之，不可以事求，不可以詞詰[三]，不可以意察，不可以聲，不可以臭，無可於擇[四]。非天下之至密邪？是孰與爭，孰利孰害？

於戲慎哉！孔子曰：『君不密則失臣，臣不密則失身，機事不密則害成。』夫三者殆孰甚歟？迷厥止，皆危地也，不慎得乎？古之人動有察，靜有養，息有警，器有銘，止求安也。出不以聲，視不以明，聽不以聰。未發是禁，不見是圖，病病存存，若將失之。致吾一密，吾止矣。乃若呫嗶垂綸[五]㊁，伐木振谷，以遨以休。言維施施，行維矯矯，卒以寡尤與怨，非必伏身箝口、不出戶庭云爾。正使居其室，出其言，不善則千里之外違之戶庭，何與於止也？是故不出戶庭而見天下、彌六合、洞萬世者，得止止矣。聖人以此洗心而退，藏於密，至德焉，意其不可見乎至善，惟吾止云。

是故堯舜曰中，湯文曰敬，千聖不易之地，故曰天下之至密也。由是而之焉曰道，由是而得焉曰德，由是而變化焉曰神。其止，始於密而終極於顯。道、神、德，非天下之至精，其孰能與斯？故樂外荒內者是曰倒置斯意也。上世下衰，自周而來蘊矣，故曰『天祚明德，有所底止。』

維茲山堂，蒼谷子慎獨之地也。崇題峻宇，吾復何知？舉往昭來，君子顧或有取於斯堂云。

校記

[一] 于，明本作『於』。

[二] 不暇於擇，清同治三年《郟縣志》卷十一作『不假於擇』。

[三] 誥，明本作『詰』。

[四] 『靜言思之，不可以事求，不可以詞誥，不可以意察，不可以聲，不可以臭，無可於擇』，清同治三年《郟縣志》卷十一脫這幾句話。

[五] 呫嗶，明本作『佔畢』。

注

㊀密止堂：王尚絅辭官歸隱處。在郟縣西北黃道鎮前灣村之王裏灣扈澗水青獅潭畔，距縣城二十二里。

㊁呫嗶：泛稱誦讀。

忠蜂記

飛類蜂號有君臣，蒼谷子既粂政病廢，嘗蓄蜂以自警。日省月掃，寒暑擁覆，暇則游目醒心，見其果有君臣也，每事必視。一日刃其覆草，為一蜂所毒，尾螫[一]予面，腫如浮瓜。由是赧然歎曰：施恩者不必以[二]善報，罹禍者不必其自招。莫知[三]如人，我則可恥；莫微如蜂，一[四]烈如此。處物有方，彼各為主，物小喻大，取戒衆矣。

已而客有弔者曰：『孰知此蜂之不復生也，蓋其王[五]驗尾亡者輒扶出。』嗚呼，果爾蜂其以忠而被戮也。人與物異，言志莫宣，乃收蜂瘞塚而為作忠蜂記。

校記

［一］螫，明本作『釋』。

［二］以，明本作『其』。

［三］知，明本作『智』。

［四］一，清李宏志《橋水文集》作『其』。

［五］王，清李宏志《橋水文集》作『主』。按李宏志，字亦重，號橋水，貫通諸經，尤工古文詞。

馬牛亭記

呼之馬也而應之馬，呼之牛也而應之牛，此莊周所述於老聃者。夫二子非吾徒所道，而斯言也，與吾之所謂卑己而損身者異歟？故軾嘗以周為獨尊孔子，而聃又吾夫子一見而太息焉者，夫豈盡無謂哉？

蒼谷子誦斯言久矣。歸來病伏茆椒，因取以名，蓋嘗顧影自謂，風吟雨臥於其下者，雖蒼谷子也，可不曰馬牛亭歟？或乃以為乾曰馬，坤為牛，蒼谷子笑而不答，但繫之銘曰：

馬兮馬，牛兮牛，馳驅兮千里，潦倒兮一邱。緊行天而用地，奚龍躍兮麟游。嗟常永兮貞吉，雖馬牛兮焉求？馬兮馬，牛兮牛，非馬非牛，與爾同儔。

蒲荷記

蒲，水草；荷，水花。予愛之，崇臺貯水而並植焉。然荷畏寒，候陽始盛，不收護則傷。蒲萌春即發，雖不收護而青青者已丈餘，荷裁及其半。倏颷風總至，蒲柔滑，獨以無恙，而荷不傾則欹。由是客惟蒲是與，蒲亦揚揚飄颻，若德色者，荷處其下，亭亭自若。

予情顧自有屬矣。取其譜考之：蒲，浮也，以浮為義；荷，荷也，有負荷之義。古之人其善正名哉！蒲蒿為席，維溫以安，華足以裹被，黃又足以醫吾病，古執為璧，似不可棄。而荷則其本密，其根藕，其莖茄，其葉蕸，其華菡萏，其實蓮，其中曰的，的中曰薏。其色淨以備，其香清以遠。莟曰芙蓉，通曰芙渠，荷此衆美。蒲乎，吾見汝之後也。君子將孰是與邪？乃移蒲植臺下以安爾荷，且銘之曰：

蒲兮長，爾貌不揚；蒲兮浮，爾性不柔，蒲兮早，爾焉是保。

興復嵩陽書院題名記㈠

聞天下凡四大書院，而首曰嵩陽，備見《皇明一統志》。維兹嵩陽，葢登封故址，[一]雄據太室萬歲峰麓。創自五代，置官賜額，頒書給田，規制宏[二]盛。去宋寖微，寂寥於今，僅存古柏與碑。碑建於唐，柏封歷秦漢，森鬱矗矗，壽絕天下者也。

乃若書院之盛，則茫無從考。已往正德乙亥，絅嘗撫而詠之，裴徊三嘆。十有五年，今復載興，前堂後祠，垣宇周章，輪奐翼飛，木石耀彩，山若增之而崇者。敦古崇教，侯君之良可知也。非上匹[三]勛華，天啟文運，而嵩陽能有是邪？觀者可為世道賀云。藴道降神，安知高[四]迴如巢、由，開先如甫、申，而詔後如程、邵者，裔世無聞風而興者哉？亶乎！其興則所謂四大書院者，可次第而見其大復於天下矣。於戲！嵩陽之興廢，天下之治忽也。

侯名泰，嘉定人，余贊復諸君，鄉先達王子請予列名如右云。

校記

［一］明本『故址』后有『也』字。

[二] 宏，明本作『弘』。

[三] 四，明本作『拱』。

[四] 高，明本脫。

注

①嘉靖八年《登封縣志》卷一：『嵩陽書院，在縣北嵩山之前，宋淳化中賜額及御書，久廢。嘉靖七年，知縣侯泰訪民占嵩陽觀址，造房十六間，復書院額。』

建題名塔記

明嘉靖庚寅年，皐蘭陳侯範奉命令郟。既年，廟學煥如，間睎科貢之名，榜題於堂。侯謂教諭白君珍、訓導陳君棫、孫君琰曰：『名榮顯世，雁塔斯永，是烏足以昭前式後邪？』爰礱石，問記於蒼谷王尚絅曰：『誼關風教，無乃闕典與？』觀斯舉也，則知侯詎惟善政焉爾矣。

夫士者，民之秀也；教者，政之先也；學校者，有司之急務也。惟盛變衰，化機攸繫。繫古考斯邈乎時已！成周制官教備，得人獨盛。郟自春秋來，文武風節，政事勳烈，鏗鍧炳煥，後先輝映。粵漢以下，或以德行、以道藝、以賢良、以孝廉、以茂才、明經諸科，法各為殊，舉於嵩麓汝崖之間者，彬彬如也，代有名臣，義不絕書。顧兵燹之餘無考者，慨亦多矣。

惟我朝敷政立教，崇儒越古。自洪武己酉詔郡縣立學，自庚戌詔開科取士，造士之進，所謂正途，三年大比鄉校，呈其文藝於春官，又舉其最者進於大庭，名曰科。恐滯也，貢以疏之，歲薦其秀者，升諸太學，名曰貢。維此學校，自癸酉幾五十試，舉者三十有八人，内第進士者八人；貢自己丑四十餘歲，應薦者七十有七人，援例者三十三人。稽故典彙次書之：書科，制也；書甲子，紀時也；書字，崇之也；書其經道，以致用也；書其子或孫，世德也。書仕有詳畧，歷履殊也；書有闕者，無據也，俟知者也，書虛其下，嗣刻之也。其有不於是階身而為名賢者如李公希顏，博通經史，洪武初用薦，手書徵為左春坊贊善大夫，進講經筵。立朝歸然，望隆海宇，所著有《學庸心法》。亦有為名宦者如王公佐，辟舉歷官御史、太僕少卿，載在《史臣志》。玆主科貢，名故不及，義不可泯，特書表之。事竣，樹於堂下，左者書科，右者書貢，諸士昕夕陟降目睹，將不有勸懲之道邪？永示世世，抑非文獻之徵邪？

嗚呼！生而不用，君子以為不幸，故疾沒世而名不稱，登斯名者榮矣哉！穆叔氏論不朽，必曰德與功言，匪榮焉已。進修者其謂斯何？凡今在學之士，顒顒卬卬，挺然儁秀，必有焯爍聞望而永終、譽如《卷阿》《振鷺》之美者，斯無負聖朝養士之恩、賢侯作新之舉云。

卷之八　序

瑤池壽詞卷後序

瑤池壽詞，尚絅為祖母李太君九十壽者也。思惟太君罔極，嘗疏請終養，歸不俟報，既而得旨宥許養，終九十有五，絅長恨終天矣。

時惟二泉、柏齋諸君子各垂詞章，此卷所集則為澶淵三王所作也㈠。一龍湫子邃伯，一端溪子德徵，一玉溪子公濟。三子者同出澶淵，絅均辱麗澤之末㈡，愧自不才，病廢山林，撫卷懷人，有風月冥會者焉。題如[二]三子者，固希世之珍，在尚絅者又傳家之寶也。迴憶年光，十易寒暑，太君亡恙當百有二歲矣。

嗚呼恫哉！乃聞玉溪、龍湫會空同諸子於繁臺，則斯集也，庶乎有墨華涓滴之灑哉？稽首以俟。

校記

[一] 如，明本作『妙』。

注

㈠二泉，即邵寶。三王，指開州王龍湫、王崇慶、王溱。

㈡麗澤：互相切磋。

東皋先生夢椿圖詩序

椿樹葱鬱，庭影扶疎，兹圖惡乎有哉？圖因於夢，夢因於思。思為誰？予座主東皋先生也㈠。所夢為誰？若翁澹齋先生也。圖而傳之者誰？東皋之詩友、門客相聚而為之者也。

嗚呼！予於是乎知先生之心，高先生之風，且重有感矣。疇昔予執父喪，先生嘗以書至，謂不肖過哀，恐累達道，要自漸除，予疑焉。今披兹圖、占兹夢，其先生所不得而除者邪？予固謂三年之期為服除耳，至於心無除時也，此類是已。先生聞而默然，於是乎知先生之心矣。或以為椿以況父，在昔有之。夢境神交亦人情耳，子曷高之殊？不思朝祥莫歌者有是夫？倚門皷瑟，登門長歌之徒有是夫？無也。何也？無此思也。夢生於思，同一人情，顧不于此而于彼，松禾蘭槐，分蕉抽草，因想夢幻何多邪？以夢椿名于天下後世者，當自東皋聞焉，于是乎高先生之風矣。

悵仰高風，抑重有感。夫昔者不肖癡坐白菴，笑嘗絕倒，呼之不譍，促之不起，讙囂吗噪。至狂飆急雷，屋宇震撼而睡猶爾爾，人皆曰曷至此哉？既夕，予欠伸起，揚其目而謂之曰：『予方見先子於九原。』衆或有慘而去者矣，不識先生之所謂夢者與予夢同不同，但夢之境界，予莫能言。先生曰：『某亦莫能言也。』曰：『若是則何事於言？』或曰：『言以寄意，意非言何傳焉？』曰：『若是盍請諸公代言之？』遂錄以為序。

注

㊀座主：唐宋時進士稱主試官為座主。至明清時，舉人、進士亦稱其本科考試官或總裁官為座主或師座。

恩封並壽歌序

石村鄭道長㊀，家世金陵，系本豫章，先祖翁嘗守楚雄，家學遙有端緒。石村以名進士歷大行，簡擢烏臺，出按兩浙，清理戎務有年。既而奉命[二]兼理百司文卷，激揚烈烈。會郊祀禮成，恩覃父母，絲綸冠帔輝映。邇復獲明旨還朝，將趨道歸省。惟乃父遂閒翁早游上庠，屢試弗偶，而供奉內朝[二]晚流[三]。遂閒耆德重望，矯矯鄉評云。母歐陽夫人，貞順賢淑，尤篤孝敬，內則訓子，昭垂懿範，實出文忠公之裔。壽期維孟夏七日，而季秋月晦，寔維遂閒翁誕辰。椿萱偕老，綵觴具慶，壽並七旬，雙霑恩典。膴仕遐齡，振振未艾，仁人孝子之夙願，縉紳之至榮也。《詩》云：『凱弟君子，求福不回。』

於戲！顧可以多得與哉？絅歆茲盛美，乃為之歌曰：

天恩優渥兮，雨露彌漫；瑞雲縹緲兮，紫鳳青鸞。舞霓裳兮珮珊珊，儼羣僊兮獻琅玕。阿翁阿母兮紫氣神丹，靈椿崇萱兮紛闌干。醉雪蟠桃兮晶盤，芝蘭繞戺兮桂樹團團，雲液瓊漿兮微月寒。秋風颯颯兮承嵩歡，稽首龍章兮隨鳳[四]翰。

校記

[一] 命，明本作『勅』。

[二] 朝，明本作『翰』。

[三] 晚流，明本作『晚號』。

[四] 鳳，明本作『風』。

注

㊀鄭濂，字師周，號石村，上元人。

筆疇頌序

筆疇，余嘗意其為隱士所作。頃得上卷，乃知錫山王侍讀之筆也。侍讀以忠徙邊，殆所謂館閣其貌而山林其胸者歟！黨子請為像贊㊀，因為筆疇頌焉。其詞曰：

羲卦禹疇周爻，孔思熙緝人文。嗚呼此器，傳以傳奇，卦以凖易。於維君子，粤亦多事。何卦非疇，何疇非地？遡古逆今，嗚呼兹義。錫山之疇，儒業攸肄。荒而不理，有愧厥志。

注

㊀黨子，即黨潁東。注見前卷六之《答黨潁東》。

梅菴雙壽圖詩序

梅菴，胡文學之翁也㊀。余嘗為序其譜，今年文學復主校歸自山東，曰：『希銓父維六月哉生明，母侯氏孺人維十二月朔初度之辰，壽偕七十。汝之縉紳繪圖賦詩，將以明年秩滿，歸壽弋陽，序焉惟子圖之。』未幾走予曰：『顧將何以處我老父？』

揮觴曰：『君子之於天下也，出與處二端而已爾。夫苟出與，如尹如申，下至孔明子房，格天屏翰，開濟氣象，萬世儼有生氣。夫苟處與，巢林許瓢，視以終身，窮如伊洛，死而未悔者可矣。大分皆不可不預定也，使同升廊廟而顧為身家之謀，既耕畎畝而猶有爵祿之累，志不定也。志不定則事不成，事不成則亦何取於出處哉？吾恐君子之自待者薄矣。老夫歸，惟犁鋤是事，二三子能無努力？』洋拜受教，舍人亦膜拜。余聞之敬且愧，曰：『後生懷古，屢歎弗逮，睹茲贈處，則古之所謂鄉先生者，何必於嵩麓汝涯間求之歟？』舍人請尚絅書諸卷頭，行將索鐵溪圖之。

注

㊀胡文學即胡希銓。可參卷二《題梅菴汝梁別意圖詩序》、卷三《別胡掌教任滿東還》、卷四《春風堂為胡掌教賦》。

題《雄山集》後序㊀

雄山仇子時茂集成，谿田馬子序之，既而馳蒼谷徵余言。余往歲觀風冀南，如集中云者，嘗義仇氏矣，惜其風止於雄山云。

夫今天下一家，仇氏家有範，族有譜，訓有辭，祭有田，會祀有堂，聯鄉有約，塾教有書，警衆有鐘，綱舉紀貫，晉鄙唐風居然㊁。太古之先，雖余未之見也，顧集中著述諸君子，皆有志於天下國家者，類非飾譽傳奇，意子若孫。兹焉是信罔墜厥聲，固賢者之用情也。後之登其堂者曰：『維心我同，維貞我安，維儉我師。鬻田不敬，悖約不義，廢書罔教，廢鐘罔警。』繇是懦以立，仆以振，而亂以序，若是乎賢者之用情哉！孰將不是信耶？是故譜未及見而得信順，詩未及見而得樂休，諸堂未及見而得諸序記云云。今天下視仇氏何如？有志者能於是恝歟？且義行仇氏者五世已，自是而圖永終，繫諸其子若孫，才不才、信與否焉爾矣。天理民懿，萬古如一。愚獨以為存則聖賢，失則禽獸，不俟其再失云也。往愚以法從事，今病且朽，如兹意何？

嗚呼，嗣是蒞官者有責矣。或以兹匡飭子民，非雄山之大幸歟？而雄山集、範者，又今天下公傳之籍也，顧有激於風聞者邪？夫天下大而家小，而身又小也。治天下有本有則，周子豈亡謂哉？方今詔下旌褒，若有所取信者。正心之說，風火所自顧，非愚敢知云。

注

㈠據何瑭《仇生北歸序》《仇母閻孺人墓誌銘》《祭仇儀賓玉松》等，仇森（一四六八—一五二七），字時茂，號玉松，山西潞州（今長治）人。可參王永寬點校《何瑭集》（中州古籍出版社一九九九年版）。

㈡唐風，唐堯的遺風。

《哀聲集》後序

感天地、動鬼神，莫如《詩》。《詩》有《頌》，有《雅》，有《風》。《風》十有五，而首《二南》。《二南》廿有五，而首《周南》。《周南》又十有一，而首《關雎》。今考其詩，蓋詠歌文王之於后妃者也。夫德如文王，孝友忠信，可詠可歌，顧獨於《關雎》何哉？豈不以夫婦人道之始、王化之端歟？故曰有夫婦而後有父子，有父子而後有君臣，三者正，庶物從之矣。是故夫子删詩，獨有取於《關雎》也。

嗚呼微哉！余獨以哀聲一集而重有取於椒軒。夫安人者，徐椒軒之配也；哀聲者，為安人而哀者也。哀於心而聲於詩焉，詩人哀之而椒軒集焉。

是集也，有誌，有辭，有古詩，有今詩。或充充乎長篇，或寥寥兮片言，錯出有章，雜比成文，詞不同也而同於哀。伏翁之序備矣，固皆無愧三百篇之旨也，余獨以椒軒之可取者多矣。姑自天下所公知而言，如以名進士擢司勳，歷事兩朝，出守諸藩而初聲不替，可不謂忠歟？色養紫崖，名揚道顯，家聲逾光，可不謂孝歟？伯仲五山，壎吹篪和，振玉聲金，可不謂友歟？交游海內，切磋麗澤，而相應同聲者，又可不謂信歟？然余獨有取於哀聲一集者，顧詩首《關雎》之意也。

今觀其詩，刪後不可謂無，而椒軒亦豈待文王而興者哉？余猶於卒章者，非獨謂[一]椒軒也。意以是集一出，天下後世爭誦之，將不有聞風而興者乎？擊缶長歌，改弦易調，發乎性情以止於禮義。聲哀聲而不失於傷，如椒軒之於文王者，或不能不詠歎余意云爾。然而[二]非余意也，夫子之意也。夫子之意又非獨於《關雎》也。卦重乾坤，書美釐降，禮謹大昏，昏迎喪葬，亹亹於魯史書不盡之編。夫子之意非獨於《關雎》也，採詩以觀民風者，其亦三嘆於哀聲云。

校記

[一] 謂，明本作『為』。

[二] 然而，明本作『然』。

贈張子風序

張子名鏜，字時威。少游邑庠，涉獵籍史，蓄大志。扣馬牛亭會蒼谷子，時風起天末，塵沙飄忽，形怪莫狀。張子問焉，乃言曰：『大凡風，氣之為也，陰得陽而為風，氣變而風亦變。故風從風曰巽，風行地上曰觀，風行天下曰姤，風行山上曰蠱，風行水上曰渙。於時曰春曰夏，仁氣為之也；曰秋曰冬，義氣為之也。若乃冬風暴，秋風災，義氣之戾也；夏風欻，春風焱，仁氣之戾也。是故三皇，春也，其風溫；五帝，夏也，其風渙[一]；三王，秋也，其風淒；五霸，冬也，其風烈。雜於七國，虐於秦，醇駁於漢，清虛紛擾於兩晉南北之間，以至暴於隋而夷於唐，亂於五季而弱於宋[二]。四時變氣之餘烈，不可以遽數也，隨氣所變，毫髮不揜，無形而有形，無聲而有聲。無幽不顯，無深不入，不見疾而速，不見行而至。非天下之至神，其孰能與於此哉？本一氣之流行，歷千古而互見，自古及[三]今，未有氣變矣而風不變者。昔人謂有風伯主之，不可得而知也。馬牛病夫，醉夢於風中而已矣，觀風者得不三嘆於斯乎？為之歌曰：

天香轉兮風來思，冠崔嵬兮佩陸離。悵古風兮誰其尸，有虞氏兮薰且時。哀尼父之悲兮列國有詩，乃八方之應律兮，羌十愆之既黜。粵上下之恒守兮永貞吉。

再歌曰：繄鳴飄兮崧高，入桐江兮吹裘羔。嘯乾坤兮空《離騷》，致君堯舜兮其風再淳。民恬物阜兮寰宇同春，嗟予不見兮古之人。

歌成，弟尚明擊節而歌，張子合歌。歌既酣，而林風淜滂激淙，鏗金鏘玉，若應而和者。

校記

[一] 渙，明本作『澳』。

[二]『亂於五季而弱於宋』後，明本有『而腥於胡元』。

[三] 及，明本作『迄』。

壽陳母孔太宜人七十序

誥封太宜人孔氏者，陳令尹母，先大夫介菴公配也。壽躋古稀，辰維初度，爰圖所以壽者，狀請於蒼谷子。余[一]嘗聞於令尹，知宜人所以相介菴有足為世勸者。粤自笄于歸，歷諸姑以孝聞，介菴讀書則手為燈火。洎擢進士知高陽以拜刑曹，前後幾二十年，淡如寒素，乃宜人安之。方介菴聽刑獄有掣肘者，率歸而嘆，乃宜人慰之曰：『勢利孰與命邪？』公意益堅。卒之一麾出守處州，不踰月而終，宜人力守於茲又二十餘年矣。嘗撫諸子，曰言曰諫，爾維讀；曰詔曰誥，爾維耕。耕者日積以贍，而讀者日宏[二]以遠。言即令尹，年十七舉於鄉，授今職，綽有高陽之風。諫㊀，則懷珍待聘，魯碩儒也。女一，夙配儒門。是皆宜人相介菴者，謂非得之於天可乎？

夫戕於人者裕於天，嗇其身者豐其後，天之道也。鄉使公屈法以博聲利，則聲利固可以立致也，其如吾後何？秦漢以來為可鑒已，故曰司刑者難乎其後。豈不以刑者傷天地之壽者也？介菴公雖不得于其身，而所得于其後者乃如此，顧不可為有官者勸哉！

嗚呼，後吾後者，其又可以警也夫！因書以壽之。

校記

[一] 余，明本脱。

〔二〕宏，明本作『弘』。

注

㊀風諫：風度和見識。

贈言會錄序

蒼谷子王尚絅幼讀書漢中，乙卯東試，識浚川子。浚川子者，姓同予，名廷相，子衡其字，儀封人也。丙辰同下第，予歸省漢中，浚川子歸儀封。己未又下第，投業太學，同會經書。舉筆構文，每至發泚試場，率燭盡乃出。予詰之曰：『此努力何為者？』浚川子曰：『子忘吾親老在堂邪？』握手悵然者久之。

迨[二]壬戌，始同舉進士。自是予授職兵曹，浚川子改庶吉士，讀中秘書。未踰年，予父喪奔郲，浚川子出掌兵科，先帝数可其奏。未幾以疾歸，遭外艱，蓋予既禫，乃克以書使往弔之。書則曰：『浚川子忘努力會試之言邪？』茫茫天地，誰知此心？使者反曰：『浚川子得書，泣且踊矣。』丙寅予乃復任，浚川子繼至。適賊瑾用事，以喪不及[三]內符，竟謫判亳州，尋知高淳，改御史，巡鹽山左。瑾誅，入院，今承命巡按陝西。

方其有亳州之行也，友生類惜之，爰以草堂『勳業頻看鏡，行藏獨倚樓』二詩句分韻請贈。予為作一冊，將譯錄焉，時士大夫以詩文為諱，予亦不復敢及此矣。侵尋迄今，諸友復申前意，予語何子，何子以語浚川子，浚川子曰：『始為此者子也，其為我敘之！』予辭不能文，又踰月矣，然慕顏、路贈處，義未可以終辭。

按陝西視諸鎮為最廣且大，當宁率簡命老成者以行。嗚呼！民隱滋甚，國事方殷，所責於浚川子者，不既重矣乎？餘非所知，漢中予舊避地也，于今觀風者敢舉江漢之故風以告。若夫于今或同與不同，并予所未及者，則在浚川子監察焉，于予何有？因題曰『贈言會錄』，而系之以詩。

其一曰：『棧道連雲漢，陰陰七百里。猛虎夜當關，商旅不敢起。』其二曰：『漢水出沔陽，東來接白馬。蛟螭伏前灘，舟航不可下。』其三曰：『漢山有金鑛，漢川有金沙。二者使流賊，殺人亂如麻。』其四曰：『榷茶易邊馬，禁鹽啖野葛。無茶良以貧，無鹽那可活。』其五曰：『呱呱泣兒女，林荒棗未成。平明送征夫，行戍黑水營。』[三] 其六曰：『千載武侯廟，百尺淮陰臺。春風芳草日，登眺眼重開。』其七曰：『百二山河勝，塵埃古道微。旬宣惟召伯，行露畏沾衣。』

原分韻得『樓』字詩曰：『直指中朝第一流，承恩攬轡入秦州。馬頭曾識潼關險，夢裏長瞻華嶽秋。木落清霜空絕徼，塵銷急雨淨窮酋。舊遊山水今猶在，廻首西風八詠樓。』

校記

[一] 迨，明本作『洎』。

[二] 及，明本作『給』。

[三] 營，明本作『茔』。

送上舍白忠夫歸省延陵序[一]

太學白生諫，故康敏公之孫，絅寮友表之之兄子也。其父曰慎齋，以十二月晦為初度之辰，而母氏則以十一月哉生明。白生將歸壽焉，朝士大夫餞之，詩歌表之，命予序諸首。

嗚呼[二]！絅於白生不能不有所感矣！方予之游太學也，時則海內晏然，雖扁舟羸馬，東吳西越猶運之掌，浩焉魚鳥飛游於天高地迥之間也！乃今四野風塵，舟航路阻，國門之外，馳驅維艱，齊魯宋衛之區有墟焉者矣，譬則深山大澤，舞鰌鱔而號狐狸。生之冒白刃而往也，其亦可感也，夫抑亦可樂也。夫聞唐陽城[三]為司業，詔諸生還養有三年不歸者叱之，前元[四]以臺臣建議，援古律令，諸司計道里遠近，定立假期，省親匿者坐罪。玆二者君子與焉，不肖瞻雲計日，愧白生者多矣。況夫白氏延陵世家，山可採，水可釣，池亭林園可以嬉游，稱觴拜慶之餘若是者，其又不樂矣乎？

君子曰：孝者生人之理也，載在六籍，而執禮尤備《曲禮》《少儀》，絅嘗受讀，今則媿焉。白生故習於禮者，其歸而求之。

校記

[一] 序，明本作『叙』。

[二] 嗚呼，明本作『於戲』。

[三] 明本『唐陽城』後有『未可為有道之士也』八字。

[四] 明本『前元』後有『之政率循夷俗，然而』八字。

注

㈠白埈，武進人，字崇之，號慎齋。白坊，字表之，號誠齋。白涑，字忠夫。

易謙卦圖序

先君子曰：『易卦六十四，惟[一]謙為上，小子志之；滿招損，謙受益，志之小子！』於戲，過庭書紳㈠，良不易矣！夫畫自虙羲，象繫周文，傳彖於孔子，至程朱諸儒備矣。夫豈易哉勞謙不伐㈡！去舜禹而來，嗚莫如周公，撝莫如孔子㈢。維羽譙譙，維音嘵嘵，是維周公；一命而僂，再命而傴，是維孔子。孔子猶覬于學以寡過，則所為學者何如？故曰：居則觀其象而玩其辭，動則觀其變而玩其占，學其庶乎，遇事而占者末矣。

惆惟不肖寡學，中年跖盭㈣，每誦[二]前言，顙輒為泚㈤。乃今追咎補遺，表謙卦於六十四卦之上。贊，見志也；卦畫，示象也；列爻繫辭，以通變也；圖布方圓，著大體也；辭緝古今，闡意義也。是故『謙』之體用具矣，易之謙義大矣哉！孔子曰聖王設卦立象，繫辭焉以盡其言。觀圖玩義，視誦言忘味者遠矣。啟往昭來，斯先君子之志與？

夫志非辭可盡也。嘅纂述擬議，有愧河汾㈥；臨文三嘆，非曰辭焉已矣。槐陰續裔，尚克永念與哉！

校記

［一］惟，明本作『唯』。

［二］每誦，明本作『誦每』。

注

㈠過庭：承受父教。

㈡勞謙：勤劳谦恭。

㈢撝：谦退。

㈣跖盭，也作蹠盭，谓脚掌扭曲。

㈤河汾：隋代王通設教於河汾之間，受教者達千餘人。後以『河汾』指稱王通及其學派。

㈥洸：明白。

贈郝裕州考績序

郝侯道傳，地望四輔，才出三秦，以甲戌進士刺守裕州。越戊寅，今三載既矣，功用告成，例當奏績天府，書考於天官。卿時雖著令，然或以災免，以兵免，以正官免，矦得請行，榮矣[一]！時若州之耆壽憲僉周公宗輩醵以幣狀，徵言于蒼谷曰：『惟矦蒞自乙亥，訊瘼舉廢，異端雜熾，維矦熄之；正風頹靡，維矦振之；田野維矦闢之，鄉校維矦廣之，年饑維矦飼之。今年而充倉府，明年而完城郭，又明年而空囹圄、清縣鎮。有績用數年者，矦輒成以三載。撫按守巡連章上聞，行矣當陟，士論顧喜于其陟，而民心則憂乎其去云。』狀覽，余病愧於言，乃又徵以趙子，不得辭。

嗚呼！予[二]嘗嘆夫唐虞之治不復見於後世也。夫三載考績，三考黜陟幽明，堯舜不易之典也。周漢而下，條品愈繁，科等滋偽，善最彌文，進退毀譽，奈何欲時雍風動乎哉？慨惟良吏盛於漢宣，其言曰：『與我共治者，其惟良二千石乎？』時則北海守治行第一，扶風守為三輔最東郡，河南者為天下最。大抵國家之意，取辦於二千石。二千石云者，今矦之職是已，銀青綬袋，緋魚佩虎符，行以皷蓋㊀，或相出而守，或守入而相，或糸以文武，或兼以軍民防禦、節度團練，代有因革，而職不易。

況裕州陸海，坐鎮舞葉，仰承宛汴，當一道之衝要，又列郡之上州也。而矦經畧其間，於茲三載，賢勞偉績如前所云云者，視漢之良吏減與？

茲行也，超擢騰遷，增秩賜璽，率有故事。如何而以慰民心，如何而以伸士論？課農勸賢，將必有所以處矦者矣，然於矦何有哉？

余獨嘆夫唐虞之治不復見於後世也，故曰：學非堯舜，非學；治非堯舜，非治。非時無陟，非時無黜，時以巡狩，時以述職。人懷士行，比屋可封。康衢擊壤，安敢妄歌謠於羹墻蚤夜之間乎，又安敢不以時於矦焉序之？

校記

［一］矣，明本作『已』。

［二］予，明本作『余』。

注

㊀皷蓋：鼓吹和傘蓋，指古代高官的儀仗。

平山年譜序㊀

粵維孔孟烈考，汔無著述，而德光萬世者，胤聖象賢為之後也。是故立身行道，揚名以［一］顯父母，孝之終也。故曰非終父母之身，將以終其身也。追錄繼述，代有名氏可考已，寧惟賢聖？而匹夫有志家傳之續，義存稱美，意靡先人。顧肇於伊川者，豈不以許自先生耶？故稱有於無是謂曰誣，有而弗傳罪不重［二］與？不肖竊有志焉。犬馬賤齒，荏苒五十，內無實學以昭先，外無大業以貽後。祿養既闕，一物未備，常恐殞先朝露，影隨腐草，銜恩罔極，萬年長恨［三］者矣。平生一飯見懷，而掛枝有述，鼓盆有詠。顧譜傳家乘，竟闕單辭，悼往追來，匪忘伊怠。

痌乎！山海易圖而天地難繪者與！霜露興思，哭踊幾絕，是故不肖竊用悲焉。乃若失怙於[四]茲二十五載，宦途中乖，抱書永棄。菽水慈養，嬛嬛呴嚅者又十有四年矣㊁。無何詔起，未幾奔喪，徒涕血悲號[五]，乃葬未克襄銘，不告誄，正使一旦宛滅，豈不空哀齎志於後賢哉？嗚呼，能不悲與[六]！

先母貞順慈仁，勤苦終身，坤淑内蘊德相。先君夙存壯志，顧位與時忤，積學罔宣，漢南宜川微與小試。節孝終始，士大夫詞序贊揚，諸門弟子稱述汎溢。洎平山遺事瑣尾罔徵者，悉既哀而燔之矣。爰據事實可列者，各詮次年譜，譜不及載者各附列二十餘條，又繫之勅、命、祭、告諸篇，譯錄成冊，粗謝荒遺。

夫德善勳烈，述於後者，作於先者也。深愧不肖既失於今者，而遠有望於後焉。匪曰誇詡，惟[七]以告哀。辟諸眸本眇也，而粉墨以盼，縱使傳焉，誣冒他人，知道者所羞稱已。眷茲狼狽，務極想像，然而行未可盡，神不可列，期期落落，又安知其能傳與否？義乎人而事其天也！

闇惟哀疚，合葬愆期，罪集萬死。籍時乞言君子，敷茲思繹，敬以貽世世萬子孫云。

校記

[一] 以，明本作『永』。
[二] 重，明本作『罪』。
[三] 恨，明本作『憾』。
[四] 於，明本作『于』。

〔五〕悲號，明本作『踚年』。
〔六〕與，明本作『歟』。
〔七〕惟，明本作『維』。

注

㈠平山：王尚絅父亲號。清同治三年《郏縣志》卷八：『王璇，丁未貢。官陝西南鄭縣訓導，陞宜川縣教諭。』
㈡嬛嬛：孤獨無依。

祝孫翁壽柏詞序

太平孫侯以癸未名進士令郏既年，蒞政維愛，民用以睦。乃今四月廿九日，侯瞻雲自咨僚佐問焉。侯曰：『傷哉，昺翁壽旦也。不肖失恃，翁今壽且八十又六矣。性獨愛柏，自號友柏。夙膺恩詔禮賓鄉飲〔一〕。泊焉林下，寄意於書，會境行唫。貴己賤物，樂內忘外。居常或閉目儉視，曰耗吾明也；靜耳儉聽，曰扐吾聰也。喜懼哉是日已！』

由〔二〕是僚佐誦之，縉紳士民相率遙祝，請詞於蒼谷子曰：柏翁其善自愛與？夫視遠若矇〔三〕，故能壽其明；聽德若聵，故能壽其聰，聰明若愚，故能壽其德。德乎壽之本哉！是故貴己故神清不亂，賤物故厚利不敓，樂內故形完不擾，忘外故世累不入。玩象乃書，非繪藻也；宣鬱乃吟，非貴言也。翁非畸於天假諸人，自愛者壽之道與！人祝之，愛也；愛自矦，推也；矦之愛民，自翁推也。孔子曰立愛自親；又曰愛人者必及其所親。而況今日之祝愛日之誠邪？政之於民，心體水舟，茲不謂難與？愛終其身者，是在矦已。柏翁之德，愛何窮也？其取愛於柏者遠矣。

夫物之壽者莫柏若也，世稱莊椿喬松，予未之見也。乃嘗游嵩，見所謂嵩陽柏者，森霄蔽埜，與二室爭雄，其大六人圍之始合。先漢已有封祿，代各著名，由[四]前莫考其始，由[五]後莫究其終。柏之壽宜莫是若矣？予愛焉，若可取為翁友也，賦《壽柏》一章，使歌以壽翁。詞曰：

倚嵩陽兮瞻江東，維柏壽兮壽而翁，謠白雲兮皷南風。襴[六]綵衣兮灩霞觴，獻爾蟠桃兮同醉壽鄉，維柏巖巖兮維翁蒼蒼。緊將軍兮封漢武，覃祿飼兮歷世主，席清蔭兮㝢邃古。葉不霜兮柯不斧，羌雨吟兮而風舞，保茲貞心兮奠中土。枝齕黃冠兮子傳法祖，根蟠九地兮嵩少而堵。師友顓頊兮造化為伍，鬼神呵護兮僶龍踞虎。維翁夢柏兮維柏承宇，蟄蟄子姓兮載謌陟岵，琪木瑤艸兮謝疇為譜。

校記

［一］禮賓鄉飲，明本作『賓禮鄉飲』。

［二］由，明本作『繇』。

［三］曚，明本作『朦』。

［四］由，明本作『繇』。

［五］由，明本作『繇』。
［六］襴，明本作『爛』。

九玔胡氏家譜序

傳曰繫之以姓。定繫世者，官有史。譜之從來遠矣，周道然也。由[一]周而秦，而漢而唐，宗法既廢，譜牒就亡。貧而富者諱其先，賤而貴者忘其祖。況殘以兵火，誰其問諸？嘗求之古者家有恒產無甚富甚貧之民，禮教惡得以不興？自事不師古。富者田連阡陌，貧者孑無置錐之地。嗚呼，以捄死不贍者，欲驅而為梟鷙既醉之民，難矣！

今大江以北，民間土著，宋元無幾，況漢唐乎？弋陽胡氏，本江右世家，今觀其譜，分房自金陵以至曰樂平胡坊，曰餘干夾羅，又分而曰九玔，著代自南唐以洎于今，為世凡二十有三，中間支引蔓引，遠有端緒。譜受自家乘，編之者曰梅菴公，刊之者其子克修君也。梅菴耽詩涉史，世稱樵隱。克修詘南宮，力學齎志，署教汝庠，年來結友蒼谷，茲以聘將司考之閩，過我徵序。

夫其所謂廢於官而譜於家者，唐如杜氏、陶氏，宋如蘇氏、歐陽氏者，卒有取於君子，胡氏茲譜將不與諸家並傳邪？然吾觀其志，非以矜名譽、示文墨，蓋將篤倫理、崇風化，使毋忘於古道焉爾。且其言曰：『古者姓同不以娶，不知則以卜，冠娶必以告，死必以赴，今時則異矣。然則繫名茲譜者，其亦永念之哉！乃若賢不肖異志，君子或自恃其賢，弃小人而不治；小人或又自恃其不肖，叛君子而益去之。則雖有能治者，亦孰從而治之？期於賢不期於不肖，期於君子不期於小人，期於古不期於今，富與貧與所不論也。』譜之志如是而已。

然吾聞克修衣食不裕，抽俸金而為此，充其志於古人何如哉？孟子所謂無恒產而有恒心者，吾友已。世顧有自謂不能，並謂其君不能者，獨何與？明天子有欲興周道者，其以是說獻之上，至其凡例著述，則夫有所受云。

校記

〔一〕由，明本為『繇』。

雙封孝感銘序

孔子防葬事載《檀弓》，劉孝子孝感之詳具素屏記。蓋孝子不知其母墓處，葬父曹門之外，雨甚墓崩，卒得母柩。厥子瑋葬合雙封，與〔一〕孔子五父四尺之跡同焉，而得柩之感，事出罕聞，則又與〔二〕孔子異矣。嗚呼，素屏之記于《檀弓》，其可徵哉！爰為之銘曰：

人兮天應，水兮地通。漂浮相感，惟孝無〔三〕窮。曹門郭門，馬鬣堂封。孔子不云，南北西東。世濟厥美，嘉禾鬱葱。千秋萬歲，激爾高風。

校記

［一］與，明本作『於』。

［二］與，明本作『于』。

［三］無，明本作『亡』。

卷之九　題辭　辯議　論説

鳳巢小鳴稾題辭

山曰鳳巢，賓州大夫劉公晚號也㊀。於維大夫不可見已，乃得見所謂小鳴者於其鈞陽季子。鈞陽刻成，題以鳳巢，命辭於蒼谷。

夫予病啞，冠鶡慕大夫之風，兹有年矣。今讀其詩，雝雝喈喈，鏗如簫韶之奏，煥乎朝陽之覽也。嘅自詩亡道敝，則所謂詩者亦物爾，玩焉喪志。囊城史豪抑末焉，君子弗為。工如漢唐，工矣而愈敝；宋無詩已而道存。則所謂詩者，于此乎，于彼乎？虛車窾櫝，將傳邪彰邪？使人繼其聲邪？《易》稱有物，《傳》戒不倫[二]，信而有徵者，君子與！

夫聲莫有精於此者也。勸善懲惡，移風易俗，感天地，動鬼神，理萬物，何物也而可以虛飭哉！君子顧何靳而不為？不曰藉詞以鳴意，託興以鳴志，引物連類以鳴心乎？不曰因風有聲，而其聲又足以感物乎？卑自一枝，迴極千仞，鳴如鳳鳥，儀虞徽周，大昭文明，不恒有於天下也，何巢斯云？而曰小者隘九州云，緊先大夫之志也？寧惟大夫長歌於楚，狂浩歎於夫子也？微哉！觀器聞樂，可以覘大夫之德政，獨曰詩云有之而似有穀貽子，詩不聞乎！

鈞陽唇齒于郲也，即鈞陽知賓州矣。賓州諱敔，字曰某，號致菴。鈞陽名魁，字煥吾，號晴川㊁。是父是子，豈弟民謠，陋彼鷹鸇。孰知其世德淵源之有自邪？鳳兮鳳兮，愛而傳，美而彰，聲兮有繼。亶乎鳴之善也，小鳴大鳴皆可。愚則以大鳴於天下者為鳳巢，惜為鳳毛望云。

校記

［一］倫，明本作『倡』。

注

㊀劉敔：泰和人，字中和，号致庵、鳳巢主人。杜海軍《桂林石刻總集輯校》（中华书局二〇一三年版）載《劉敔玄武洞題詩》：『躡屐登登八桂山，振衣上上七星嵓。會攀斗柄斟元氣，散作甘霖遍嶺南。正德辛未春正月吉日鳳巢居士泰和劉敔題，男劉充書。生員朱會、鄉友萬安、曾安逵、鄧綬、朱若鑒同遊。』可知，刘敔又自号鳳巢居士，且還有一兒子叫劉充。

㊁劉魁：字煥吾，號晴川。《國朝獻征錄》卷五十一唐伯元《工部員外郎劉公魁傳》云：『員外郎劉公魁，字煥吾，泰和人。由舉人嘉靖間判寶慶……公自幼稟父訓，躬操古行，既學於陽明先生，堅志反觀，動有依據。』

讀清逸文稟題辭

世之論文者必曰文須學古，臨文則曰某學某，某學某。某操鉞伐柯，十年不就，洎病伏蒼谷，收視反聽㈠，無意於斯文也久矣。乃翰林主人偶爾相示曰：『文，心之神也。』既而得提學清逸先生文稾二函㈡，日夜讀之，劃然嘆曰：『斯文信乎其神矣哉！』

蓋嘗思之：夫有心矣，苟非神以主之，辟則走碑行尸，種種皆迷，安在其學古人也？雖學且成，亦土木之形爾。夫惟神焉天君㈢，麾指所向，是道思或起之，得若相之。其來也，猶泉湧；其行也，猶響應。形生神發，化之無窮。其尚曰：『古之人，古之人耶！』

先生之文凡若干篇，有序，有傳，有記，有誌銘，有圖說，有詩狀，有事件，有雜言，有疏有書。前輝後映，風飛雲藹，其皆心之神也乎！弟尚明曰：『眉山謂文章以氣為主，伊洛謂文章主於理，然則何居？』嗚呼，知先生之神者，理與氣可得而言矣。羲文禹象，所以發造化之秘者，非神而能此？請質之先生，以為何如？

注

㈠收視反聽：專心致志，心不旁騖。

㈡提學：明代州縣學政。

㈢天君：舊謂心為思維器官，稱心為天君。

題虞山三鳳卷後㈠

虞山維太丘之賢，海陽維昌黎之舊，鳳鳥維聖王之徵[二]，卷中諸君子贊揚備已。虞山以授蒼谷子，繇春逾夏罔復也。乃若求忠於孝，貽謀燕翼，孝爾大也，德斯名仁，斯後可必也。廉者厥後克昌，不聞之古乎？

虞山予同年以升，砥礪清節，為能御史，烈烈臺端者於今二十載有奇。矦忠矦孝，矦仁矦廉，紛兹德美，尤貴[二]備於誠齋之賦也。誠齋之賦，繇昔驗今，愚故曰聞之古也。罔曰夢顯，嶺曰夢希，巖曰夢傳。前倡後應，塤吹篪和，玉拊金撞，發徽垂祥，振振乎鯉湖之夢，覽輝鳴盛方未已已。若乃麟啟河清，偉兹三鳳，邦家之光，虞山未可云私也，顧不曰聖王之徵[三]哉？

爰以虞山三鳳為韻歌之，賡載歌曰[四]：鳳斯罔兮，鳴朝陽兮。樂其鏘兮，錫爾宜男，乃居乃康[五]。顯允君子，萬世之昌。壽無疆兮，鳳斯嶺兮。文章炳兮，樂其永兮。蕃爾諸男，實秀實穎。豈悌君子，萬邦之屏。于嘉靖兮，鳳斯巖兮。舞旂縿兮，樂無浤兮㊁。佑爾多男，爾順爾咸。福祿君子，萬民爾瞻。庶乃占兮。

校記

[一] 徵，明本作『禎』。

[二] 貴，明本作『莫』。

[三] 徵，明本作『禎』。

[四] 明本作『乃賡載歌曰』。

[五] 居，明本作「及」。

注

㊀虞山，即陈察，见前卷六《答陳虞山》。

㊁澁：声音不和谐。

題《少陽集》後㊀

蒼谷子曰：愚嘗讀《宋史》而有感矣，使程氏之道行，則宋可無南也，如臨安何？或曰南宋之傳，天為太祖報也。又嘗讀《宋史》而有感矣，使少陽之說行，則宋可無南也，奚必程子？或曰少陽之忠，天為太祖養士報也，理或然已。

茲舟過少陽祠下，讀其臨刑家書，卷未及半，泫然涕泗，是其忠義激發視滂何讓焉！已而思之，二敔三省，曾子保身之難也。少陽所學，得無於曾氏戾耶？雖然，少陽有志之士也，使其得依歸於聖門，所造顧不止此。

愚復恐為後學誤，臨風三歎，題茲簡末云。時嘉靖辛卯夏閏月朔書。

注

㊀少陽：指陳東（一〇八六—一一二七），字少陽，丹陽人。誠直敢諫，反對議和。著有《少陽集》《建炎兩朝見聞錄》。

題哀壽圖辭後

哀辭本壽圖也，圖曰某某，詩辭凡若干，空同子倡之，將圖為邊夫人壽。乃夫人不可作云，爰改題哀壽以歸，邊子屬絅以序。

惟絅於邊子志同道，業同經，居同里巷，知母教為詳。則凡所謂壽者，孰非可哀者歟？夫情一哀也，或發於形體，或發於聲音，或發於飲食、居處、衣服。君子於是觀哀焉，哀一而已；君子於是觀禮焉，禮云哀云，圖辭見已！

夫事有曠百世而相感，人有聞鄰笛而興哀者，哀不於笛也。况於粉墨相妍，宫商可誦者哉？是母壽子哀也。辭緣圖而發者，君子曰思其笑語，笑語本樂事也，今思之，顧可哀云。

題衛國李公祠左

顯靈王，唐李靖也。始封代國公，後改衛，歷元封。王尚絅嘗讀其傳，微時語所親曰：『丈夫遭遇，要當以功名取富貴，何至作章句儒！』既而遭遇高祖、太宗，圖策制算，南平吳，北破突厥，西定吐谷渾。英略蓋世，沉厚自晦，惟高麗未平，帝猶念之。當時至比以韓、白、衛、霍，身畫凌烟，名垂竹帛，平生之志無一不酬者。

嗚呼，公亦人傑也哉！士大夫知讀書者，率以道德自負，語及富貴功名，輒唾不齒。考其成，胥焉失之者多。嗚呼！如公者功名富貴極矣，廟祀血食至於今不廢，雖古有道之士，何以加諸？

蒼谷子王尚絅，今年三十五矣，愧視往昔章句儒爾。自春以中郎外補左糸，每恨其不得以終讀書之志也。奈天下多事，羣盜蝟興，因取古名將傳略，行且讀之。嘗撫輿嘆曰：『藥師，我師也。乃今不圖又得以展王之祠，拜王之像矣。』葢王嘗長太谷，且為太原定襄行軍總管。則夫微子嶺者，固王舊所按治遊歷之區也，其有祠廟也亦宜。微子嶺去潞城東一舍而近，尚絅以正德壬申夏六月廿有一日過此，明之日又將過黎城，點戍于[一]兒峪之東也。征馬匆匆，索筆以識。

校記

[一] 明本『于』後有『吾』字。

筆疇題辭

筆疇者，筆於田疇之辭也。計三十有二條，合為一卷。葢當時隱士所為，今逸其姓氏。絅自髫年即嘗讀之，嘆曰：『令人惕然有深省處，此卷不可謂無補也。』然則隱士其亦有道之士矣乎？

宦途奔走，囊橐與俱，每一展玩，灑然聽松風、臨江月，不足以擬其快也，讀者當自見之矣。襄垣故尹有刻，兹丞復雅好是卷，請愚題數語，因援筆以歸之。

淮泗紀行

草堂北征諸詠，迥絕一代，讀者謂其有憂思云。今觀淮泗之行，時適庚辰，予於[一]熙臺、玉溪二子之紀㊀，能亡感哉！能亡感哉！

校記

[一] 於，明本作『于』。

注

㊀潘塤，山陽人，字伯和，號熙臺、平田野老，正德三年（一五〇八）進士。立朝有大節，多所建白。曾任開州同知。玉溪即王溱，注見卷六之《西望懷王沁水》。

端溪詠和

端溪子，澶淵名家，濟美世永，維孝矯矯。歷朝遍交海宇，不鄙牛豎危言，謫調聲業逾崇。頃念母老，疏投亟歸。歸途雜詠凡若干章，遙垂謙光，錄以授予，顧謂懷予往跡。予也寒素寡昧，亦何敢望？間與二子相肄，隨韻遞和，以娛老母，輒得雜體若干章，乃同譯篆和，請書予聞，求益世講者不藉茲與？

夫往予歸不俟報，或以是罪予，或以是知予。孔子曰：『其惟春秋已』，『北山』、『陟岵』。古之人豈異情哉？諒惟斯情，詎曰蓼莪可以墮淚，乃若令伯一字一涕可矣。尊與陽也，跡異情同，知斯情者，其惟端溪子云。

陳圖南蛻骨成仙辯

仙非可學而至也，愚於陳摶乎驗之。夫長生不死，世之所謂仙也。自有生以來，安有所謂不死人哉！蓋命之脩短，各懸於氣之稟受，而不繫於人之脩為。孔子何人，壽止七十有三[一]，則聖人固若是耶？

粵維上古氣厚，厥生各千餘歲，至堯舜時猶踰百歲。繼此，雖人物稟受差殊，而天地之氣亦薄矣。脩長者猶間或一植焉[二]，如籛何學，顧七百餘歲？乃若陳摶卒年一百八十有奇。今考魚鈎嫗乳之傳[三]，雖若難信，要其生固[四]有與[五]人異者。頭顱骸骨，今匧置硤中者，死有足徵，世猶以蛻骨成仙云者，術士之妄惑之也。辟諸星麗於天，光彩燦爛，猶人之生也；隕而為石，摶之骨是已。蟬蛻羽化，尸解飛昇，仙家幻妄，卒歸於此焉爾矣。乃使世人絕欲導氣，貪生妄想，卒之尤速其死者。首駢踵聚，禍不甚邪？是故世儒立論，執以為無者，不知間植之說者也[六]；過以為有者，不知稟受之說者也。學之而至者，亦其稟受之有異[七]者也。否則，學至[八]顏子難矣。是故程子以為天下至難事，其知言哉！

嗚呼，仙本非學也，必欲學焉，終以無成，老且死而不悟。聖人所可學也，天下其幾矣，棄聖人之道而學仙，無惑乎？退之皆以為自棄其身爾。夫苟以為聖人果不可學而至也，則學仙之妄可熄，術士種種之説尚足以禍天下哉！

校記

［一］三，明本脱。
［二］植，当作『值』。
［三］魚鈎，《明文海》作『漁鈎』。
［四］固，明本作『自』。
［五］與，明本作『於』。
［六］植，当作『值』。
［七］異，明本脱。
［八］至，《明文海》作『以』。

題《汝陽別意圖》後

漢汝南郡、唐蔡州，皆置汝陽縣，今汝寧者是已。圖別曰汝陽，意將指汝州，蓋汝州枕汝水之陽。嘗考其源，西出嵩縣，繞郟城西南，會扈澗、長橋諸溪東之，經蔡、潁入淮。考亭謂出汝州天息山者，乃汝水上流，今汝寧則汝之下流云。

強學子問嘗於予[一]論此，今圖曰別者，別強學子也。強學子去矣，誰復當與余此論邪？北山諸子傑作道別意盡矣，復何言？因披圖曰汝陽，恐誤覽者。附此欲知別於汝陽云。

校記

［一］予，明本作『余』。

汝州書院第一議

汝州建三賢書院，太守張公馳幣以廣文黄公狀，謂絅嘗有聞於周公、孔子之道，命為書院碑文，絅不敢執筆久矣。張公既去，數促以書，繼而何生相又以黄公狀致汝士大夫幣禮促絅，義不可以終虚。

竊疑焉：夫所謂三賢云者，初不識其為誰，既而閲狀云伊川、東坡、潁濱，而不及明道。考之明道，始終在汝，東坡始終未至，潁濱史誌皆無所載。今曰三賢，襲之古耶？創諸今耶？襲之古，則據自何典？創之今，則起自何義？余皆不識其何説也。

聞黄公博學篤[二]信，尚友古人，越廣文列位汝庠諸友，朝經暮史，誦法先王。幸以古典今義，作者始末下示，庶昭今傳遠，或者亦周公孔子之道也。

何生去，久不聞命，故敢以書請。

校記

[一] 篤，明本作『敦』。

第二議

書院曰三賢者，黄君狀謂程氏伊川、蘇氏坡、潁。曰兩賢，絅主明道、伊川言也。蓋程氏本河南人，明道自監察御史裏行監近鄉酒稅，光庭歸自汝上，有春風之想，召命及門，而卒於汝。伊川授汝州團練推官、經筵坐講，被劾編放還，范祖禹議復汝上田二十頃，則汝固兩賢歌哭之所、游息之鄉也。和風化雨，薰潤猶存，從而祠之，孰曰非實錄哉！

蘇氏，蜀人也。東坡當時但遥授知汝之銜，尋改常州，客死，潁濱知潁，扶葬於郟，其曰知汝則史傳亡考焉，徒以塋墓在郟。今州縣名宦有祠，墓所有祠，舊有書院矣。况程、蘇之學判如冰火，孔子而後，軻死不得其傳，卒發明其道者曰兩賢，不聞蘇氏；通天下從祀者曰兩賢，不聞蘇氏。此公天下萬世之論，非一人之私議也。乃若伊川，尤為方正，比於蘇氏，心不同趨，學不同術，謀不同道。左袒肉餇，歌哭殊情，蜀黨洛黨，僞學正學，時設厲禁，詔用中止。詆毁謫竄，不容入別省衍[二]；編錮以死，不容送葬，卒使道不行於當時。蘇氏坐此得罪於天下後世久矣，取而並祀可歟？

且書院之在天下，非亡謂而設也，我朝既設有庠校，復安用此？蓋庠校以儲文學登用之才，書院又以養性命道德之士，良有司政教之表者矣。使兩賢並祀久矣，後學之依歸也。彼坡、潁何為者邪？夫祠必有祀，生相齟齬者，死顧使之血食同堂，能驩然其並享邪？游息之士，將使之學程邪學蘇邪，文詞邪道德邪？出此入彼，安能使之且哭且笑邪？發軔荆剌，舉目氛埃，昧於所從。故曰文詞迷人，虚飭眩世，歷年四百，論猶未定，而世人且不免焉，何怪於黨禍之餘？是其為害朱紫莠苗，比之佛老甚矣。

今以義起所可者三，所甚不可者二：耑祠二程可也，耑祠二蘇或可也，併出三賢，特祠明道亦可也。絅尚敢執筆其後，如前所謂三賢者，像列一堂，甚不可也，而又獨黜明道，則又甚不可也。平生所學，硜硜之見，有不敢爾。使義所不敢而敢於阿從，有識者不為絅惜，不為程子惜？不為名教惜，不為孔子之道惜邪？是故寧得罪於蘇，孰可得罪於程？得罪於一人，孰可得罪於君子？得罪於一方一時，孰可得罪於天下後世？夫世之文人，名動朝野，獨步古今，孰有如三蘇者乎？君子曰前輩安敢妄議，但今祠以傳遠，像以示訓，臨文金石，義惡敢私？吾恐後之視程蘇並祀者，亦猶今之視荆公於仲尼也。

當時議擬事有疑義[一]，故嘗為書商之，乃黄君、何生久不相報，恐別有所見，非絅所及知者。故爾因循，遲而又久囏於執筆者，豈亡謂哉！使議定，則碑銘之稿勉強努力，旦暮可得。乃今來諭云云，不識出自北山，抑黄君輩邪？光前修誤，後學執事何以教我處我？惟北山太守，魯國聞道者也，轉質以是，當不我罪。側聞修建，初意本欲假此為館客之基，故未暇深考。果爾，曷若遂以公館名之，免復云云，祠當別議。否則有當世名筆者在，三賢碑記信非草茅陋劣所能為矣。

往跡未悉，不敢不再以此聞，幸終教之。

校記

[一] 衍，明本作「察」。

注

㈠議擬：拟議；籌劃。

第三議

易曰：君子作事謀始，清之謂也。始之不清者，天下皆是也。信如執事，則張公始終皆不清矣。如愚之説，則張公雖不清於始，而猶清於終。夫既曰清，則所謂不清者亦亡矣。湯改過，顔子不貳[一]過，君子善補過。成人之美，如是而已。執事以為是否？唯命。

校記

[一] 貳，明本作「二」。

哀壽圖議

圖某某者[一]，向以為教出於母，圖出於子，詩出於辭人。是母教也，遺愛也，子不忘母教。哀也，辭人哀也，哀足以動人，而人亦哀之也，非諛也。既命作序，嘗構思其情云爾。今如來議云云，是教圖與詩皆出於辭人，而母氏與子無與焉。

夫自春秋戰國，寥寥來世，歷幾代人，歷幾家而曰云云皆他人母也。謂他人母，於爾何有？是謂不情。且初意本以母教，而吾子圖之，則以詩以歌以序，皆從此有之爾。其曰非實意，或以母教為此事也。教在平日，而圖在今日爾。且母生平實行有與某某相類者乎？誠有一與某相類，果如來諭之所謂罔邪；誠無相類，則圖也詩也何為者邪？借曰教出於母為罔，今既以事不出於母矣。若圖出於子，猶為可說，何也？蓋子不忘母教，是哀出於子也云爾。人亦從而哀之，是哀又足以動物，則所謂辭人歌之，有不動而哭者乎是已。

故曰風，風也，物被風以有聲，而其聲又足以動物也。使圖亦不出於子，是若子本無哀，人教之當云云爾。故曰無情則歌之者，抑何所因以有感乎？雖長篇累章，皆以他人而謂他人母也。非他人而誰？詩曰謂他人母，亦莫我有。事涉不情，奈何奈何？義不得不復。

校記

〔一〕圖某某者，明本作『圖曰某某者』。

王導謝安優劣論

事有適相似者，論其世可知其人。蓋嘗迹兩漢而知兩晉之人物矣。夫晉之南渡，無異於漢之東遷。劉聰、石勒，西晉之新莽也；王敦、蘇峻，東晉之老瞞也。時則王導之佐元帝，殆光武之鄧禹；謝安之遇孝武，殆先主之孔明矣。而其功烈人品，奈何其相遠與[一]？禹之佐光武也，則志在竹帛，得失不以介意，議用諸將，一一各當其才。導則幸有一祖逖而不能用，反覆阻逆，竟使其冤死於為山九仞之日，尚望其尅復耶？孔明之遇先主，推誠布公，至忘寢食，而繼之以死。安則晏安聲妓，絲竹不廢於期功之喪，矯情折屐，去孔明不知幾倍。興亡異同，奈何相儗與？或乃以志壯新亭、量雅東山者，是何異井中之見乎？

空同之說，導嘗容於伯仁胝胼之談，安且愧於逸少。君子尚論之哉！世固有以操儗信、以季儗獻者，謂其說出於司馬氏。嗚呼，受遺二主，佐命三朝，既承忍死之托，曾無狥[二]生之報，則王謝之所以不得上儗禹與孔明者，無亦天之所以為司馬氏報邪？否則西晉不至陸沉，而東晉可以復合矣。故曰事有適相似者，非邪？

校記

[一] 與，明本作『歟』。

[二] 狥，明本作『循』。

名四子說

太極同一氣也，分而為陰陽，兩儀建矣，三才位矣，四時行矣。夫時，天地之四府也；天地人，爻之三也。陰陽氣二，而未始不相和也。其極則本同一氣也。一而二，而三而四，而萬化從焉。羲文周孔之易備矣。

蒼谷子於是命其子曰伯同一之，仲和兩之，叔爻三之，季府四之。嗟予孤瘵不穀，其敬與哉，小子！

太學三亞說

弘治己未，太學虛師位，當宁難其人者久之。已而卒得方石謝先生者㊀，士大夫〔二〕翕然稱快。至則以師表天下為己任，嘗曰：『吾欲得一天下士以副上意。』遵我太祖諭，每季試士品題，次第揭榜，懲賞有差，士氣增焉。

辛酉春試，凡三百人，取其元曰馮生，問其亞則曰開州王某也。八月適秋試，復三百人有奇，取其元曰崔生，問其亞則曰開州王某也。至冬又試，士又加五百人以上，取其元曰甯生，問其亞則又曰開州王某也。

某字邃伯，絅之友也。絅無似，知人亦多，蓋嘗以天下士望之矣。今乃三試而不獲一元，豈絅不足以知邃伯邪，抑方石不能為邃伯知邪，抑亦三人者迥高於邃伯而邃伯總劣於三人邪？

嗚呼，太學者，天下英賢之所萃，風化之所關。矧方石文章司命人物，權衡朝野，推重天下之士，見取於方石者顧曰輕哉！方石或又以元而難其人，抑心為天下有所求而不得也。當其初試，以元其所求者，再試不可得也，再試以元其所求者，至三試不可得矣。三試三元而每變其[二]人，至於所謂亞者，歷三試而不變，則其所求者在彼乎，在此乎？意方石聞之，將幡然亦以為然爾。諸生有慨嘆邃伯不元而不然者，絅則云然也。

嗚呼，讀聖賢書必有所事，雖使百試百元，於邃伯乎何有？第聊以是而占知天下之人焉爾。絅疇昔固嘗以天下士望之矣，邃伯其共勉乎哉！

校記

[一] 士大夫，明本作『士夫』。

[二] 其，明本作『以』。

注

㊀謝鐸（一四三五—一五一〇），字鳴治，號方石，浙江太平（今浙江溫嶺）人。天順八年（一四六四）進士，選庶起士，授編修。經術湛深，為文有體要。『茶陵詩派』重要詩人，也是明中期重要的理學家。

續捕蠋說

往年龍湫子夜燈讀書，捕一蠋，作捕蠋說示予。予廣其說，謂今天下豈惟蠋哉，蚊虻虺蜮豺虎狼蠆蛇毒皆蠋也；豈惟今哉，歷漢洎宋，如某時小人某事皆蠋也。賴某有捕之之功，蠋雖有不為害。某蠋似某，存而毒流宇內。巴山道人㊀見而神歸，語人曰：『一蠋之微，二士子乃發為議論如此。』後流京師，或有嘲龍湫子者曰：『此捕蠋秀才也。』閒索予稿，因巴山而失之矣。

風雨燕集，每資噱謔。一日讀明道遺書曰：『殺之則傷仁，放之則害義。』三苗、共工、鯀兜，天下之蠋也；齊之諸田、晉之六卿、魯之三桓，非諸侯之蠋與[一]？然而齊篡魯弱，晉國以分。富而慢，貴而驕，殘仁賊義，甘財悅色，此亦君子之蠋也。封人捕之以輕鑿、以修鈎。嗚呼，博哉！讀子建集曰：『君子之論也。』恨不得即與龍湫講之。因書此寄龍湫，以寄巴山，如前稿尚存，當附之，作續捕蠋說。

校記

[一] 與，明本作『歟』。

注

㊀見卷四《挽巴山用文利韻》注。

卷之十　銘　辭　贊　雜著　碑碣

義方堂銘

銘堂世訓，於穆維先。義方顧諟，厥永斯傳。理以制心，質以應事。亟於尊賢，是謂曰義。砥礪廉隅，上下四旁。取正於榘，是謂曰方。方矣外和，義焉内敬。念哉爾祖，窮理盡性。爾祖念哉，事天立命。

敬身銘辭

維物有則，悉備吾身。嘅兹秉彝，好德維民。心術有要，威儀有則。衣服爾制，飲食爾節。聖模賢範，弟子是職。善行嘉言，罔非民極。義利表儀，張湛孔戡。倫寬容震，靡思靡食。儉兮精識，侃兮思勵。二柳家法，王賈五戒。志非溫飽，先憂後樂。平生可說，司馬疇若。幼安危坐，滎公自治。明道春風，敬哉作字。誠矣何先，行之七年。潛心以正，奮自頭偏。粵維周公，赤舄几几。前後襜如，於維孔子。彼其文中，絲麻黃白。匪錦匪綺，而儉而潔。廳僅旋馬，蔔匏清烈。儉奢難易，卓爾文節。君實澹素，受法先翁。菜根至味，孰違此中。敬如父母，信若神明。魯齋夫子㊀，示我章程。西磐申教，尚絅仰遵。力行無斁，是謂敬身。

注

㊀魯齋：指許衡（一二〇九—一二八一），字仲平，號魯齋。祖籍懷州河内（今焦作沁陽），元代著名理學家。仕至元集賢大學士兼國子監祭酒，謚『文正』。繼承程朱學説，致力教學。

明倫銘辭

小學立教，始於復性。明此彝倫，蒙養貴正。父子曰親，君臣曰義。夫婦以别，長幼以序。交有良朋，德業罔墜。内外古今，本無二致。江革愿款，薛包懿模。臥冰攀栢，嘗糞乳姑。子平獨行，壽昌性孝。色養令終，實關風教。黯維戇直，允維忠亮。元暐論確，君行議當。勤謹和緩，稽古愛民。舜從求荐，乃異常人。少君清苦，孝婦終養。鄭妻白刃，竇姊清風。斷髮截耳，令女堅貞。斷鼻數語，萬載如生。元通友悌，豫公敦睦。存姪棄男，為姊煑粥。叔射殺牛，袁疾不叛。田地易求，椿津共爨。輔仁友德，久敬交全。顔曾管鮑，振古稱賢。歷兹傳記，實廣見聞。晦菴夫子㊀，近取良勤。西磐示教，尚絅具陳。省躬無愧，是謂明倫。

注

㊀晦菴：指朱熹，號晦庵，晚稱晦翁。

愚菴哀辭㊀

愚菴，華陽君別號也。君嘗傳華陽王而卒，夫人曰田氏，卷則李公梧山集者。蓋表志出太史氏，論傳亦率當世作者，興哀致頌，一唱三嘆矣。某得而讀之，感焉作哀辭三章，其辭曰：

厭工巧兮，愚以名廬。涸華纚兮，素泊以居。紛桃李兮宮牆，陪王子兮悃疏。廖廓兮若人，將齊茂兮靈椿。嗟冉冉兮元化徂，杳槼矱兮飛埃塵。空瞻兮蜀山雲，哀莫哀兮華陽君。

右華陽君

問女史兮陳女圖，儼内師兮曹大家。託雲雨兮似麻姑，閟瑤宮兮扃元堂。渡仙州兮捐鳴當，將女岐兮遥相望。世人兮那得知其故，雲麗蒼梧兮淚如注。

右田夫人

評曰：生有自以來兮，亦往而還來。誰使兮往誰能返，吁嗟兮靈修蛻人間！嗚咽兮溪水，寂寞兮梧山，而人夢想兮凋朱顏。

注

㈠李吉安，號愚菴，李梧山之父。李梧山見卷四之《送李梧山公南行》注。

忍齋辭解

汝郟石德威名鉞，號曰忍齋，而或疑於其義。蒼谷子曰：『夫斧鉞者，先王之所以威天下也。德威維威，史臣之所以頌舜德也。鉞乎，余嘗懼爾之太露矣。將之以德，惟忍其庶幾哉！忍則如季，不忍則如籍。忍乎忍乎，斯其所以為威者歟？忍之時義大矣哉！古之人！古之人！類可鑒已。解曰：

火灼灼兮，無乃自焚；刃從心兮，庶究說文。（一解）

匍匐胯下，僇取履兮。爾面有唾，鷄肋子兮。（二解）

儂家有袴，農家有金。豕兮馬兮，青城鳴琹。（三解）

水維流兮，雲意遲遲。璧沉釜碎，安用爾為？（四解）

納汙藏疾，瑕垢含兮。乃勇若怯，楚漢戡兮。（五解）

齒折舌存，棄雄守黑。孔兮聃兮，其威其德。（六解）

明教難犯，人壽幾時。忍不忍兮，誦此解詞。（七解）

風穴問答

或曰山以風得名，其傳遠矣。然則風果有穴歟？否則，抑孰為之歟？曰氣為之也。方位於巽星，分於箕火，氣之所化，飛物之所本。有正有變，互為消長。或自南而北，或自北而南。自北而南，氣正矣，則其鍾於物也，為陽，為剛，為慶雲，為時雨，為君子，為祥瑞，為鸞鳳，為芝草，為靈椿。人得之則為福，為壽，為聰，為明。自南而北，氣變矣，則其鍾於物也，為陰，為柔，為冰雹，為暴雨，為小人，為魍魎，為鴟梟，為荼毒，為臭草，為怪物。人得之則為胗，為蔑，為癱，為夭折。或隨地而殊，或應時而變，故曰氣為之也。

下學

脫去凡近以遊高明，勿為嬰兒之態，而有大人之志。勿為終身之謀，而有天下之慮。勿求人知而求天知，勿求同俗而求同理。此下學者所當勉也。

上達

心游高遠而患在卑近，徒慕大人之名，而內忘赤子之心。徒矜天下之譽，而自失終身之戒。順天者則人必歸，詭俗者則理必異。此上達者所當知也。

孔孟二戒

孔子曰：『躬自厚而薄責於人，則遠怨矣。』呂伯恭嘗因病讀此悟道。夫躬自厚而薄責於人，盛德者之事也，而止曰遠怨，則夫子之意端可知矣。孟子曰：『是亦不可以已乎，此之謂失其本心。』陳壽翁嘗謂此最喚醒人處，蓋害莫大於身死，猶不以喪義，况利可奪邪？嗚呼，其亦可以自省矣！

汝州聖學書院碑銘

道以聖人昭訓傳遠，而勳烈報顯，極於佑神。古之所謂學也，要諸聖焉爾矣。聖人之道，遠極於天下，近切於一鄉。在鄉者，猶其在天下也。於乎！公萬世已，凡鄉各有學，學時有制；率復有書院，書院時罔，以制間出。良有司於以耑祠先師，以緣升道德之士，以端士向，以建民極，以隆化本。凡義起政教之表者，制所罔禁，聖人為天下之意神矣。是故世道治則盛，亂則衰，治亂雜則混，甚或莫講，為世道者憂焉。

嘅自羲皇堯舜，世歷周孔，治亂相乘，以勳以報。軻死亡傳，糜爛六籍，湮沒千載，發明於程氏兩夫子。夫子吾不得而知其聖人否也，賴兹遺書考之，伯子自監察御史稅監近鄉，光庭歸自汝上，有春風之詠。季子授汝州團練推官，歷聘經筵，坐講竄遷，議復汝田若干頃，時執經如聖先者，橋梓門牆。

嗚呼，兩夫子之道，今天下共傳之矣，而汝州者固其歌哭游息之鄉哉，視天下為獨近矣！晚生兹土，方並祠尚論，顧庸敢獨後與？是故學者推尊，合天下無二辭者，斯道同也。夫子吾不得而見其聖人否也，方其年有十五已志乎聖人之道，非聖者無學焉。涵養曰敬，踐履曰誠，進學曰致知，篤信行果，守兹靡渝。求於内而不荒於外，亟於本而不眩於末，止於道而不狃於異端。徵於獨，顯於身；徵於言，發於事功而不違於天地，不疑於鬼神，不戾於天下，不悖於萬世，不詭於聖人者，是謂程氏之學。聖人可作，斯弗可易。

向使道行熙豐，其勳華也。子不云聖人之訓為必可從，先王之治為必可復？嗚呼，此其學果何學歟？奈何禍以群姦，用卒靡究，或以五十卒酒務，七十卒編管，是何異知命從心，纍纍如喪家云爾？絅嘗泫然憫其虚生。夫奎聚靡常，生難矣。生矣困頓，出入反求焉，而後得成難矣。成矣竟嗇其用，用抑難矣。用矣而道卒靡究，用何為也，成何為也，生何為也？泣麟歌鳳，不曰虚而可乎？或曰生為萬世，賴兹遺書。

嗚呼，乃宋繇是南已。天乎？人與？悲夫！悲夫！學之顯晦而世道治亂乘焉，於夫子乎何有？乃若辭藻縠祿，莠紫相奪，去之既四百年而世猶爾一綫孤立之歎，其將得已與哉！並祀非無謂也。按伯子顥伯淳，曰明道先生，謚純，追封河南伯，加豫國公；季子頤正叔，曰伊川先生，謚正，追封伊陽伯，加洛國公。並祀孔庭，凡與聞斯道者，咸若曰兩夫子其聖人云。夫士習性命，遺風毓秀，萬古猶同。正養神佑，迴望來學，升堂入室，汝洛之鄉彬彬乎鄒魯之盛矣，二三子其無為書院虚哉！苟有曰聖非可學也，則不得叩斯門矣。

書院有田有書，去州之西，峙學之左，祠題曰：兩夫子春秋有祀以高弟某某。配堂中曰聖學，後曰立雪，各五間，書閣曰春風，中門曰誠敬，號舍東曰涵養，西曰踐履。各兩廂三十間，前後各建大門，廣袤若干，榜額輝映，堵圯森飭。經始於正德辛巳之春，落成於秋，木冶金石，庶工維良，率創畫於前守張侯云。侯甲戌進士擢守，百廢逼興，才猷鴻播，尋以地部郎去，鬱有懋德。田負郭㊀，記備。孫侯、喬侯拓之，各若干畝。張侯崇德，沂州人；孫侯漢，江陰人；喬侯年，肥鄉人。嘉濟肅雝，崇教滌僞，勸後昭先，良可知已。

業完，鄉人侍御王子鼎以誼關風教㊁，會師生幣狀迓，謂夙學謬聞也，固以銘請，辭弗得。銘曰：

性兮鈞善，道自先覺。古兮善治，允繫於學。治維周公，學維孔門。山頹木壞，斯道常存。緊學誰歸，道以希聖。萬世法程，曰純曰正。純兮弗雜，煦日和風。正兮弗頗，榘方矱同。穆以身教，閟以言傳。匪身曷象，匪言曷宣？致知力行，惟誠與敬。靜虛動直，全體大用。始繇知止，極曰入神。正心養性，中和循循。陰翕陽闢，兩儀以立。日居月諸，兩曜以熹。昭揭斯文，陋彼辭藝。美兹輪轅，終古弗替。抑如釋老，紛紜舛亂。鉛槧諸家，支離唐漢。子輿告逝，淪喪自天。微兩夫子，孰濬淵源。黨禍孰始，偽學孰禁？詔用中止，厥咎孰任？鄭聲佞人，孔顏是戒。令色巧言，禹皐是毖。正路奔蔽，惟兹異端。闢除弗早，望道實難。登崇自庳，入室由戶。卓哉兩難，嗚呼尼父。道載以文，幸兹遺書。棄伊糟粕，勤我菑畬。仰止嵩高，霑依汝海。寒雪餘風，薰潤猶在。昭回棟宇，像設嚴凝。摳衣捧几，蹶焉以承。寤寐前賢，睿思會意。作聖有階，兹為之地。

注

㊀負郭：負，背，枕。

㊁王鼎，注見前《三遊詠》之《王侍御洛東》之注。

鈞州李侯去思碑

侯名邦彥，字子美，薊州李姓望族。俶儻瑰瑋，自平遙尹擢守鈞州。州古潁川鉅郡也，顧城塹隳，鬱壘崩陁，弗稱先是。端肅馬公、少傅劉公率以保障為念，洎徽藩上請，得制許改修，而弗克舉者有年。正德戊辰，侯始至，按視州治，則曰：『守之道有二，曰先事有備，曰臨事有謀焉耳。兹役其何敢後？』爰卜日事事。其於城也，為池，為堤，為角樓，為月城，為窩鋪，為營房。城以石以磚，圍十有二里，崇二十七尺，池深四十尺，闊五十尺，堤崇十有五尺，闊二十有五尺。角樓四隅，各兩楹，月城東西各一座窩鋪，二百四十六所營房，凡一千餘楹，為守禦恒居。後先督理者，為吏目某某。洎辛未之秋，而城迴然改觀矣。

城完未幾而賊至，侯乘城出謀，種種取勝。其於守也，為垛櫓，為器械，為旌旗，為游兵，垛計二千七百有奇，戍者再倍之，器械視戍者又倍焉。旌旗則別為行伍，雖師生薦紳吏胥之屬，亦各以法從事。游兵拔梟俊鄉夫充之，計四千二百有奇，分為策應者為某官。凡格鬬八日而賊遁，斬賊首計七十九名顆，而州城之民則晏如也。賊既遁，民翕然曰：『鄉無斯城，是無斯民也。』侯之功可終泯耶？爰狀走郡人致仕主簿楊君子彝輩，徵言於蒼谷子，病辭者久之。

乃總制撫按，紀功守巡，各奏侯功。上報曰：『鈞州事勢尤廹，勳勞特著，其進守二級，以示朕勸忠之意。』用是擢山右運同，民重失侯，復圖識去思。某辭去復來，請之愈力，且持司訓陳君餘馨狀侯德政曰禱雨輒應，曰蝗不入境，曰訟簡刑清。某因竊嘆曰：君子之於天下也，有官守者思死於其職，有言責者思死於其言。嗚呼，比年盜起，如侯者可多得哉！是宜其去焉而思之也，惡可不書以勵來者？至其他政，諒在口碑，兹可略已。爰敘而銘之，其辭曰：

作息聖明兮函夏承平，綠林蠭起兮攙槍甲兵。兵火侵尋兮赤子陸沉，維侯之車兮甫臨。惠我民兮不苛，以深築斯城兮池斯鑿。爰營爰堡兮安土著，昭三尺兮衍七略。肆鞞鼓兮紛盾櫓，疏閭左兮比卒伍。夜擊刁斗兮朝負弩，裹韃瘃兮怒如虎，戴我侯兮實忘其苦。馳彍騎兮效首虜，息烽燧兮相安堵。嗟嗟侯兮民父母，登之先兮民矢以死。功之成兮野有良史，中朝上頌兮於維天子。嘉侯之勤兮錫以金紫，具茨巀嶭兮清潁漣漪㊀，山與雲峙兮水月與宜。借侯不留兮甘棠孔悲，來有惠兮去有思，千秋萬歲兮於戲此碑。

注

㊀巀嶭：山高峻貌。

明奉訓大夫平度州知州宋公配宜人王氏祔葬墓碑銘

平度公卒於弘治戊午六月庚寅，憲使復菴王公嘗誌其壙。宜人卒於正德庚辰九月辛亥，其孫繼武輩以太僕西唐牛公狀徵銘於尚絅，將表之墓左，義以交親，不得辭。

按狀，公諱禮，字以和，世為南陽葉人。祖彬父顯，隱德弗仕。母賈氏生公伯仲四人，公居第二。以邑庠生成化辛卯河南鄉試公居第三，弘治壬子吏部試數百人公居第一，得刺平度，平度治行山東推第一焉。公穎異敦穆，恂恂孝友，出於天成。少孤業農，養母與弟。掛角耕讀，治易尤專。放筆為文，四方傳誦。會試不第，益力以學。繹周、孔之緒餘，探羲、文之奧旨。既而迥得淵源，歸自伊洛，聲馳宛蔡，衿佩之士摳衣門牆者動以百數。聳聽監司，儒林歸重，竟以不第。歎曰：『學止於一第哉已而！』

平度溰膠萊，負海舃鹵，健訟難治。公乃臨以平易，首新學校，一化以德，不專刑律，久之雖傍郡亦頌焉。御史監察歷王公曰表曰：『一言者相繼奏薦。』適歲饑，公策上，當道不果用，乃飼以俸金，衆用以活。事苟便民，率力為之，靡有他恤。七載不調，乃若謠曰：『宋君守平度，百姓眞父母。』亡何卒官，百姓走哭，慟如考妣。嗚呼，是足徵已！

厥配宜人王氏，為河山保省祭官王公憲長女，勤儉貞淑，內助夙聞，生子男二人。長儒，輸粟冠帶；次仁，庠生。女一人，適亳恒，庠生。孫男五人，曾孫三人。自平度公之卒也，宜人和丸示訓，含飴撫育，卒之蘭桂芬森，讀者充閭，耕者就業。嗚呼，其賢足徵已！

公生正統丙辰正月甲子，壽六十有三，宜人生丁巳臘月丙子，壽八十有五。合葬寺莊祖塋。尚絅爰銘勒石，庶景行昭於前修，遺範存於來裔云爾。其辭曰：

楚維葉邑，鬱靈秀兮；公維宋氏，剡華胄兮。文以軌範，伊洛淵兮。守以循良，卓魯前兮。考業鄉評，凌往代兮。生為國士，死遺愛兮。於維厥配，懿逾光兮。敦維內佐，家以昌兮。始粵鴻妻，終萊婦兮。冠裳輝映，裕爾後兮。德齊君子，實幽潛兮。義激薄俗，緊具瞻兮。璧聯蘭瘞，流清風兮。揚靈樹美，慶無窮兮。

明奉政大夫山西按察司僉士賈公墓碑銘

正德庚辰二月廿有四日，賈公卒於家，享年七十有一。卜以十一月六日葬縣北高原，其子文光以舉人袁子冕狀請銘於蒼谷子。惟公同官同土，情惡可辭？

按狀，公諱欽，字敬之，姓賈氏，別號秋河，世居魯山。垂髫游邑庠，勵志讀書，奉親色養。成化庚子以詩應河南鄉試，卒業太學有聲。丁未舉進士，觀政大理，已而外補浙江寧波府推官。三年考最，方將超擢，乃奔外艱，讀禮哀毀。弘治辛酉起復補大名，未幾陞東昌府同知。清理戎務，多所釐正。佗若疏糧運，决訟平獄，一新庠校，赫有政蹟。撫按會聞之上，己巳擢山西按察僉事。適權奸用事，公持正，乃忤權奸，酷罰放歸。權奸事白，上復其官，公益持憲體。會賊犯境，保障東塢有道，資望日深。乃又忤巡按，巡按故權奸遺黨，遂得致事以去，晉人思之。及其居鄉，樂游山水，雅好詩酒，衎衎長少戚疏率遇以禮，居常無諛詞，敦信能讓。行固美已，君子於是知賈公之德行於其鄉云。

公遠祖元鼎仕元為招討萬戶，曾祖成國初以薦舉為沂水令，祖全父忠，樂耕不仕。母張氏生公於景泰庚午正月十九日。公之配曰魏氏，生男女各二。男長文奎，典膳，早卒；次即文光，國子生，儲材嚮用，克承先志。女長適翟良輔，典膳；次適蕭文質，省祭官。銘曰：

於戲秋河，魯山之阿。淵源懿世，曾派醇和。力學困頓，崛起名科。試官棘寺，讞徵寧波。薄游北冀，望嶽以過。榘矱其慎，維畫不頗。氓懷胥慄，政美遹多。載持憲令，行山崒峩。仕已屢變，慍喜靡謌。臨河濡軌，拂袖行歌。雲耕澤釣，愉樂如何。蓀兮爾嗣，名兮爾磨。

壽官劉公墓碑銘

公諱濟海[一]，字洪委，世居汝之郟城。自曾祖景岩、祖矩、父敬以及子若孫者，凡六世已。公生於永樂辛丑六月五日，居常葛巾野服，會正德丙寅，今上龍飛，詔民年髦者榮以冠帶，有司以公應制，乃得官。越三年，戊辰六月十五日卒，得壽八十有八。性質樸，厚謹約，居養儉素。弟姪子姓浮華者輒誚讓之，有過失，怒不與接，謝罪亟改然後已。鄉人有不善事，懼令公知，士大夫有諮諏必之公廬。公亦無他奇行，與鄉里寡嬉笑，恂恂爾兄弟，怡怡爾家居，惟課子不倦，好施與，靡有遺貲。

往年戍美峪，美峪地極邊，寒苦萬狀，登塞陟險，十易春秋。已而歸郟，專理農業，率以了公租為急，而乃以贍家人。家人苦站役，屢欲援例丐免，公曰：『免矣，代之者誰？』事竟寢。子相應成化癸卯鄉舉，有司饋以里甲來者，家人與之校，公叱曰：『是償爾者耶？』相歷知永壽、禹城，數走車馬迎養，公終不往，寄聲曰：『毋以老夫為念。』有司歲歌鹿鳴賓公者三十餘祀。弘治癸丑，廵撫都御史檄郡縣以旌善良，公居第一。茲為老所稱誦者，餘未可悉數云。公上世俱隱居，自弟濟始讀書舉於鄉，歷守乾、徽二州，終遼東苑馬寺少卿㊀。

父敬，被恩贈中憲大夫，母張氏贈恭人。公娶田氏，內相起家，先公卒者三十年。生男三，長即相也；次曰檗，縣學生；次曰樞。女二，長適醫學訓科張紹祖，次適李文清。繼娶鄧氏亡出，亦先公卒六年矣。孫男七人，孫女四人俱適里人。衣冠萃美，人以為劉氏世德之報云。訃聞京師，其孫山青與弟之子裴適遊太學，持狀謂明年月日將葬公於小劉山祖塋之西。以某家世同里姻戚，請銘其墓。某生也後，知公為淺，又愧無文辭以信世，然以公之壽之德，先王巡狩所就見者，鄉維公已。嗚呼！公之風其激薄俗矣乎，不可不銘。銘曰：

亡聞於世，維德在躬。孰究其始，維壽以終。憲於乞言，併之曰公。麟兮有角，靈毓攸同。葛兮有藟，餘蔭帡幪。於戲維公，種嗣曷窮？劉山之陽，澗水之東。巋然一塚，百代清風。

校記

〔一〕此處『濟海』与卷十一《明故禹城令劉公墓誌銘》中『父齊海，壽官，以長者稱。娶田氏，正統丙寅十二月丁巳生公』之『齊海』，同屬一人，『濟海』『齊海』，名、字互推，『濟』字為佳。

注

㊀清同治三年《郟縣志》卷九：『劉濟，苑馬寺少卿。事親至孝。親卒，廬墓，負土為墳。時蝗蝻食禾，近墳十里一蟲不入。墓常有虎卧廬側，達旦乃去。蒙詔旌表。』另據仝軌《重修黃道鎮永寧寺記》，劉濟，字青雲。

裕州當陽山趙氏壽翁新阡碣銘

裕州城東北隅曰趙氏舊塋，兹新阡則壽翁改卜葬合孺人者也。墓有誌，行實詳於劉明府㊀。已而其子舉人復為碣，徵銘於蒼谷王尚絅，將表之墓上，以昭新阡，義無敢辭。

按狀，翁諱文，字孟章。鄉飲大賓，奉詔冠帶，稱於鄉曰壽翁。孺人姓王氏，鄉耆諱仲臣者女。其生同於正統，卒同正德。翁以甲子九月乙未至丁丑二月朔，得壽七十有四。孺人以丙寅八月丁未至壬申十一月晦，得壽六十有七，先翁葬者四年。癸酉五月丙申也，而丁丑十二月庚申，其子始得奉翁即新阡祔焉，既而復祀以奉神主。屋以居守者，蓋當陽山之勝地也。當陽山去州地一舍而遠，雄據北隅，形勝以州東連牛峯雲洞，西繞諸峰，二水夾流，蜿蜒前注，曰龍潭鎮，以印山其中一區，是曰新阡，蓋又當陽山之勝地也。往年翁與孺人携家避寇，以舊塋患水而邂逅卜此。二子克遵遺命，卒如翁志。

自今觀之，夫豈偶然者哉？翁上世本嵩縣人，曾祖福興，前元萬戶，洪武初始籍裕州。祖綸浙江少条，賜奉朝列大夫致仕。生子男八人，生女八人。子一，徵，幼業儒；女一，笄許吾郟孤子張前輩用瀚，乃徵與用瀚同登癸丑進士，徵授大理司，用瀚終吏部侍郎，女誥封淑人，由是南陽頌世德者必曰趙氏。八男號八才，而季曰禮，尤饒時譽，則翁之考也。娶陳氏，生二子，長曰宣，次即翁。考以上昭穆咸在舊塋云。翁二子，長邦畿，食廩郡庠，倜儻待用；次邦域，即舉人，學出家傳，綽有祖風。女四，適張紳、焦鵬，皆郡人；劉璭、楊珩，皆庠生。孫男三人，女五人，曾孫男二人。欲知翁者，是足徵已。銘曰：

維嵩孕秀，生此當陽。維翁與配，允矣其臧。篤行懿德，克讓有終。節名一惠，是維曰翁。貞慤柔愛，內則以醇。相夫造子，是維孺人。厥後克昌，厥先以始。孺人與翁，壽茲繁祉。永言新阡，百千萬祀。

注

㈠行實：生平事迹。

皇明經筵講官左春坊贊善大夫愚菴李公墓碑銘

公諱希顏，姓李氏，號愚菴，本夾谷隱士也。學淵伊洛[一]，遙出東魯，去尚絅百年於茲。慨生也晚[二]，願乖几杖，嘗聞之父老，云公性行峻茂，貫酣群籍。太祖高皇帝用薦，手書徵之南畿，擇為諸王子師，令分建十王者是已㈠。教法嚴毅，雖諸王子有弗若教者[三]，或擊額以管。帝撫而怒，仁孝高皇后問故曰：『惡有以堯舜訓爾子，顧怒之邪？』[四]帝威用霽。立朝風節巋然，傳聞海宇，授左春坊贊善大夫。已而太宗北都，公歸舊隱矣。

道窮根柢，期於力行，得意則容與謳歌，立論首忠孝，遇事以仁義。夾谷孔子廟嘗授教生徒，優游耕讀，落魄顑頷。時或陶情以酒，或資以禳祈，囂然有操築鼓刀之風。感時懷憤，足跡不涉城市。一日藩司騶輿訪公，途遇一老，枕袋側卧，前驅蹴之，乃先生也。遂與班荊，傾囊以別。首戴箬笠[五]，身著緋袍，時臨盛會，客嘲之，曰：『戴者本質，著者君賜也。』

渠矱莫周[六]，鄉井罔識。時惟先太僕王公亞卿、張公乃翁獨從公游，見各翁墓碑。學諭李君嘗邀為諸生開講，公訖以詩謝之，先君尚識其半。懷信守度，孤介寡合，卒忍煢以死，葬今塔亭保八畝地。生卒歲月，茫亡從考。國初猶給戶繇告身蠲復役[七]。嗣後官司罔恤，二子流落宛鄧，田廬就墟，祠墓荒蕪，害逼耕犂，寖有歲年。乃下無所舉[八]，而上焉弗詢，觀風弔古，心茲名教者，其可歎已！

平生著述，諫草、詩文散逸，所及見者《大學中庸心法》，張公嘗刻之陜藩，歲久並毀。予醫士祖良佐翁抄本幸存，先君携之漢中，每經更定，命絅識之。《一統郡邑志》略可徵云。

嗚呼！道之無傳也久矣！非道之無傳，人心之不明也。使人皆知之，則聖賢可以無言，安有所謂心法云也？軻慕子思，子思之慕孔子，得諸意象，曰傳與授，凡以理在人心者同爾。絅茲邈焉，去先君輒復二紀，顧惟冲年蠢冥，犬馬之歲，荏苒四十。使旦夕塡委溝壑，則百世之下，鍾靈毓秀，聞風興慕，往孰以傳？來孰以據？絅罪孰與辭哉[九]！乃相與求公之墓祠之，謹再拜。銘曰：

孰困非義，卓彼西山。孰悟非愚，陋巷如顏。忠兮必用，湘水其先。義兮必舉，介皐胡然。義贊太公，賢得尼父。梶姤胥屯[十]，匪今伊古。席珍莫傳，渾璞罔售。粵文與行，厥跡可究。乃跡孔嘉，求孰釋女。乃恩孔渥，抑孰其所。拜公斯名，繹公斯號。聲施寥廓，貽余至教。維名伊何？去階而天。維教伊何？棄波而淵。不同者世，繄同者心。世遠心邇，無絃有琴。孰之夾谷，而隱斯文。山崩谷壞，此墓常存。廉頑照蘊，庶格其神。掃松祭菜，嗟爾後人。

校記

［一］淵，清同治三年《郏縣志》卷十一作『源』。

［二］慨生也晚，清同治三年《郏縣志》卷十一脱。

［三］雖諸王子有弗若教者，清同治三年《郏縣志》卷十一作『雖諸王子有弗教者』。

［四］惡，清同治三年《郏縣志》卷十一作『烏』。

［五］首戴簪笠，清同治三年《郏縣志》卷十一作『首戴台笠』。

［六］椝籆莫周，清同治三年《郏縣志》卷十一作『椝籆莫同』。

［七］復役，清同治三年《郏縣志》卷十一作『赋役』。

［八］乃下無所舉，清同治三年《郏縣志》卷十一『下無所舉』。

［九］絅罪孰與辭哉，清同治三年《郏縣志》卷十一『絅罪孰以辭哉』。

［十］屯，清同治三年《郏縣志》卷十一作『迍』。

注

㈠分建：指分别建立部落。如明朱瑛《讀詩略記》卷六：『迨經制既定，乃分建諸子而封之。』

魯山縣重建廟學碑

聖明嘉靖，政教一新。甲申以中州學敝，憲使蕭公鳴鳳簡自南畿，爰倡正教，令先廟學。已而中丞王公蓋申乃令曰：『政，教之先也，其亟哉！』㈠自春徂夏，御史俞公集按魯山，乃廟學舊撤新廢，乃令曰：『厥趾維舊，厥建維新，勿亟其爾能哉？』時丞楊君澤毅然承之。以孟秋朔日諮相舊趾，興厥庀工，會計申畫，經紀有度，贊督有勞。三踰月廟成，釁以潔牲；載踰月學成，考以盛饌。由是諸生張瀾輩琢碑會狀，請紀成於蒼谷王尚絅。曰：維帝之政與教相為遠邇，聖人之治與學旋為顯晦。往古足徵，我朝並盛。政教有條，廟學著令，明揚作養，期逾百年，由學求治，禮樂仁化，不有待歟？夫非廟無以展祭典之儀，非學無以為藏修之地。賜歎安仰，商云居肆，萬世之下，其可易哉？

惟茲魯山舊治，廟前學後，傾隘草蔽，歷年因循傳遞。先是，議徙新學，中廢。材木良集，會茲羣公，舊貫鼎新，亟成二載。凡廟為殿廡，門垣厨庫，塑像彩繪，器具皆作。凡學為堂齋、倉饌、射宮㈡、廨號，階戺啓拓，典籍森整，其成盛已！

自今二三子垂紳鼓篋，日游其中，入廟起敬，視學思勤，究體達用，推正學以光聖治。勖爾士品，政教斯存，否則雖聖人能捐有用之財於無用之地哉？聖人之道，昭載六經，二三子其尚求之！銘曰：

維王晦顯，斯文自天。維明御世，治道猍前。繄庠自魯，匪今伊古。倬爾羣公，傷茲敝宇。拓舊完新，左廟右學。奚斯載建，甫期載作。簷楹弈弈，輪奐崇崇。時教詩禮，時祀鼓鐘。日月宮牆，麟書鳳德。乃瞻乃儀，有典有則。冠裳萃集，弦誦鏗鍧。實求允蹈，以觀厥成。亦既見聖，而罔愧賢。遹興禮樂，攸繫斯年。仰止魯山，優游泮水。陋彼峨松，光垂魯史。

注

㈠王蓋，见卷一《齏菴賦》校記［一］。

㈡射宮：天子行大禮之處，亦為考試貢士之所。

卷之十一　誌銘

勑封承德郎戶部主事王公墓誌銘

正德辛巳秋八月二十五日，公卒於京城，季子綖既斂於棺，將以是年十一月十二日歸葬於漢宣房宮祖塋，而狀以授友人尚絅，泣且曰：『誌非知己則浮，敢請。』曰：『公往有命，絅敢固辭？』

按公諱溥，字周濟，其先世鳳陽，譜逸亡考。元季曾祖諱玉者避兵開州，居土藟頭，尋占籍於別駕里，故今為開州人。玉生福榮，福榮生貴，貴娶白氏，生公正統甲子正月二十八日也。公頴慧敦慤，夙夜讀書，尤專於禮。數舉不第，成化丁未乃卒業太學，已而註名吏部，歸省家居，杜門不謁州府。弘治戊午授山西陽曲丞，陽曲隸省下，先逢迎公，少之，坐是誣廢，家食蕭然。會例當復官，綖屢具冠服請，不從。迨庚午，綖績一考，援例貤封，乃授今秩而卒。公生平孤介，與人不羣，獨色養婉曲，父疾嘗親負出入，母老衣垢，手為澣濯。親安其養，皆終耄壽，公哭盡哀，鄉人尚之。配牛氏，封安人，為黃城里牛公英季女。公壽六十有八。子男二，長曰約，義官；次即綖，信古能文，家學為多，以進士擢戶部主事，令署郎中。孫男一曰賴先，承差。女五，長適庠生楊時熙，餘皆幼。

絅嘗謂漢人去古未遠，而太史公記傳類有等差，今之人去漢則又遠矣，身後著述，顧類非聖不可當。嗚呼！雖銘不稱惡，然欲信後人難矣。兹誌不敢浮，承公志也。孔子云狷者有所不為，如公者殆所謂其人者與，惡可亡銘？

銘曰：維彼山元兮，鬱其貞矣。竄言易變兮，不中其聲矣。隨夷跖蹻，終然位矣。式寧吾生矣，嗟嗟來代兮，風之清矣。

明故處士祖考王公妣李氏合葬墓誌銘

祖考公諱宗，字通正，姓王氏。先世本上蔡人，今社橋保祠墓故在也。自五世祖曰伯達者徙郟，生一子曰潤民，客游閩越，輕財好義，所在流恩，一時名士，樂與交游。亦止一子曰良佐，構堂義方，教嚴家範，今記銘卷刻故在也。嘗遣就學林太史公，歸補郟庠生，以醫徵太醫院醫士，太宗朝供事御藥房有聲。既而會例歸省，隱居教授。值歲疫，所活甚衆，父老類能述之。今方書、書法猶行於世。醫士祖而上繫沿一綫，乃醫士祖以醫廣德，爰有四子，祖考公其第三子云。妣曰侯氏，生公於永樂甲午四月九日，卒於成化甲午十二月望，壽止六十而奇。乙未二月十日，營葬平山墓地，實公自擇而授之外祖李翁秀實者。翁九十壽官，祖母其季女云。比歸祖考公，生六子一女，今年八月辛酉而卒。距其生永樂壬寅十二月辛丑，得壽九十有五。卜以十二月望前二日，將奉柩即祖考公墓祔焉。墓舊無誌，蓋有待也。

惟絅生為祖母鞠育，雖未逮事祖考，嘗聞之矣，中慧外木，忍耻懷刑，著新衣輒羞出閾。兼覽群籍，猶精醫數，居常樵採以供母爨，中年一鬱不語者三載。相維祖母，起家中替，再罹病厄，力守於兹四十餘年，生離死別，中間涕淚知幾？絅猶記懷抱展轉，枕漬未乾，或終夜自起爇香。乃若絅歸自西，則曰：『吾今夕始安寢矣。』蓋其貞健若淑，是故恤孤賑窮，薄施必均，九十始杖，不忘首邱。或事相忤，輒呼絅，絅或有怨，則曰：『兒，天知！天知！』

嗚呼！乃今已矣。養不能豐，葬以累戚族，又罔以徵名賢者，為母年不逮也而可乎？然顧使之牽掛以没，繇是而知世之足哀者多矣。古稱欲養不逮，豈有之與？嗚呼！乃今已矣。先是，既耄，奉恩詔賜米肉縑帛者再。祖考逝蚤，無他可徵，姑併述此，納諸壙以誌哀云。六子曰璇，曰琚，曰珮，曰琨，曰璪，曰璻。璇即絅父也，力學不偶，以母老家貧而貢補南鄭訓導，再陟宜川教諭。又歸乞養母，乃先母卒，贈兵部主事，其詳具誌傳。琚、珮以例冠帶，琨母病嘗刲右股，再病刲左股，尋皆感愈。吁惜哉！璻卒業太學，僅與珮奉終，餘皆為母所哭。女一，適劉機，亦先亡。孫尚忠、尚文、尚志、尚義、尚濟、尚寬，皆業農。尚素以例注官，尚明、尚節、尚簡皆庠生。尚絅弘治壬戌進士，備員職方，將疏請貤封而為例阻，及勳部，再考叅政山西，例應及祖。乃母病既作，遂陳乞終養，已而扶病歸，不俟報。自分逮繫，然竟得旨宥免，就養左右。

嗚呼！明天子之恩與母氏相為罔極已！孫女八人，曾孫廿有四人，曾孫女廿有七人，元孫子女十人，五屬會哭者凡四世云。

明故大名府經歷唐公載道墓誌銘

正德辛未，群盜擾諸郡，亡當其鋒者。郟城幸存，而郭外邨落，蹂躪殆無異佗郡。洎壬申盜平，唐君上卿爰擢郟令，安厝殘民，具有方略。郟民方喜獲父母，而大名公之訃至矣。上卿偕弟扶櫬西歸，將卜葬於平涼鄘現祖塋之原，請銘於尚絅，辭不得命。

按公諱文，字載道。父順，隱德於木工，娶李氏，生公。公生而岐嶷有幹局，幼自讀書，補郡庠弟子員，食廩廿年，以親老會例卒業太學。庚午授大名府經歷，二守趙公鐸、馬公卿咸推薦之。時群盜犯滑，公以甯中丞之命攝縣事，綜理扞禦，躬冒矢石，滑卒無恙。中丞勞以金帛，移檄云『著奮身退賊之勇，守孤危將下之城』。滑民洎今誦之。癸酉奏績於朝，得上考，復命未幾，以疾卒。自是知上卿之所舉措者，皆大名公之庭訓也。

嗚呼，如公者其古所謂有遺愛者歟？公生平豪傑，好從名賢者遊，士林多之。生景泰乙亥五月望前一日，卒以正德甲戌三月哉生明後四日[一]，得壽維耆。娶信氏為仲女，子男二，長曰臣，即上卿。績學攻文，甲子舉於鄉，乙丑會南宮，以乙榜署事洛庠[二]，廣有造就。值時上策用中丞鄧公薦，擢令於郟。次曰相，有方略，援例授散官，守滑之事，與有力焉。女一，適崇信縣張士美。孫男五人，女四人俱幼，未許所歸。自順而上始祖曰玉師者，本西安渭南之棗樹村人，元季匿緇流，避難平涼城東，即前所謂鄘現鎮者。國初靖定，遂蓄髮贅趙氏，趙無後，因服趙氏之後。玉師生三，三生仲義，仲義生貴，貴生順以及公之身，凡六世云。銘曰：

於維陶唐，粵世象賢。曾來雲仍，隱德相傳。惟子與公，載肆以大。維郟與滑，爰有遺愛。南山之北，渭水之陽。林麓相望，胤嗣以昌。

注

㈠哉生明：農曆每月初三月亮開始有光。

㈡乙榜：明清科舉制度中鄉試合格為舉人，稱乙榜。

勑封太安人王母牛太君祔葬誌銘

太安人牛姓，諱某，望出澶淵，配先封戶部主事王公，今蜀伯龍湫子綎之母也。厥父英，配母暢氏，正統戊辰三月二十五日實誕太君。甫笄于歸。公成化丁未卒業太學，弘治戊午而丞陽曲，未幾致事。乙丑以綎擢進士歷戶部郎，考上上，正德辛未受勑偕封。先公卒，綗嘗銘之壙。既而綎知衛輝，兵憲湖南。改元嘉靖，調中州以參晉政，太僕鴈門。凡以逢迎供養，官歷凡二十稔，歸凡二載矣。戊子用薦詔起方伯蜀川，又喜奉太君往。己丑十一月有六日卒廣都驛，壽八十有二。子男二人，長約，先卒；次即綎。孫男子六人，賴先先卒，守先、光先，約出；行簡、行恕、行素，綎出。孫女子七人，約出者四，綎出者三，併獲良婿。綎歸自硤，撫柩晝夜以哭。卜庚寅四月十有一日，會戚賓啟先公元堂奉太君祔土藟頭，昭古禮、終先志也。爇香泣拜，以手狀授使者曰：『蒼谷子能為我銘矣。』時絅叨命浙東，舟次歲月，已乃愧乃哀。乃誄以銘之曰：

於維太君，源濬清門。干城粵暢，華胄遙尊。而岐而嶷，俟慎俟則。于歸槐庭，宜家靡忒。歸維夫子，菁莪師表。章甫明經，氣藐燕趙。琴瑟關雎，鳳翥鸞翩。王姬肅雝，象重乾坤。性繇元授，嚴愨以貞。孝悦舅姑，檢恪以誠。維誠伊何，騈躋壽考。維貞伊何，壼儀肇造。厥修膠序，薄試汾曲。屢困而阨，昕夕跧跼。佐佑克勤，躬玆内理。譽再六媚，而無訑訑。晝爾摶丸，宵爾含飴。箕裘弓冶，實訓以慈。鴻漸膴仕，矯矯季子。顧安紡績，無閒仕已。寶婺秋霜，是曰元奧。勸量管絃，一焉靡好。云胡以進，禮兮攸砦。云胡以退，而曰有義。澤流九河，勛伐三晉。峴首穹碑，民謠節鎮。握芝搤虎，聲業嶄嵓㊀。三疏觸邪，朝野流傳。念子心勞，浩然歸只。唾麾鼎珍，興甘菽水。雲山望重，囊錦溪江。馳驅將母，匪曰經邦。維晉谠歸，維蜀崛起。賢哉懿德，光垂女史。繇蜀覘晉，顧命曷忘。疇為諡議，表勒龍章。樹蔭鬱葱，蟄蟄麟後。節以孝成，爾元爾厚。佳城瘞玉，土壟之陽。萬禩考悳，允繫綱常。聞孰罔慕，見孰罔師。云何而既，嗚呼銘辭。

注

㊀嶄嵓：嶄，突出，超出。嵓，同「寶」。

明故太學生張君墓誌銘

登封張君卒於太學上舍，其子光裕殮襯以歸，走蒼谷泣致其言曰：『幸銘於尚絅，即不死已。』嗟乎！余嘗游嵩少而為君識，然何以銘君？

按學諭太蒼尹君泰狀稱，君諱嗣孝，字宗舜，別號山。穎出名鄉，衍易能詩，七試不售，讀書盧巖。今年春以老母貢於廷，將圖就養食太學之祿者，未幾而卒，蓋正德戊寅夏五月二十七日也。距其生天順甲申九月九日，壽止五十有五，嗟可哀已！

君先世本崏山人，曾祖德，元天歷間山西行省參知政事。祖敬，洪武初占籍登封，父聰奉詔壽官卒。已已君服衰終喪，茲將附墓次，而母張氏尚垂白於堂㊀，君之志哀可知已。娶申氏，生二子，長即光裕，增廣生員，克紹父志。次光曉，尚幼。女五人適韓國華、范如金[一]，餘皆幼。卜以九月二日會葬。嗟乎，宗舜乃今泉下人也。為之銘曰：

嵩陽箕陰，維潁曾東。隆然一邱，維子之宮。維嵩與邙，纍纍堪泣。九原同游，哀其有際。天兮難諶，古兮非今。

校記

[一]『女五』後疑有脫字。按卷十《壽官劉公墓碑銘》『女二，長適醫學訓科張紹祖，次適李文清。』之例，此處應為：『女五人，長適韓

國華、次適范如金。』

注

㈠垂白：白髮下垂，指年老。

勅封昭信校尉瀋陽中護衛百戶楊侯墓誌銘

予病廢家食，既踰年，楊生懋徒步自潞至汝，出其瀋王世子所為狀，稽顙且泣為厥祖考銘。按狀，侯旺[一]，字大興，世家懷寧，永樂間祖保以旗役隨簡王之國泉，今為潞人。保卒，父貴繼之。王若曰：『慎哉，惟爾祖其菑，惟爾父其播，爾其穫哉！』母忝肆侯，秖承無怠，惟有歷年，厥聲丕著。弘治戊午始得以老謝，子俊繼之，綽有父風。王嘉其年老，爰以上聞，制報曰：『可。』授昭信校尉瀋陽中護衛前所百戶，封及侯子以及厥配安人鄭氏。鄭克執婦道，子男四，長即俊，次傑、玉、春。女一，適郡人宋瑛，任宜川縣令。孫男六，長即懋，次奇，俱郡庠生。餘曁孫女三並幼。侯生於正統丙辰八月十有九日，卒於正德壬申九月六日，享年七十有七。

夙性勤儉，腆於孝友，事上盡禮，人尤賢之。逮其屬纊，遠邇哀臨。卜以癸酉三月三日，將葬潞州城南五龍鄉八仙山之原。玆凡王世子所狀足以誌已，而令宜川者惟予之舊，爰力疾而系之以銘，曰：

於維楊侯，廬江之嗣。世業聿興，維王之毖。前兮有輝，後兮有懿。寵爵自天，維王之賜。龍山嵱蒼，堂封有地。考德於文，允茲銘誌。

校記

［一］「侯」下疑脱「諱」字。

明故禹城令劉公墓誌銘

公壽七十矣，乙亥七月朔卒，以十月既望將即小劉山祖塋葬焉。其仲子太學生山青狀以請銘。予往年銘乃祖，兹惡得辭？按公諱相，字廷儀，一字希說。高祖景岩、曾祖矩，為郟縣劉氏世族。祖敬誥贈中憲大夫、遼東苑馬寺少卿。父齊海，壽官，以長者稱。娶田氏，正統丙寅十二月丁巳生公。公生而醞藉，雅嗜史籍，甫冠喪母，鞠于繼母鄧氏。從季父少卿公學，紙筆不給而精進不少衰。成化癸卯遂取上第，屢試南宮不偶。弘治戊午授永壽縣令，幾一考喪鄧氏，甲子復授禹城。禹城月日視永壽者過之。正德戊辰歸自禹城奉壽，官終正寢。既而傳家，非鄉飲不出，乃今以疾卒。配毛氏溫沉寡言，閨閫有則。生子男五，山輝、山青，即太學生；山翠承差、山節、山壽，俱庠生。孫男七，墀、墊、蟄、型、壟、壂、壘。女四。公性行人以為具父風，而益以文，其政績率豈弟云。

銘曰：突以盪兮羌跋扈，將萎蘙兮恫不武。嗟維公兮亶容與，維柔嘉兮剛不吐。就方員兮矱規榘，淑後昆兮光乃祖。舍中行兮歸尼父，後視今兮今視古。

處士周君配王氏合葬墓誌銘

處士諱玘，姓周，生景泰丙子十一月十有三日，卒弘治乙丑十月廿有一日，壽止五十，葬郭東白家屯祖塋之左。孺人東郭王公仲升季女，生天順己卯四月既望，蚤歸處士，克相成家，卒嘉靖癸未閏四月十有八日，壽六十有五。其子舉人南，卜以甲申十二月既望將啟窆合葬，泣狀匐地請銘，曰：『終弗禁我，先人其不朽也。』予以子同辱同舉，義不得辭。

按處士始祖諱寬甫，國初占籍郟縣，今所謂白家屯者，其歌哭之故廬云。寬甫生璜，郟人以其齒或又稱大老璜。生榮，娶泌陽梁氏，生處士。內慧外樸，孝友勤儉，立業種德，夙有高志。抱甕商歌，既灌既耨，實穮實蓘，鄉人頌焉。居常樹橋梁，喜營建，歲值凶饑，輒為粥于路以食餓者。里有爭訟，率望廬就質，退無怨言。親喪哀毀，絞衾葬祀，以身任之，而兄若弟奉以周旋。

嘗學，以貧廢，病且革，顧命孺人曰：『吾學焉而未能，志弗泯泯，子若孫必使學焉。』南甫踰十歲，孺人脫簪珥治喪，誓遺孤守與南俱，訖十有九年。食弗葷肉，衣弗縞練，乃忘胼胝而恤皸瘃，晝農圃，夜機紝，業與南俱。毖若曰：『爾父學焉而未能，子必學焉，亡謂孤也；學必力焉，亡謂苦也；學必實焉，亡謂華也。』南服膺彌謹，行吟坐謳，蓼莪興哀，祁寒溽暑不以輟。乃風發雷厲，聲拔儒林，鄉人頌焉，而孺人由是疾已。壬午歲試第一，會大比疾作，南蹢躅踟躕弗忍行，孺人曰：『南，行矣。』慖焉不食，然後乃能赴試。試之明日即走歸，用是捷聞虛晏。明年癸未當會試，南又弗忍行。孺人曰：『南，行矣。』南復蹢躅踟躕，孺人愾焉不食，且曰：『爾曷學，曷庸顧以老身忘先志邪？』然後乃能赴試。乃不第，例入太學，不俟卒業，亟告歸省，適孺人卒日也，玆非氣感與？

嗚呼，燕譽貞固若孺人，其可謂不負處士風清百代者哉？孺人一子一女，子即南，幼學厚蓄，行且致用。女贅郭鳳，生五子二女，鳳亦早卒，志克肖母。南娶沈氏，與姊佐養奉終，孺人安之。孫男女各一人。方來揚休濟美，蟄蟄未艾，非先人陰德之徵與？世足鑒已。銘曰：

維金維玉，渾以璞兮。維圃維農，生以樂兮。扣牛載歌，繡麟角兮。乃胤厥子，質以慤兮。乃考厥成，歸以倬兮。嗚呼後學，爾先覺兮。

小五哥寄瘞誌銘

五哥，參政王尚絅之第五子也。本名常，人驕愛之，呼五哥云。常生五十五日而喪母，母喪六十三日而常死。按禮生未三月者為無服之殤，常幾四越月，中育於母氏者纔越月耳。常生貌異常，自失母以來，登牀瞿瞿如有所覔㊀，已而據枕呱呱，心竊異之，乳於外氏，提攜於老母，或竟夕不寢。乃無何遘疾，六日而死。

嗚呼！妻年喻四十，猶悼其短，人或解之曰：『五男二女，死亦猶生。』奈何其有是耶？豈造物者慳是名而敓之也，抑見敓於母耶？先是家人輩率夢母來覔兒，已而率夢母抱兒去。嗚呼！其然耶，豈其然耶？罪實在絅。絅慟兒失母，為之制喪，棺殮，寄瘞於舅氏南園，伺其母葬定，啟兒并先殤女兒澄媛祔之。

母周氏勅封安人，正德己卯十月二十七日亥時生常，小字四川，十二月二十二日卒，柩停于家。二月二十五日常死，以是日瘞葬。父拉淚銘曰：『彭何長，殤何短？天本幽，神理漶。緊疇怨疇斯，斷母兮，亡父兮，患兒苦饑，兒苦痺。聽兒哭，焦以懣。兒不亡，羌孰管彭殤殊高下，散茲焉，齊莊其誕！』

注

㊀瞿瞿：張目四望貌。

仲女澄媛殤葬小誌

正德辛未冬季月丁酉，女生於京邸，癸酉春正月疹愈，甲戌冬孟月癸丑又疹，竟以殤，又明日葬之祖塋坤隅。

嗚呼痛哉！女聰慧絕人，始生方彌月，由紫荊關携之入晉，未幾余病，妻周氏携之歸郟。嶇崎轗軻，今竟以殤。痛哉！嘗詩以哭之，其詞曰：瘡疹如何兩度攻，天將毒手賜兒窮。藥吞犀角恰逢滿，卦擲金錢已落空。棗栗猶聞前日語，衣鞵愁檢舊時紅。阿孃夢覺魂如斷，聽說形容在眼中。

卷之十二　傳狀　書簡　祭文

侍御唐公傳

公諱相，字希愷，姓唐氏。其先本汴人，宋南移家新安，代顯清華，鬱為歙望族。所謂唐氏三先生者，名聞天下，道世罔宣，具列集傳云。筠軒于[二]公為五世祖，白雲高祖，梧岡曾祖。梧岡生永吉，永吉生邦達，邦達娶鮑氏，正統甲子九月二十七日生公。岐嶷穎異，母嫡曰汪，繼曰潘，諸子中率鐘愛公。讀書一覽輒不忘，端飭寡言，淵源家學，義出天授。少嘗從兄希元授春秋于祁門王先生，先生特器重之。郡守周公子建召為博士弟子，公奮倍，博極羣籍，或傳有違經，務求厥旨，積草充楹。三傳五體，渙如江海，答問懸河，試輒居上。唐子弟聯萼競輝，語輒辟公而鄉族乎焉。成化辛卯舉於鄉，乙未舉進士，授樂清縣令，三月奔母喪，民已有泣挽者。

服闋，改唐縣。唐隸畿衝要，健訟寡學。時戎務叢脞，歲荐饑，逋蕩日衆，民習聚慝，士廢科目久矣。公蒐謦黠首，威以刑，由是敷政流恩，賑徠各有法。手畫九則，征役用平。敬教勸學，創若干條。有歷若試㊀，拔其秀者數輩，口授以《春秋》要義。時則諸生張時、劉汝為者相繼以《春秋》名科，禮教薰漸，唐風勃焉以變。三載用薦，擢山東道監察御史。倡律，曾[二]集纂要十餘卷，憲司稱便。巡城督倉，屢奉勑監居庸諸關，築延邊墩堡若干。歷山右，覈補倉場累萬。兼署諸道，矯矯臺端，稱眞御史云。乃内寺李者亡何格殺平民[三]，中圖規免。公論法當死，否則虧國體，如天下何？疏入繫廷，天威不違顏咫尺，衆危懼，公論不可奪，卒以奪俸，直聲大振。

丁未績考上上，進階文林郎，父母妻并得贈封。弘治己酉，出按廣西載肅憲度，便道省親。時兄希元以寧波別駕、弟希說以甲第賜歸，晝錦哀集，鄉人榮之。會孝宗覃恩，寵荷金幣。又明年，中丞屠公被召，爰至自廣，語人曰：『巡按兩廣，知大體，能安衆柔民，綏土服遠者，孰與唐御史？』御史用式，時以為知言。庚戌以公監會試，剗弊立法，尤號得人。母喪，哀毁踰禮。服闋，先是徭甿紀貴[四]冒椒房支庶，廣西諸司既連坐，謫公。起復亦以是謫丞永城，永城民又德公，相率走千里，乞公為令。當道亦疏請，乃奔父喪，冒暑就道。及冬葬，大雪，坐是風疾，顧志罔出矣。輿論以屠方銓衡，強之，行擢令桐廬，謂行且召公，然終非其志也。未幾連章請謝，當道曲留至再，竟委印綬去，中外歸高。八年林下，杜門却篲，逍遙頤養。雖痿噤，指使嘔吟，日維[五]課子，或忘寢食，携諸孫興游不廢。

乙丑四月朔疾卒，壽六十有二。配汪孺人，為叢睦永芳翁女，貞良内助，今年踰大耋而視聽不衰。子男三，讓早卒；誥壬子舉人，守絅汝州，卒有去思；謨文藻幹蠱，克紹家聲。女一，適邑汪鏊。孫男五人，振振未艾，女三人俱適人。某年月日卜葬某山之原，禮也。公氣高寡諧，獨樂育後進，門下[六]士各以名顯，友蓋天下，天下之長者率器公。三先生集至公始盛傳，見篁墩學士序。發潛昭德，狀如張大理，誌如汪中丞者，剡剡足不朽已。汝侯痌公罔伸，信宿蒼谷，泣以傳命絅，嘗屬草焉。且曰：誥不肖，少嘗戲中圃，登木覓果，奉小杖兢兢，一第甲子，函歌代木。函命誥曰：『往哉爾試，計將顯揚。』詎知永訣也。既而判武昌，僅以歷守，雖罔敢違。教履后土，而戴皇天。痌惡可已已。於戲，象賢濟美，公之家學足徵矣！雖[七]絅四川之命，賴侯得辭唐之張、劉二生，新安太史南岡憲長，絅幸竊淑。兹以命申，南岡乃歸公。傳云論曰君子以御史儗宰相，唐公其御史哉！維德世自白雲下上乎？坡、潁文中躂矣！夫策憾遺隋，黨卒宋焉，抑不知唐之世學，遙有端緒。使唐公而御史也，言行則《春秋》之道宣矣。顧所坐類莩，竟使爾爾。尚謂曰：知宰相孰與御史？此可以觀世道也。孫忠圖孝勇，退之意遠哉！於戲！上承下佑，揆序平成。元愷遹光，緊高陽氏之所謂才也？其諸眉山、河汾之風歟？太史氏采焉，將無感於斯乎？

校記

［一］于，明本作『於』。

［二］曾，明本作『會』。

［三］平民，明本作『齊民』。

［四］紀貴，明本作『記貴』。

［五］維，明本作『惟』。

［六］門下，明本作『及门之』。

［七］雖，明本作『維』。

注

㈠歷：相，察，視。《大戴禮記·文王官人》：『變官民能，歷其才藝』，王引之《經義述聞》：『歷其才藝，謂相其才藝也。』

安人譜後狀略

嗚呼，可亡哉安人也！安人周姓，行三，諱曰某，于歸二十二載，壽止四十而一。天乎痛矣！先君時為諸生，指腹為絅索耦，繼以薄宦，罔克修禮，乃九梅翁克敦夙言，二姓之諧，殆天也。自歸尚絅，病苦憂惕，無一夕之寧，遽意止此！有人餽隻鴈者，淚滴成凹，安人惋歎久之。絅時戚惻，詎意其在我邪？勞而未佚，蓄而未發，耕而未食，維兹痛已！乃同為招師繪像，凡三四易輒弗肖。

嗚呼！若罔以貌尼父、覡罔以尸湘纍、虎賁不足以肖中郎。古之人不可傳也，死矣！夫像之不肖者形爾。形者，理之所不存也。乃同復撰次其平生為年譜，余覽之，顧泫然矣。譜所不及者，其忍無辭！

安人自嫁以來，居常非大敬事不脂粉，書物券契，徙置有恒，歷歲罔失。往京邸，稻視粟價倍，安人由[一]為郎以至太學問糴太倉之粟，歲用不乏。其飼若子也，食則以糲，衣則以布，夕則撫枕數具[二]。嘗亡一劒，行坐以思，既獲乃已。乃若喪我先君以喪我先太君，歷衰期功緦者無虛歲，雖品服曾弗自耀矣。安人自歸，事事觸忤。絅念無以慰其意，嘗嘲之曰：將無悔？則曰：『悔。靳無子，將無恨。』則又曰：『恨潛無妻。』嗚呼！烈丈夫有是哉！嘉賓燕集，則欸為豐腆。非絅歸，曾弗以寢。時耽聽講，惟弗事筆札，所嘗識者，算數月日而已。課子以文，或令俗解，則曰此詞多意寡。凡此可一一數邪？

安人仁孝靖一，貞安明斷，行儀言中，煦若春溫。御下以恩，小過不咎，子弟輩則凜不相貸，內弟以罪不相接者三載。舉其細，佗可知已。嗚呼，以若醇粹，孰與性靈？乃方欲徵厥福壽，奈何其命之促若是邪？將壽夭果不與善惡繫歟，將絅之罪積而獲罰然歟？直欲問天而無從也。天乎其痛矣！病與絅曰：『榮通醜窮，吾與子亦樂，壽哀夭所不忘於子也。』[三] 抑孰知其所不忘者，今安能以忘其所忘者，誰復為我以不忘邪？嗚呼，如何可忘哉？

子男五，伯同、仲和、叔爻、季府、伯常，伯常後安人兩月殤。女三，淑媛，澄媛殤，何媛幼。蓋安人每得子輒喜而忘勞，乃今竟亦何益，又孰知其乃盡舉以適我邪？天乎痛矣！卜以今年季冬月朔，將厝城隅，惟交親中知安人而託不朽者，將圖誄葬焉。夫葬之有誄古矣，惠柳下而京黔婁者，皆以妻揚夫也，而況絅呰窳，顧其夫歟？詩云：『刑于寡妻。』孟子曰：『行於妻子。』絅與安人顧可不慎歟？爰附茲譜後，粗竢採擇。所謂不朽者，庶其在茲云。

校記

[一] 由，明本作『繇』。

〔二〕具，明本作『起』。

〔三〕壽哀夭所不忘於子也，『哀』字疑衍。

馬少師小狀(一) 代其子作

琇先君壽八十有七，以今年八月六日卒於家。嗚呼痛哉，其尚忍言！蓋自景泰二年進士，歷任監察御史、按察使、大理卿、左右都御史、侍郎、兵部尚書轉吏部，終少師兼太子太師，凡一十七任，計五十四年。自先君而上，父、祖、曾祖考妣俱蒙恩贈如其官。歷事五朝，受知四帝，忠貞之節，可質鬼神。學術勳勞，載在國典，出處履歷之詳，今在人耳目間，而年譜亦存其槩。其間遭讒罹垢，出入起仆，或際險臨危，事變叢錯，出萬死于一生。然國恩深重，而犬馬之報亦自無遺力矣。

七十以來，累疏求退，不蒙允旨。已而先皇晏駕，未忍言歸。主少國疑，平生至慮。夫何改元，時事維新，羣奸媒遘排擠，乃乞休。章凡再上，猶荷聖明，重念老臣，勑賜舟車，仍令有司供養。今勑旨并累朝者計六十五通，具存可考已。奈以孤直不阿，尤為逆罪〔一〕所深銜，假緣他事傍及，中以慘禍，四代誥封一時追取，反指先朝正人為黨，奪爵為民。如琇者亦先帝賜官，錦衣擯出外衛。嗚呼，尚忍言哉！

先君歸，獨村居，不入城府，每嗜靜坐，語及時事，蹙額不答。北望皇陵，焚香流涕，逆知其有今日也久矣。卒之日，州人無老少貴賤，爭往弔哭。爰有三異：劉山忽崩，天皷再鳴，羣鶴引輿。州人王自誠者，又晝見于葉縣之南。固知大臣終始，實關於天。琇為人子，恨不能啗逆賊之肉耳！顧不肖罪宜萬死，嘗過庭聞命曰：『幸生中土，唯無愧嵩高之氣乃休。』

伏惟執事，伊洛正學，國史直筆，先君所推重者也。敢乞撰述誌銘，以示永久，亦不敢過求溢美以重不孝之罪。謹以傳二冊，年譜四本隨上，用伺採覽。無任哀懇之至。

校記

［一］罪，明本作『賊』。

注

㊀馬少師，指馬文升，見卷六《嵩陽觀》注。

謝倪方伯書

絅方病臥，俄執事專承差衛衡齎馬夫柴薪銀四十兩，馳送林下。

嗚呼，絅何以得此於執事，又何如是之多也？乃查舊卷，未領柴薪，自八月朔至九月廿日，例當得銀十二兩，馬夫者已完，執事所見未完時卷爾。因對衡取其柴薪之數，外銀仍令領還執事。然衡堅不欲去，恐執事加罪，絅謂衡曰：『當爲子書之。』

嗚呼，求之天下知己為難！自絅之西歸也，愛之者則加譽過高，憎之者則加毀過卑。譽則曰彼不宜外補爾，彼謂官麄小爾，彼視某某屈爾，彼不俯仰於時、志不得行爾。毀則曰此碌碌者也，此木強者也，此沽名釣譽者也，此恃微才不老練者也，此不諳艱苦輒輕富貴，而後當有悔焉者也。嗚呼！愛憎徒爾，彼惡得而高下之邪？乃若絅本以官望並重，年力兩乖，重以老母亂其心，病祟纏其體，安能舍諸此以從彼哉？權度熟矣！豈忘知己、負國家邪！

緬惟執事特為知己，當絅乞歸時，始亦難之，走書以諭以留。既而信余言，移文咨付醫人，歸又辱專使追送，聞人言則又為余恐，星馳以報。已而預備贖米，邀余遄歸，余亦聽之而已。後幸免，執事又以賀余，頒賜新書千數百本，懷之三載矣。乃又憫其窮也，有是哉！聞壯士以一飯而殺身，絅豈敢忘知己！水邊林下，自視此身，生之者父母，養之者國家也。絅自孩提從父食廩於學，少長從食於官。會試下第，饌食胄監，歷事食銀臺。遂以登科，食戶部之太倉，授官後食兵部，食吏部，又食之山西。又分之以養母，又藉之以哺妻、以乳子。凡國家之廩所生養者，皆國家所得而有之也。烈士以萬死報主，絅豈敢負國家自歸？痛恨偏性執戇，動與物忤，終難為用。萬一國有急難，雖報以[一]齏粉不辭，况夫高輿駟馬，行擁旌旄，坐列珍羞！區區簿牒，幾何辛苦，而顧為推避也哉！報國日長，報劉日短，昔之君子先得我心。今老母九十有五，幸尚善飯，執事謂當何如？或又以為彼資家食樂爾。

嗚呼，椒茅衲被，粗糲蔬食，出山跨驢，入室衣結，藥債未償，罌儲已倒，延賓乏具，退而吁嘻。執事知余心其樂乎否邪？欲遣悶則披卷，少得意則哦詩。撫心自誓，此所以仰天每歎者也。因知己聊洩此情，則所以於執事者可知已。

衡歸，幸不加罪。便問，仍望教我。

校記

［一］雖報以，明本作『絅雖以』。

謝瀟川何都臺薦書

會薦題詞，絅今始獲讀之，感焉。愧執愚不肖，道聞未蚤，乃今始知昭大義者謀遠，催[一]大惡者善篤，除害者利，排難者福。夫福備也，難不苟免，福孰大焉？利與害敵，投莠蓄苗，利孰大焉？好惡殊途者也，啼笑異情者也。與善之篤者，嫉惡必嚴，君臣之義大矣。嘅夫此義不明，公而私之，其以為利，僨事誤國，謀之弗臧，非大義之弗昭與？

嗚呼！所由來者遠矣。夫排難者忠，除害者義，與善篤者曰仁，大義昭者曰道，舉一物而衆善集焉。由是廣之，厥止孰測，天下孰不與[二]有道歸邪？不肖坐未聞此，悔憾悵悵。常恐年與時馳，負此生理。且所謂司馬公者，抑何人斯？居洛十五六載，起猶難免，顧絅宜何如哉？

孔子曰何以報德，曾子謂君子之愛人也與細民異。絅愚，冒以此說進者，非敢苟同於細民，或亦君子之報也。惟察其愚而終教之，斯道幸甚。

校記

〔一〕催，明本作『摧』。

〔二〕與，明本作『於』。

答張李二年兄簡

趨捷徑者人皆訾其無恥，書絶交者余亦悲其無狀。殊非孟氏所安焉者，乃若本以官望并重，年力兩乖，方自避以逊愆，遂輒緣以罹咎。况又安敢如舍母從人、忘身市利者哉？邇來歎廢興於韋編，聞歌哭於里巷，使夫悔過之心日益以萌，而干名之念日益以隳者也。顧饘粥足以餬口，老少足以娱懷，一瓢之外夫復何知？傳曰：至難得者師友也。幸惟教我！

近作數首，聊以見志。二兄處各不同，互取觀之可也。此書一稟，情同故爾。力疾草草，不具。

送謝宋二生簡

蒼谷子嘗經桂林觀於滄海，但見羣鱗波濤沸盪，有潛者，躍者，嘘吸者，嬉聚嗡散者，旁出而隊游者，仰而踊、俯而沒者，洋洋然馳波跳沫者，捷鰭掉尾，振鱗奮翼。轉騰潄洌於潏潏淈淈之間者，禺禺圉圉於菱荇者，一瞬千里者。突者止者，灝渺崖涯，紛極異態。逮夫迅雷擘山，長飈扇海，鉅浪泊天，莫不有乘風雲而沛霖雨，神變化而游八極之表者矣，亶乎乾坤一偉觀也。

兹者日吉辰良，河清海晏，盼槐影之欲黃，嗅天香之未遠。他日有御風鰲背，斫桂蟾宮，非我池塘春草之仁兄，則必渡蟻浮橋之寵弟也。題柱何如？奪標有待。蒼谷子今雖病矣，尚能抽毫為二三子圖桂香、賦神龍，獻之上也。願拭目以伺。

回馬汝載憲副書

向在山寺，偶便付緘，以伸懷仰。殊草略，去後愧。念兹反辱飛翰，長章下惠，迂愚感激之情又可知矣。備聞名振湖湘，德光衡嶽，大君子有用之學，顧如是也。區區不才多病，何為者哉？所幸二母粗安，承示遲速之教，良有意義。嘗為之說：宜遲宜速者己也，速之遲之者人也。所以遲，所以速，速而遲，遲而速者，皆天也。在人者，吾何知焉？審己以聽之，則吾人當自力者。高明以為何如？

便中倘不鄙，尚教我也，如何如何。北上何時，能過郟一會否？區區之病，未知何日甦爾。士宏[一]轉考功，昨有書達，意墨刻拙稟，聊侑緘爾。

力疾復草草，餘情瀼瀼，安得即與知己者一傾倒也？更惟若時調攝，以迓天寵。不備。

校記

〔一〕士宏，明本作『士弘』。

與楊太守書

前文竟追還否？今既數日矣，誦其詞且感且愧。惟絅歸來，貧病相仍，甘旨不繼，杜門自省，速謗尤多，安有如執事云云者哉？至謂干浼，一字不行，信如其說，亦士大夫守身之常。況未必然與？傳之士類，將不有寒蟬之誚邪？感愧！感愧！

病來閱史，嘆自昔守尹辟士者多矣，士為守尹辟者亦多矣。然顧有不受者，有受焉。失望者有，既不受舉，重以為怨者有。貴則相絕、死則赴弔者，何哉？存乎其人焉爾。信如賢，雖父子兄弟親族交相舉亦可也；雖脱穎自薦、築臺自始者亦可也。況公舉難得如守尹者乎？或因以成名，或并以得罪，或詆毀如黨，責望如英，則固為辟者惜。而名與實反，心與迹違，進退無據者，又為其人惜焉。

絅亦知執事此舉不過為充一職，以絅寡陋不類，亦豈敢妄相比擬、取大喻小云爾。執事以為何如？倘以為可用，何不曰某當修己〔二〕，如何處人，如何交友，而事君，而事上，官如何，古如何，今如何。司馬公所謂養軾於數年之後，或者不負執事之舉爾。絅勇於自退者，明於自知也。況重以絅病日加，毋年日薄。

幸卒教我。不具。

校記

[一] 何不曰某當修己，明本作『何不曰某當如何修己』。

復崔後渠書[一]

友道古攸斁矣，商歎離羣，元公謂至難得者也。維絅受性疎劣，率取資良友，垂老無成，坐力不競，非其罪耳。往憶執事懷刺磨滅，謂傾蓋輒契，同被罔察。兹騎驢京華，三十年前之言也。

吾兄行業烈烈，藻翰範世，視古于光。頃讀來諭亹亹，殊增悵惋。廻想仲默西行逝後，如兄者幾，顧減於絅乎哉！古人交情以身後定之，諒已！而背非眸反如俗態，何如？兄髮已素，絅加之齒搖，化期寢邇，是可歎也。所幸同、和諸子、何甥，于賢郎足嗣舊好，身後不落莫矣。風林月樹[一]，每誦高情，無由[二]縮地。皷盆攀栢，所難免于古人者，我輩遭之，當忍死自寬潛云。客養此軀，以慰有知，他孰足道？外，同補狀想兄見之，當驪爾皷掌，亦世講之一也。所云仲默誄者，幸惟亟圖刻之貞珉，以慰幽明，非執事無此望爾。別紙幸照。北鄉停雲，無任瞻依。統惟尊慈亮恕。外，馬谿田稿附覽，餘不克備。

校記

[一] 樹，明本作『樹』。

[二] 由，明本作『繇』。

注

㈠崔後渠即崔銑，崔銑（一四七八—一五四一），字子鐘，又字仲鳧，號後渠，河南安陽人。弘治十五年（一五〇二）進士，任翰林院編修，官至南京禮部右侍郎，謚『文敏』。著有《洹詞》。

謝梧山都臺書

絅無似，病臥蒿萊，歲閲五載。當時之人見疑焉者，見笑焉者，見詬謗流言者矣。卓爾遺賢之薦，曾見云云如我執事者乎？何執事獨與[一]人異哉？絅第愧孱弱，冥煩齬齪，信無以仰稱明旨，曷勝竦懼！曷勝竦懼！

雖然，執事之意則大矣，見則高矣，其為德亦已厚矣。雖吾君與相，不必其相信與否，顧自足聞于天下後世者矣。絅懷抱既久，言莫能繪，安能賜之坐隅，一吐平生之悒鬱邪？然又歎夫昔之窮士不得已於言，言矣而傳駭當時，貽譏來世，雖絅亦嘗謂淺之乎言者也。嗚呼！言忘心齋，而學善靜坐者有以哉！既而又竊思惟：自獻求進者，曲士所忌；負德矯名者，君子所恥。矧特立曰儒，幼學曰行，而徒然已哉？乃若天章揮灑，薦剡揄揚，此韓愈諸人勤勤懇懇，盡一生而不得於人者。顧絅何人，乃無何一旦得之于執事。使絅而塗人也，則亦已矣；使絅而少與愈似，則其為感宜又何如？其亦曰山間林下，勉於自修而已。勉於自修，是絅之所以為感，所以求知，所以為報，且以謝於人人也。若曰俗禮，諒非執事所望于絅，亦非絅所敢聞於執事者。

去官略具祖母誌中，茲不復贅。爰錄《西歸》《嵩游》二冊，少見鄙懷，并求指教於門下云爾。絅惟亮之教之，幸幸。殊不盡。

校記

〔一〕與，明本作『於』。

獻靈澤王書

山西左叅政王尚絅謹書獻靈澤王殿下：絅讀大王傳，起功名富貴之心；睹大王書，明天地人神之道。又嘗過微子嶺、拜聖母祠，問之路人，乃知雖神亦有母也。伏維大王勳業掀天，英略葢世，生而正直，死而神明，固其所也。况夫出將入相，深沉雄渾，唐之諸臣皆所不逮，而神功武略，雖衛霍韓白何以加諸？是以窮通生死，逈乎塵寰之上也，豈不古今偉然一丈夫也哉？

絅者一章句儒爾，年未及四旬，官未及三考，驟陟崇階，心實抱愧。奈中原盜起，內甸邱墟，市井屍塡，樓臺火化。嘅蒼生搶攘，命實可傷。竊思〔一〕二母，狼狽陳情。惜素信未孚於人，而章疏不復於上，强顏備位，終不自安。顧絅者，平生忠義之心實同殿下，豈敢自欺？第乳黃未脫，毛羽未成，遽令飛騰，終看隕墜。乃今臥病在告，路經祠下，敢以心事輒與神盟，未言之誠，想亦神所照鑒也。幸神佑之，指引明途，早遂養母之計；弘開福地，曲成濟世之仁。雖佗時之功名富貴，上不敢擬於王，而今日之天地人神，情或不殊於舊也。

維神有靈[二]，告此上帝。

校記

[一]思，明本作『念』。

[二]維，明本作『惟』。

謝王巡撫俞巡按會薦書(一)

絅僶俛辭榮，蹋蹐服勤，十有三載，自甘長棄已矣。乃執事節鉞遙臨，顧先枉駕，頓令山林蔀屋突兀增崇。已而薦旨自天，士林傳頌，第濫及樗散，殊獨愧罪。

伏念坐井乖隔，顧安得此？執事亦安取信於絅生平邪？絅生一歲，即鞠於祖母，条政山西當時祖母時逾九十，歸養僅五載，目瞽復明，奉以終天。適喪未闋，薦除四川。時老母七十有奇，繼以荆婦中夭，罪罰曷酷！年與時馳，竊增悲歎，徒慚薦剡。葵藿向日之忱，螻蟻忠君之念，曾一日而忘於絅哉！天覆地載，嘅兹大義，草蟲本性，矧有知邪？進退出處，維聖有訓。落魄如稽阮數子者，非孔孟之徒所敢道也。

愚之心跡莫逃衡鑑，倘如可使，身非我惜；如不可使，終焉林下，歌謠太平，未敢齷齪，雖窮即死，執事其無憾於絅矣。

不宣。

注

㈠王廵撫，指王藎，見卷一《亹菴賦》。俞廵按指俞集，江西新昌人，辛未（一五一一）進士。

答西磐都憲簡

絅不才，久矣離索，頃報德音，愕如夢境。捧讀詞旨切偲，惜我教我，不覺戚戚，既而憮然。夫好榮惡辱，樂進恥退，予之情豈獨與[一]人異邪？仕棘或殆，痛予良友，中道或汩，惜予平生不我知者已矣。諒惟知我，奚斯云云？予之自處，尚維有舊，非敢貽愧。進退維谷，竊嘗浩嘆，末路實[二]難，良不我欺。邇來哭死心摧，情觸境異。瘞骨葬地，朝夕是亟。佗日得無絮酒相弔㈠，百身相贖者乎？尚何言！尚何言！

校記

[一]與，明本作『於』。

[二]實，明本作『寔』。

注

㊀絮酒：指祭奠用酒。

答周子德懋簡

來諭文中『子罔極』之說，於吾夫子有誠然者。程子謂『通本隱君子，議論極有格言。續經之類，皆非其作，罪坐於後人之附會爾。』此程子心得之見，萬世之公論也。至其著述，遠過荀楊，事業規模，高出房杜。而彼賤詆者何為也邪？其視吾程子之心胷何如？

君子深造，貴於自得。德懋以為何如？他日玉堂之上，史筆輝煌，為死者雪冤否？其曰借以相告，就文中而言，蓋出於其府君伐木之訓，此惡敢聞？

殊不盡，不盡。

雙酒務祭程明道文

嗚呼！明良相遇㊀，從古為難。以先生之學，監酒務於神宗之世，相維厥土，由[一]今視昔，萬古惆焉。夫神宗急於求治，有聖人之資者也；先生身體斯道，有聖人之學者也。奈何新學斯崇，而偽學斯禁，千載之期，失於一旦？向使其有麯糵之託，又孰知無鳧鷖既醉之望邪？是故重歎明良之難也。嗚呼痛[二]哉！絅晚生茲土，鑽仰有年，爰因清明，式供祭掃。神其有知，鑒茲誠意！

校記

［一］由，明本作『繇』。

［二］痛，明本作『恫』。

注

㊀明良：賢明君主和忠良臣子。

祭東光隨之旅櫬文

惟靈秀鍾渤海，明迥東光。桂老黌宮，千里聳雲鴻之志；槐黄璧水㊀，四方壯司馬之游。延風景乎商於，形神不返；寄孤骸兮郟鄏，歲月彌留。霜露興悲，霏煙送挽。某等荐更兵火，退處蓬蒿，爰匍匐以無從，徒徬徨而竊歎。傷心蕭寺，悵掩骼之何人；灑淚西郊，謂栖魂之有地。松枝掛劍，遙愧徐君；麥壟風高，空懷元振。邇者冢器北來，實勞徒步；靈輀東駕，乃慰羣心。雨後銘旌，白馬動故人之念；風前尺素，青天識元老之仁。冥冥鶴軒，梧邱夢繞；蕭蕭雁陣，易水歌殘。終藏舟於百年，閉元扃於萬載。某等一觴用餞，再拜永辭。

注

㊀璧水：指太學。宋吳自牧《夢粱錄·學校》：『古者天子有學，謂之「成均」，又謂之「上庠」，亦謂之「璧水」。所以養育作成天下之士類，非州縣學比也。』

祭華州張子文㊀

嗚呼傷哉！世兮溷濁，道兮茫昧，張子方將有激於斯也，夫何竟殀以死？嗚呼傷哉！惟子德慧淳孝，決科象賢，溘焉內艱，苦塊[一]風烟。依廬而死，行路感慟。乃今觀風茲土，薄薦興哀，而翁若舅，踴地呼天。嗚呼傷哉！

夫殀莫如籛，壽莫如顏[二]，使無顏之行，有籛之年，則亦何取於子耶？是故朝聞夕死，尼父所以見許，子淵之所以樂，靈修之所以為卜問也。神兮有所難通，天兮有所難諶。嗚呼傷哉！故曰臣維死忠，子維死孝。據往推來，迥乎覘矣。激頽振薄，維子之風。允茲苦節，名與道崇。含笑下里，雖死猶生。將愈遠而彌存，維顏氏其可同者也。嗚呼傷哉！

校記

[一] 苦塊，明本作『苦山』。

[二] 『夫殀莫如籛，壽莫如顏』，『籛』『顏』二字應互調。

注

㊀張子疑為張之架，張濳之子，康海之婿。張濳與王尚絅為同年進士。

祭祖母文

尚絅罪逆，祖母凶變。倏爾之期，聲容未見。夢兮相晤，神猶懽宴。既寐而泣，食不下咽[一]。茲以卜葬有期，誌銘已撰。恫維壽如母兮，頤年乖願；德如母兮，皇恩未睠。亡何而終，于焉挂欠[二]。啼饑號寒，裹錢衣線。誰復于今，如母戀戀。兒緣母歸，母今何先？嗚呼，天兮不仁，摧我良眷。爰即嘉辰，粗陳薄饌。匪曰具禮，用申朔奠。母兮兒知，歆此明薦。嗚呼哀哉，伏惟尚饗[三]！

校記

[一] 咽，明本作『嚥』。

[二] 欠，明本作『歉』。

[三] 饗，明本作『享』。

祭聶舅氏文

嗚呼舅氏，行高古人。命兮不造，貧兮終身。夙游黌序，翰墨馳芳。嗚呼舅氏，閟此螢光。株守無何，府辟從事。嗚呼舅氏，實[一]降厥志。上熹下順，前耀後承。嗚呼舅氏，厥譽烝烝。是維斗米，載賦歸與[二]。嗚呼舅氏，爰篤厥初。歸與[三]孔樂，一邱一壑。嗚呼舅氏，俯仰無怍。奈何棠棣，相繼云亡。嗚呼舅氏，予母獨傷。悼沒慰存，粤生猶死。嗚呼舅氏，視予猶子。渭陽我送，痛隱寒泉。嗚呼舅氏，誰識其然？伊獨何長，此獨何短？嗚呼舅氏，斂不盈骭。伊獨何裕，此獨何煢？嗚呼舅氏，天兮不平。緊余疇昔，曾誰凄楚。嗚呼舅氏，涕淚傍午。芹藻一薦，有愧[四]元纁。舅氏有知，歆我斯文。

校記

[一] 實，明本作「寔」。
[二] 與，明本作「歟」。
[三] 與，明本作「歟」。
[四] 有愧，明本作「愧彼」。

祭趙氏嫂文

惟靈貞資夙稟，佐我仁兄。乃勤乃儉，以嗣以成。厥功未享，胡疾而傾？萱花霣淚，荆樹含情。念某有瘵在告，遘禍維并。同將鶴唳[一]，永訣瑤京。薄陳祖祭，愧此粢盛。靈兮不昧，昭降前楹。

校記

[一] 同將鶴唳，明本作『恫將鶴駕』。

祭劉耆老文

維靈秀鍾汝海，美溢江鄉。皓髮龐眉，尾商山之四老；葛巾埜服，象座上之三光。爰式閭而問政，遽脫舄以云亡。嗚呼！天不佑善，辰豈會昌。望紫氣於關東，歎失令尹；捧青鳧於圯上，悲動子房。絧誼聯里社，喜接壺觴。感年忘之繾綣，哀涕出之淋浪。易隔千年，薤晞九原之露；難禁薄暮，松飛萬里之霜。嘅輓歌於繐帳，陳祖奠於華堂。攬物微而情腆，諒詞寡以哀長。靈其知矚，歆此中腸。

校記

[一] 座上，明本作『帝坐』。

祭李三川封君文

嗚呼！姻聯巨室，誼切同年。兒同納采，公其尸焉。奈何封章未幾，榮養蚤捐。絧追痛皇考，去公既先。喪臨祖母，執紼亡緣[一]。嗟哉二姓，併兹迍邅。蒼茫幻世，誰其問天？有聲裂石，有淚徹泉。命兮乖舛，嗚呼三川。遙馳薄奠，申薦微虔。

注

㊀紼：大繩，特指引棺繩索。

祭鞠潭柴公文

維年月日，某既篹誌銘，爰具祭儀，顓某馳告于鞠潭柴老先生之靈曰：誌銘草具，嗚呼先生。才靡究用，德乃浮名。援文範靖節之例，采文中貞曜之評。私謚公曰忠靖，義實愜乎幽明。是出衆議，未殫愚情。夫伊川明道，横渠明誠。世無溫潞，誰主斯盟？惟顧問之重頒，庻典型之有徵。否則孰如别號，稱足為榮。謹將牲幣，祖告英靈。

祭六叔母張氏文

嗚呼叔母，視絅猶子。春秋維艾，奄忽以死。家業載宏[一]，嗟爾麟趾。天實為之，豈曰母志。倉箱贏溢，維母之臧。蘭桂映鬱，惟母之良。母云爾叔，我復何傷，獨念姑老，撫摩誰將？我聞此語，心兮轉悲。廻看母面，淚雨垂垂。傷哉永訣，倏焉已期。聊陳薄奠，薦此哀辭。

校記

[一] 宏，明本作『弘』。

祭西平李令尹文

嗚呼，人孰不亡？維夫君子，繫此綱常。西平之戰，實比睢陽。倉皇兵火，身以為倡。力竭被執，慘於犬羊。罵賊之語，日月爭光。事聞當宁，恤典彌章。孤忠冠世，勁節凌霜。嗚呼如公，可謂不亡。絅令巡歷，瞻彼太行。望風致奠，魂其升堂。

告城隍文

適聞越獄者返，殺人者獲。今[一]以羊猪文禮謝功於神矣。既而讀韓文曰殘民者昌，佑民者殃。去者為功，繁息為讎。賞功禍讎，天之道也。既而又讀柳文曰功者自功，讎者自讎，功賞讎罰，天地有不能也。余意神奉天之道者也，而神能乎？越獄者余莫得其詳，受殺者則余族也，其詳不可欺矣。竊鑰啟關，張燈授刃，臧獲叛逆，嚋弗加功。卒令孩者縶頸，壯者疊屍，賊乃嘷荼酺酒㊀，伏挺持索。或忿起皷人，或怒延老嫗。當其垂死冤號，羣聲啾嘅，神於此時曾不一奮威靈，而使之捆[二]載長馳、白晝出城。

乃今凡六越月矣，澤然肥矣。嘗呼天而擗地，貽[三]鬼而禱神矣。使不荆襄就擒，將終焉已邪？或者誠如二三[四]子之說歟？則神之功余不得而知也。抑誠如余之說歟？則神之罪，余亦不得而知也。祈邪報邪？民斯感[五]焉，神其以此質之上帝，窮追溟漠，置韓柳二子於法，俾其兩造一詞，然後可以斷斯獄矣。

嗚呼，陰陽表裏，神人依附者也。惟神其慎之哉！

校記

［一］今，明本作『令』。

［二］捆，明本作『稛』。

［三］貽，明本作『賂』。

［四］三，明本脱。

［五］感，明本作『惑』。

注

㊀酺：少酌。

祭東坡潁濱文

嗚呼先生，一門萃美，百世揚芳。鍾靈錦里，託體嵩陽。名兮蓋世，神兮此方。兵荒屢歷，種嗣蒼凉。絅等世居臨汝，景仰休光。爰當生忌，薦此椒漿。嗚呼先生，其何可忘！

祭司寇屠東湖公文㊀

於赫皇祚，駿膺眷佐［一］。於穆哲人，邦之司寇。卓犖行義，茂懿淵冲。三朝曳履，侍牀［二］從容。功勒鼎彝，允治令譽。有裴興思，典刑是據。粵惟我公，斯道無窮。麗天三辰，惟公之忠。紀地四瀆，惟公之德。弈世相賢，終古風烈。爰修明酌，用薦采蘋。敢云備禮，昭格維神。

校記

[一] 佐，明本作「佑」。

[二] 牀，明本作「宸」。

注

㊀屠勳（一四四六—一五一六），平湖人，字元勳，號東湖、太和堂、求是堂、東湖先生。成化五年（一四六九）進士，授工部主事，升為刑部員外郎、郎中。弘治初，遷南京大理寺丞，進少卿，擢右副都御史。弘治十年遷刑部右侍郎，轉左侍郎。正德三年（一五〇八）進刑部尚書。

祭大司馬襄毅項公文

維公曠世純臣，昭代元老。才著刑曹，躬歷征討。血食荆襄，緝寧豐鎬。腥羶載清，豺狼迅掃。崎嶇難容，嗚呼直道。放歌白紵，翳翳紫芝。五福用享，九制褒詞。銘勒太常，蔭篤雲裔。麟角鳳毛，以繩以繼。絅懷有年，仰止如在。寤寐儀刑，嗚呼百代。陳辭薦酒，載拜風神。俯兮山嶽，仰兮星辰。

祭嶽母王孺人文

惟靈受性淵懿，稟德貞良。承家有則，合族以光。踰老距耄，無疾而亡。嗚呼哀哉！絅忝游門下，考德難量。爰當永訣，少贊述揚。母夙命我，涕泗沾裳。外家昔盛，百兩于將。誰云事變，絕彼蒸嘗。余懷姙姒，百葉其昌。誰云命忤，有育輒殤。禍福何據，興廢何常？顧賢如母，不死彼蒼。言今在耳，字字堪傷。嗚呼哀哉，良圖載敞，禖祀以相。乃令周嗣，弓冶流芳。男昏女配，鳳翥鸞翔。泝流定謚，潛幽遹彰。嗚呼哀哉！絅首妻長女，母視猶郎。荆釵納聘，指腹糟糠。揭來京國，辛苦橐囊。歷官有歲，已荷龍章。疇曩旅邸，寤寐相望。云胡歸只，而遭母喪。扶男携幼，哭踊空堂。行吟感愴，暮雨秋霜。恩兮靡厚，茲焉叵詳。絅側觀塵世，帷幕乖張。匪妬則忌，匪仇則忘。弘達如母，足勸一方。嗚呼哀哉，居諸時邁，奄忽二祥。丘園卜兆，窀穸克襄。維林映鬱，生所徜徉。朝臨夕奠，神妥形藏。人誰不沒，眞返仙鄉？式陳祖薦，竭此中腸。靈兮如在，歆我壺觴。嗚呼哀哉！

祭三蘇先生文㈠

維正德改元，歲在丙寅，二月辛亥朔五日乙卯，兵部主事郟城後學王尚絅率塔亭鄉老人等，敢昭告於雪堂老泉先生之靈暨東坡潁濱二公之墓曰：

嗟予髫齔，獲誦蘇文。煥兮風水，郁兮春雲。廼橋廼梓，廼桂廼椿。壯茲氣節，欽爾風神。粤維佳城，實[一]臨鄉土。前寺後祠，匪今伊古。喬木含芳，峨眉鬱秀。凌滅[二]兵燹，寂寥華胄。嗚呼哀哉！念惟尚絅，蚤焉筮仕，繼以奔喪。仰止崇山，寤寐環墻。素業靡成，流光易駛。薄言興懷，憫予初志。乃兹仲春，東風氣正。釋衰履吉，卜齋致敬。釃從父老，爰勤牧豎。謹修瓣香，聊充野祭。拂塵遺像，掃松中唐。青山玉瘗，夜雨神傷。嗚呼哀哉！瞻彼故家，岷峨齒齒。疇取衣冠，以慰二子。定惟子由，忠惟子瞻。波閎源遠，名重三賢。生兮薄游，於兹託體。迴矣聲光，愴予蒿里。楚豆既嘉，旨酒載盈。靈如我監，歆此虔誠。嗚呼哀哉，尚饗！

校記

[一] 實，明本作『寔』。

[二] 滅，明本作『蔑』。

注

㊀三蘇墳在郟縣。北宋建中靖國元年（一一〇一）蘇軾卒於常州，第二年葬郟。北宋政和二年（一一一二），蘇轍葬於此，元至正十年（一三五〇）郟縣尹楊允將蘇洵衣冠葬於軾、轍墓間，遂稱三蘇墳。進門迎面有高、寬均三米多的石坊一座，系王尚絅所立，額曰：『青山玉瘗』。

祭王淑人文

於戲淑人，首山作配㊀。天兮性成，坤兮德載。韋布巖廊，琴瑟以御。關輔湖襄，勛庸懋著。隆恩未已，勇歸具茨。胡然鶴駕，儵爾瑤池。某義辱同年，通家累世。執紼踰疆，薄陳祖祭。

注

㈠首山：見卷二《三遊詠》之《王方伯首山》注。

祭亡妻安人文

一

靖懿安人，允矣尚絅之妻也。生兮相與四十二年，死兮相離四十二日矣。嗚呼安人，因產而疾，其勢可知；哭母而亡，其孝可知；哭爾者慟，其賢可知。有妻莫庇，我用何為？嗚呼安人，能不爾悲！爾今何在？今我何思？爾終何往？我終何之？日沈月照，歸兮不歸？呼天蹌地[一]，知兮不知？爾今如此，我其為屈？爾既如此，我罪奚[二]辭？嗚呼安人，能不爾悲？兒女咸在，親眷臨兹，目不爾見，孰不漣洏？嗚呼天兮，其眞慈哉？嗚呼神兮，其無私哉？福兮誰所，禍兮誰宜？或天亡我，匪神爾虧。嗚呼哀哉，尚饗！

校記

［一］呼天蹌地，明本作『擗天踊地』。

［二］奚，明本作『其』。

二

嗚呼！安人之亡，蓋四十有九日矣。佗日安人或晨出暮歸，而余猶讓其晚。或余出，爾侯必既歸乃寢。嗚呼安在，余將爾追？天窮地盡，泉壤永乖！嗚呼安人，能不我悲！大凡事出預料，則心或少安，乃若禍實一旦，其若為情？嗚呼安人，爾心苦矣！刻勵持家，云誰爾及？秉德勵志，云誰爾如？譬諸君臣，安人蓋殉國之忠臣也；譬諸朋友，安人蓋知己之良友也。夫殉國者忠，而今或嗇其報；為知己者死，而今或猶其[一]生。雖安人於我，其何為情？惟彼豫讓，尚揚感舊之風；惟彼尾生，猶篤守信之義。

顧余鴈失厥偶，魚喪厥目，縱使苟生，尚復何覬？時維偽學，安人所惡。時維晚節，安人所惴。絅嗣今而後，當益勵清貞，益堅苦節，完茲德音，以終我安人之意。教爾五子，各俟成立，撫爾二女，各成婚姻[二]，以終我安人之業。養終老母，送終爾父爾母，以終我安人未泯之心。是絅所以報忠良而終餘生者，如斯而已矣。

茲當七七，親眷咸在，謹與安人盟諸柩前，神其用妥。如或少違初志，靈其鑒察。嗚呼哀哉！尚饗。

校記

[一] 其，明本脱。

[二] 婚姻，明本作『婚嫁』。

遣奠告詞

維正德庚辰十一月二十九日，王尚絅張樂盛饌，坐母氏聶太安人於堂，提男携女，曳衰拂柩，與安人周子相別。跽而進酒，再拜致辭曰：晦將發引，朔乃安葬，禮宜今夕，一言永訣。嗚呼安人，其眞亡與？蓋嘗思子職分已盡，心思已竭，子女已成，血氣已衰，不亡何事？凡所以為子惜者，勞而未佚，耕而未食，為子謀爾。抑孰知天地之大，歲序有常；鬼神之公，禍福無與，寧復為子恤邪？嗚呼，天地不仁，鬼神少恩，幸兹良人，能不爾負？

營建有祠，往即權厝，竢予終業，裹尸同藏。凡兹未死之年，皆子同生之日也。至子若孫，殆難逆睹，是有所謂大而公者主之矣。子其往哉！綵輿華棺，親賓祖餞，前亭後洞，冠蓋輝臨，往亦維嘉。絅獨念夫乘鸞既遠，故老凋殘，民物孔艱，行藏未卜，抱兹苦辛，托付無所。子如有靈，往愬上帝。安人往矣，予復何言？嗚呼哀哉，尚饗！

祭李伯翁文

惟公平山毓秀，汝水鐘靈。力終畎畝，教本家庭。庠序賓筵，三光列星。鄉之橅範，國之典型。生敦信義，死何伶仃？某誼屬戚里，念茲靡寧。維皇恩詔，空掩幽扃。執紼祖餞，聊竭此誠。靈兮不昧，歆格冥冥。

祭何仲載文㊀

嗚呼！浮生瞬息，人孰不亡？公家骨肉，相繼而傷。壎兮絕響，篪兮不揚。鸞兮遠逝，鳳兮冥翔。曾無踰歲，罹此四喪。銘旌耀素，壠草未黃。蕭騷暮雨，淒其秋霜。旻天不弔，殲此柔良。孱男弱女，寂寞鄰莊。聞者揮涕，見者痛腸。某情聯姻婭，遠莫登堂。伶仃孤苦，如何可忘？唁生慰死，遺奠壺觴。

注

㊀何仲載：據姚學賢、霍朝安、金榮權《何景明評傳》（河南大學出版社一九九三年版），『何信生四生子：長景韶，次景暘，次景暉，次景明。』何仲載，可能是何景明的二哥景暘或三哥景暉。『公家骨肉，相繼而傷』，指的是一五〇四年何景明妻子張氏病逝，一五〇七年何景明長兄何景韶去世，次年何景明父母先後去世。『情聯姻婭』，何景明長子何夫娶王尚絅的長女淑媛為妻。

祭唐太守槐軒文

惟公秀鐘閥閱，別駕超遷，符頒汝海，望重三川。廉兮靡劌，習兮無[一]偏。蒞事以詳兮，而下或蔽其美；守官以正兮，而上不免於愆。粵古嘗聞兮人浮於食，乃今獨恨兮壽嗇於天。豈命途之多舛，抑時世而則然。嗚呼，非吾孰道，非公孰賢？非吾孰慟，非公孰傳？銘兮旅輿，酹[二]兮靈筵。伶仃載路，孤寡同船。

校記

[一] 無，明本作『攸』。

[二] 酹，明本作『酧』。

告靈澤王祠文

惟神文武之胄，將相於[一]唐。崇勳茂著，遺愛彌彰。茅分代衛，廟食嵩行。今絅廵歷兹土，遘疾維育。敢以心事，上質於王。神如垂照，其告彼蒼。尚饗！[二]

校記

[一] 於，明本作『于』。

[二] 饗，明本作『享』。

祭先賢李愚菴文[一]

嗚呼，先生以我朝帝王之師，高前古夷齊之行，名重高皇，禮勤徵聘，垂勳國史，進講經筵。著述闡性理之淵，存省造聖學之粹。考平生之履歷[二]，闕宗社之污隆。絧痛惟恩賁靳於生前[三]㊀，追錄泯於身後，誠一代之闕典，亦遺憾於千秋者也。乃兹悲動鄉閭，義興里社，躬披荆棘，載植松楸。喜祠墓之重輝，冀雲仍之有繼。庶後生薰德者，仰重高山；而弈[四]世觀風者，望增喬木。儻絲綸之涣發，斯泉壤之能尋。兹具菲儀[五]，聊供祭掃。惟靈有在，鑒我精誠。嗚呼哀哉，尚饗！

校記

[一] 文題清同治三年《郟縣志》卷十一作『祭愚菴李先生文』。

[二] 履歷，清同治三年《郟縣志》卷十一作『歷履』。

[三] 痛惟，清同治三年《郟縣志》卷十一作『痛維』。

[四] 弈，明本作『裔』。

[五] 兹具菲儀，清同治三年《郟縣志》卷十一作『兹率某某等，敬具菲儀』。

注

㊀恩賁：猶言恩寵。

祭許都憲嵩川文

惟靈嵩河，間氣甲第，蜚聲歙歷中外，執法臺端，天下想聞其風采也。夫何旄頭肆虐，恒星晝隕？謂天有意於生民而如是哉[一]！嗚呼慟矣！絅情深寮寀，義切通家。顧惟喪病，乖隔有年。爰即殯宫，羅陳菲奠。割雞躍馬，邇增宿草之悲；伐木鳴弦，載起亭[二]雲之慟。靈兮如在，顧念壇盟。

校記

［一］如是哉，明本作『有如是哉』。
［二］亭，明本作『停』。

祭寅長王與山文

嗚呼與山[一]，關西豪儁，備歷囏危。絅夙列同年，復叨寮寀。十載暌違，萬里蠻荒，一晤弗起。若乃絅崎嶇戎行，未幾奔喪。疾不及叩門，葬不及執紼。跼蹐倚廬，俯仰幽明。慟昔吾友，贈處含情。奚但如參商之慟也！因風一奠，寫此哀衷。哀不能文，情斯篤至。嗚呼，與山已矣，哀其可盡哉？

校記

［一］嗚呼，明本作『於歔』。

祭劉公洎張孺人文

嗚呼劉公，醇德允厚。於維孺人，内則允副。既光於前，克昌而後。夙重鄉評，遙傳華胄。偕膺福祉，騈登上壽。諡爾難名，誄焉奚究？黎杖齊眉，彩輿並柩。紫極廻鸞，少微霣宿。風旆載揚，仙游遠岫。窀穸云襄，匍匐莫覯。引紼伊誰，荒廬孔疚。絅誼辱通家，喪臨靡佑。祖祭式陳，典刑憶舊。悲爾生芻，淒其俎豆。遺愚二子，薄言往侑。靈兮有知，鑒茲微陋。

祭汝濱仲兄文

昆弟一身，死生大限。惟予六十，父母俱存。隊游豚聚，壎[一]箎相忘。詎知爾樂，既失怙恃。亦復子孫，逆情百感。疇曰虞瘝，觀化反[二]眞。乃兄先逝，鴈序翔鳴，禮宜隨往。嗚呼，幻世幾時，一觴永盡。靈兮有知，來格冥冥。

校記

[一] 壎，明本作『塤』。

[二] 反，明本作『返』。

祭三叔考文

惟靈天錫壽考，憖飭厥躬。維耄矍鑠，維業朴忠。維辛稼穡，維行昭融。翟翟[一]僶俛，樹蔭鬱葱。冠峩帶博，帝德㠐幪。箕裘紹美，篋笥載隆。徜徉雲谷，容與令終。曩游華嶽，夢寐感通。詎意永訣，愴悽[二]何窮！嗟嗟浮世，飄如飛蓬。蕭瑟原野，淒其回風。穸窀歸紖，新阡殯公。臨郭枕磵，鄉汝背嵩。爰祔先妣，合窆此中。牛眠馬鬣，萬祀攸同。式陳明薦，蘋藻靡豐。靈兮鑒格，庶慰余衷。

校記

[一] 翟翟，明本作『瞿瞿』。

[二] 愴悽，明本作『悲愴』。

祭陶明府繼母文

維靈秀出名區，光騰遠婺。調續冰弦，蚤作乘龍之配；恩懷桂玉，式登袝鳳之元。顧屈志[一]牛刀，諒甘心於祿養。奈何棠陰遺愛，而隕落自天；萱背含哀，而攀號無地。念絅孤吟野伏，弱羽林棲。雞黍登堂，曾託龍門之拜；鶴栞促席，敢忘國士之逢。望旅櫬於扁舟，悵銘旌於萬里。淒風暮雨，聲迴楚客之騷；日照月沉，痛斷仙郎之夢。祖奠聊陳，靈其來格！

校記

[一] 屈志，明本作『屈志於』。

祭開州王太安人牛氏文

綎於尚絅，同姓兄也；絅妻於太安人，異姓女也。生兮以於死兮，誄誌聞海宇，格幽明矣。兄于不肖，志學營道，惟孝與忠，萬世斯盟。奈何動罹時艱，艾猶罔究？顛盭拂鬱，情兮曷堪？念予內喪，母心是慟。封君旅逝，絅嘗佐哀。乃今太安人萬里訃聞，顧絅影弔居瘵，未能攀[一]號一奠，此其為慟何如也？竊維師友道乖，俛焉永誓。嘅自詔旨移蜀，絅嘗貢忠，兄曰有義。天兮可諶與哉？嗚呼！以柳易播，君子高[二]之。乃今旌飛硤湘，鵑啼折坂，三疏哀鳴，泣[三]然我涕，竟何釋貢忠之悲也？嗚呼！鑑幽節、志忠斯孝，亶乎靡愧矣。絅[四]遙拉淚緘詞，爰馳周子，敬陳靈座，以寧哀誠，以抒兄憤，以慰母靈。母兮睿聖，瞑兹生平。

校記

［一］攀，明本作『扳』。

［二］高，明本作『易』。

［三］泣，明本作『泫』。

［四］明本此处作『□□□』，残三字。

祭高孺人姊文

嗚呼我姊，孝友貞純，撫弟如勣，臨爨愧薪。詈予博賽，誼重靈均。義始[一]東魯，孝娘海濱。有瘝惟母，託孤入秦。詎云鸞馭，先母高旻。玉兮蚤碎，蘭兮不紉。絅聞喪奔訃，撫柩傷神。嗚呼如姊，清苦終身。茫茫人世，疇其周親。天孰可問，降此不仁？爰將窆窀，祖薦江濱。靈兮不昧，歆我酸辛。

校記

[一] 始，明本作『姑』。

祭郝孺人文

惟靈壺儀範俗，淑德名家。刺錦趨庭，列宿耀渭陽之署；乘龍弈[一]世，清風歸魯水之華。吹薰吹篪，伯兄其美。鼓琴鼓瑟，爾室維嘉。奈何命舛良人，儵荒臺而起鳳；信孤王母，乃萃[二]野以鳴麃。渺渺維雲兮，珠沉鶴夢；瀟瀟維月兮，魂返仙花。舞殘天上之麟兒，謌傳薤露；歎失竹根之稚子，泣斷流霞。伏念絅世忝戚姻，誼當執紼，病聞告[三]訃，徒仰靈槎。一奠聊陳，遹效衛風之弔唁；片言永訣，曷勝楚客之哀些。嗚呼已矣，嗚呼嗟哉！

校記

［一］弈，明本作『奕』。

［二］萃，明本作『苹』。

［三］告，明本作『走』。

附錄一　王尚絅詩文輯佚

詩

古柏

昔植嵩陽觀，今為謝氏莊。托根蟠地窟，老幹倚天長。籍庇惟嵩少，貤封自漢皇。栽培思日月，摧折任風霜。材大將何用，心貞偶未殤。天恩還有待，廟主本無常。

游卢崖

諫議隱於昔，岩名播至今。向嘗托夢寐，爾乃幸登臨。石磴沿苔滑，雲林翳日陰。飛流連地脈，峭壁插天心。長嘯空盃酒，孤懷付短吟。塵纓回首解，絕頂覓知音。

卢崖飛瀑

飛流曾向詩中覓，倒硤今從畫裏看。不知雪浪高多少，能遣茅齋六月寒。

朝發嶽廟

夢裏松芝元苦病，眼前雲石最辭艱。未須蹤跡窮天壤，試足人間第一山。

周公測影臺詩

一

坤輿八極此居中，制度猶存古聖蹤。測景臺端擎石表，觀星壇上滴銅龍。

千年神鬼為呵護，五夜奎文自景從。安得重來逢日至，敬占羲馭記堯封。

二

元聖功存禮樂間，六經道德實開先。上承姚姒三王統，下啟宣尼百世傳。宅洛規模真緯地，土圭製作是經天。衮衣新飾丹青像，□□□□□□□。

（以上俱輯自明嘉靖八年《登封縣志》，登封縣志辦公室一九八四年版）

謁李愚菴先生墓

下塔亭外八畝墳，山靈長為護風雲。江東鳳起原高會，海北龍飛自不群。柱國有功歸太史，傳家無譜續遺文。臨風幾度空惆悵，馬首荒林又夕曛。

（輯自清同治三年《郏縣志》，《郏縣志》總編室一九八三年版）

宿蘇墳

流落奇才本自賢，梨花上苑賀春先。曉來洗耳河邊過，聞道冰山又一年。
木山抔士留三仙，風雨禪床愧二難。詩簡記得平生語，肯向人間愛好官。

（輯自郏縣檔案館編《三蘇墳資料彙編》，河南大學出版社一九八六年版）

文

明李孺人墓誌銘

賜進士出身大中大夫山西左參政前吏部稽勳郎中郏縣王尚絅撰

奉訓大夫協正庶山東高唐知州姻生李麒書並纂

誌曰：

孺人姓李氏，故工科給事中開州紀公諱欽敬之元配。給事中，司諫官，李以是封孺人。

孺人，上林苑監監丞元城李公瑾第四女。生而懿慧端靜。讀《烈女傳》，通大義。李公鍾愛，慎所歸，攜居京師官邸。會司諫考考功公在朝，以學行濟曾祖都憲公之美。司諫自總角即奇偉俊逸，李公竟以孺人歸。紀方閨門肅如，孺人之入，雅合規度，舅姑而下，少長親疎宜之。考功卒，司諫游郡庠，雖官族而世清白。祖餘貲，孺人復勸司諫讓諸昆季，秋毫無取，惟勤生給費。景泰丙子，司諫鄉貢，舉天順庚辰進士，授前官。孺人問政益辨，司諫無內顧憂。屬英廟威重，司諫累疏言事，罔所諱，落官，判邠州、六安州，復太僕寺丞而卒。孺人益篤義方，淬勵諸子，以無墮司諫公志。

蓋司諫先世居開州，洪武間高祖諱著官僉都御史。著生泰，泰生綱，綱生考功員外郎振，振生司諫，得孺人助，門益光。故開州論世家必首紀氏，而內範首孺人。孺人享年八十七，以正德壬申九月十七日卒，生則宣德丙午十一月二日。子男三：長溥，開封府檢校；次源，錦衣衛百戶；次瀾，陰陽學典術。女六，長適庠生申昱，次風陽縣丞大名張琚，次宿松縣主薄常泰，次引禮舍人侯天民，次太學生陳大經，次兵馬指揮元城蘇佩。孫男七：桓、相、權，蔭襲舍人；樟、楫，俱庠生；梿、欄。孫女四：長適庠生李汝弼，次谷棟，餘在室。曾孫男七，女五。先司諫之卒，葬霍家寨祖塋左而後。

至是檢校君謀諸錦衣、典術，以是年十一月二日合葬孺人，進諸左之前，視塋為東西焉。迺持狀遠丐絅，言勒石信後。絅友戶部郎中王邃伯綖，典術之婦之從弟，絅故嘗與識；錦衣諸君皆博雅之士夫，足占孺人狀不誣也，不辭而為之銘。銘曰：

載淑惟德，系出清門。式配君子，多男女孫。壽而終以藏也，違城三十里曰東村。

（據河南省濮陽縣檔案局編《明直隸開州八都三尚書文獻選編》，河南人民出版社二〇一四年版）

附錄二　王尚絅墓誌銘　傳　祭文

明故浙江右布政使蒼谷王子墓誌銘　王　綖

嘉靖辛卯冬，蒼谷王子以疾卒于官。壬辰春，友人龍湫子聞而驚復疑，遣人問諸郟，乃悲且歎曰：嗚呼，天不欲鳴道以華國砥世而磨鈍邪，何奪吾蒼谷之速也？既而蒼谷猶子贛以蒼谷之子同若和府狀來乞銘，龍湫俯躬承之，曰：『是誠在我。』

蒼谷，姓王氏，諱尚絅，字錦夫，蒼谷乃別號也。先世上蔡人，國初占籍郟縣，以為家。門祚昌自庠生斌，以醫廣德，徵太醫院醫士，供事御藥房有聲。斌配侯氏，生隱君宗，宗配李氏太君，生敕贈承德郎兵部主事平山先生諱璇。璇配敕封太安人聶氏君生蒼谷。蒼谷之生，奇邁卓雅，弘治乙酉，平山振鐸漢中之南鄭，漢中守長者愛才，聞蒼谷以孩稚出試舉子業，落筆滾滾，守敬畏之。乙卯遂舉河南鄉貢，正國家熙洽之運，朝廷勵精之期，而儒紳向用之會，一時柱石元老，半出中州。蒼谷方總角，表表冠裳間隱然佗日公輔器也。南宮不偶，入胄監，海內名流樂與納交。蒼谷老成而和易，執經論難，探隱析理，有所贈答，長篇短章，肆筆横出。行草大書，文苑見者，珍相傳愛。

壬戌復以三禮魁多士，登進士第，調兵部職方主事稽貫檢科，司馬之政為之更新。癸亥丁平山艱，哀毀踰禮。丙寅，正德改元而免丧除舊秩，平山乃以蒼谷貴而贈，聶太安人以封。戊辰調吏部稽勳，品題士類，臧否人物，大有裨于銓衡。己巳調驗封員外，復調稽勳郎中。壬申春乃調左參政于山西。蒼谷以二母垂老，引疾抗疏，未報而行。巡臺論之于吏部，得旨許歸，敕有司須痊以聞。蒼谷攜家以還，率配靖懿周氏子具菽水盡李太君、聶太安人歡。乃充韓柳諸作以達先秦而文，遡李杜諸家以達三百篇而詩，沿篆隸八分諸體以達龜文鳥羽而書。寄興紓懷，飄蕭蟬蜕充如也，而中外當路薦者交章。戊寅調四川如山西官不起，封還部檄，薦者益力。

嘉靖乙酉調陝西官如四川，聶太安人曰：『頻年讀書欲何？事執以往焉可也？』蒼谷單騎乃復至官。會部内累年劇寇，蒼谷一計平之，奏功得上賞，巡臺薦者益衆。丙戌提督三陲，邃菴楊少師方應入相之。召特薦柄用，而聶太安人以丁亥之春捐館，蒼谷奔號抵郟，營葬如平山。己丑免喪，巡臺薦之，乃再調于山西。蒼谷以祿弗逮養辭，不獲允。乃舉出處之義策諸子，仲子和條對理悉，蒼谷喜，勉為一行。明年庚寅調浙江如今官。

蒼谷方起于久臥之餘，將發于持滿之末，以謝作養之恩，以答仰望之重。如浙，政持大體，宿弊頓革。嚴而能恕，夙夜勤勩，決機應變，因事為功，吏畏民服，前後方伯莫之與京，公論攸歸。方期大行，詎意齎志以往，輿情莫不哀傷霣涕，豈獨為蒼谷悲哉？

嗚呼！蒼谷生十八年而舉于鄉，二十五年而第于南宫，官于朝，轉于藩。三十五年而食于家，四十八年而再官，五十四年而遽至于此。方其家食，高蹈獨善，開濶睡洞以怡神，構馬牛亭以息慮，築讀臺以尚論而友古，天地萬物曾于吾何，而薦者前後二十餘疏，辭者稱是，去留公移正辯未論也。所著有《平山年譜》《義方堂集》《維正稿》《嵩遊集》《密止堂稿》《西行類稿》詩集若干，文集若干。集所著述當不止數十百卷。生平年譜及靖懿周氏子年譜，同所撰者可考也。

嗚呼！蒼谷資禀既高，充养醇粹，行己守正，谦厚詳慎。覿德聽言，靡不歎服。潛理重義，居鄉化俗，居官贊治，官至二品，清苦犹如寒素云。

嗚呼！如吾蒼谷文學行業，有功名教，稽古靡多，用卒靡究，時論惜之。使得大受，必有大為，奈何天奪之速也？嗚呼，豈獨為蒼谷歎哉！然考其所成，自足聞于天下後世矣。

生成化戊戌十年二月二十五日，卒嘉靖辛卯十月二十一日。配周安人誄曰靖懿君，卒先十四年，厝埜城隅。子三，曰同，壬午舉人；曰和，庠生；曰府，監生。並有鳳毛女二，長適信陽監生何夫，次適葉縣舉人牛沈裕。孫男三人，狀卿、盛卿、恩卿，俱庠生。將以蒼谷卒之明年十一月十六日，啟周氏安人合埜于蒼山之原，蓋新阡也。

以龍湫初遊京師，友善蒼谷，蒼谷夫婦視龍湫父母即父母也，父母誌銘舉出蒼谷，蒼谷之銘宜乎龍湫。銘曰：

穆穆碩人，間氣抱奇。志節識量，不求人知。維子之蘊，如子者誰？拂袖歸養，林坰靡移。胸中經濟，未罄展施。維子之正，如子者誰？詩文冠世，特其餘而。一步一趨，悉中道規。維子之高，如子者谁？造詣精粹，拔俗自持。邃于理學，後世是師。維子之全，如子者誰？

通議大夫都察院右副都御史奉敕巡撫江西龍湫王綖撰。

明貞孝文子王公靖懿君周氏墓表　王綖

夫子諱尚絅，字錦夫，別號蒼谷，卒官浙江右布政使，歸葬蒼山。諸鄉士大夫族老門人議曰：禮尊名振德，夫子宜有謚。季周迄今，自謚焉者，道德事功，鬱在人心，未能率常已已。是故其義起也，請表諸墓曰：貞孝文子，無是罔說矣。弟尚明從以序曰：「聖賢之道德同而行迹異，顧所遇有得為與不得為焉耳矣。」夫子出處允義，敝廬自如，可以知貞；夫子嘗曰：『往思死忠，來思死孝。』棄官赴母難十九年，薦徵累不就，竟卒于官，可以知孝；早服聖學，違時明倫，遵程黜蘓，式國啟後，混跡詞翰，雄渾聞世，可以知文。斯三者，夫子得為之大節也。三言之紀實存謙，括之一文，亦宜矣。故明嘗哭之曰：「夫子于君親出處之間，義利從違之際，超世振捄之功，炳如日星，決如江河，卓如喬嶽。」是則得之深、養之厚，而行之力矣。

廼天不假年，濟時詔後，兩焉為恨。識者謂夫子之出處存沒關世道。嗚呼，奈之何哉？天下後世由夫子之得為者，自足以求夫子所不得為者矣。圖形惟肖，飲河惟足，三耻是懼，尚敢以誣哉？

夫人先夫子卒，龍湫王子誄曰：

溫柔聖善，平樂全終。維潛而靖，維淑而懿，維君兼之。兹配德合塋，宜並表云。嘉靖十二年癸巳十二月十二日書。

蒼谷先生讀書堂記　失名

蒼谷先生王公卒既十年，嘉靖壬寅，邑師生以公生平淑履，道學淵源，請撫按提學檄有司春秋奉祀于鄉賢祠，敦聖朝崇儒重道之典，慰後學景仰師範之心。維時父老門人復得詣顯祠以祀之，余亦嘗躬拜祠下，樂觀盛舉，今十有二載矣。乃嘉靖庚戌，尹侯來知縣事，崇尚風教，祀典惟秩，因詢公別號之意，乃知縣治西北有古寺焉，固公讀書處也。即往其地，山勢盤礴，巨石磊落，林壑拱鬱，絕壁周圜，峻皆數仞，奇秀一方。侯徘徊追慨此山盛概，貞文藏修之地。環居父老李蘭寺僧祖照等曰：『蒼谷先生疇昔于此，鄉人沐其休德，仰其高風，久欲建祠，瞻其儀容，以舒思慕之懷。』遂合力經營，乃于山宇中築室三楹，肖公之像，兩傍為齋者各三楹，面山之隈，復構亭一座。墍茨既畢，丹雘隨施，扃以門戶，繚以周垣，竪以綽楔，巍乎煥然。工甫落成，而侯行取檄至矣。公之門人學諭宋思祁輩，以是祠之建有裨教化，不可無述，乃礱石，屬余記之。

嗚呼！孔孟既遠，正學失傳久矣。或溺于詞翰，或汩沒于功名富貴，或沉淪于隱逸曠達。其于性命道德之微，聖賢中正之道，邈乎荒矣。迨至濂洛諸君子，皆擇名勝環奇之區以講學其中，得孔孟不傳之緒于遺經，而其地至今尤表章不絕，豈非因人重耶？公壯年辭榮，世味淡然，胸次融怡，容與乎溪風山月之間，左經右史，窮探力索，尚友賢聖一十九年，非忘情富貴能如是耶？公之雅致高蹈，若將終身焉。逮夫薦剡交騰，使命三至，乃始幡然動中，道㮤勛著朝端，望隆海隅，範垂後世，一時士林稱正學偉人，必曰蒼谷先生云。此山固龍潛鳳棲之所，人皆傾仰而願覯之者，豈可以無祠乎？鈞之于郟，桑梓相聯，聞侯之治郟也，敷政立教，一本于道，非世吏比。顧茲懿舉，非獨崇祀先哲，其所以風勵來學者之嚮于道也至矣！後之拜祠下者，其尚祇若德，意媿美風烈，相振揚斯道于無窮，斯善矣。否則功名詞翰而已，是豈侯之所以建祠之意乎？

蒼谷王公諱尚絅，字錦夫，壬戌進士。歷官由兵部主事、吏部郎中、山西、四川、陝西叅政、浙江右布政使，私謚貞孝文子。

尹侯名庭，字子紹，號金峯，山東肥城人，庚戌進士。考郟志，國朝設縣，治幾二百年，尹者無慮數十，行取者僅惟侯一人，而侯尤推重蒼谷公。若此其蘊藉懿美，類可知矣。

王布政公傳　孫奇逢

絅字錦夫，郟縣人。生而穎異，五歲讀《孝經》，七歲日記數百言，或謂曰：『子後當及第。』乃應之曰：『讀書寧止為榮進已耶？』自童穉時已立志為聖賢之學，比長，盡通『五經諸子』，尤邃于『三禮』。年十八以儒士舉于鄉，壬戌成進士，授兵曹，有賢名。調吏部，歷稽勳、驗封兩司。值尚書張綵依阿逆瑾，勢焰薰灼。每有私囑，輒以正對，且反覆理諭，綵不堪，甚啣之。不閲月，綵坐瑾黨伏誅。邃菴楊公為尚書，絅議論亦多不合，遂乞補外，出為山西糸政。疏請侍養，家居十九年。樂道安貧，養親教子于蒼山谷中，築讀書臺，養粹凝虛，隨意所適。起四川糸政，不赴，再起陝西，以母命就道。時陝西値邊警，邃菴自冢宰為總制三邊，見絅喜曰：『吾今日乃知王錦夫也。』即以兵柄付之。不閱月奏捷，邃菴特疏以薦。未幾聞母喪奔歸。

起復，適歲大饑，奏救荒十六事。復除山西糸政，遷浙江右布政使。廵按御史李佶以不行磬折之禮妄摭論列，絅曰：『御史為朝廷耳目之官，乃怙勢凌人，尚可仕乎？』遂棄官歸，吏部奏『李佶職在激揚，論事不實，王尚絅宜照舊供職。』乃復移檄，起絅于家，督促再三，次年始入浙，卒于官所。

著有《蒼谷集》十二卷行于世，學者稱為蒼谷先生。武進薛應旂曰：『蒼谷文追秦漢，詩逼蕪李，一時藝林咸稱作者。然實非先生之所尚也，先生平生每右兩程左三蕪，崇理學而鄙詞翰，使假之以年，當必有繼往聖而開來學者，而世顧以功名事業期之，又豈足以知先生哉？』

王布政尚絅　劉宗泗

尚絅字錦夫，郟縣人。五歲讀《孝經》，至『立身行道，揚名以顯父母』，言于父曰：『兒長當如此。』稍長，盡通『五經諸子』，尤邃于『三禮』。年十八以儒士舉于鄉，壬戌成進士，授兵曹，調吏部，歷稽勳、驗封兩司。時尚書張綵依阿逆瑾，勢燄薰灼，每有私囑，輒以正對，且反覆理諭，綵恚甚。欲中傷之，會坐瑾黨伏誅乃免已。出為山西糸政，疏請侍養，家居十九年。

樂道安貧，養親教子于蒼谷山中，築讀書臺，吟咏自適，若將終身焉。起四川糸政，不赴，再起陝西，以母命就道。初公之在吏部也，楊邃菴公為尚書，與議論不合，遂乞外補。及是，楊公起為三邊總制，見公喜曰：『吾今日乃知王錦夫也。』時值邊警，即以兵柄授之，不閱月奏捷，廼特疏薦聞。以母喪奔歸。服闋，會歲饑，奏救荒十六事。遷浙江右布政使，卒于官所，著有《蒼谷集》十二卷行于世，學者稱為蒼谷先生。

尚絧學問淹博，雅善詩文，然實非所好也。當時推理學者，每與何文定瑭同稱云。

祭蒼谷王公文　潘思光

維乾隆二十三年，歲在戊寅，二月丁巳朔越十二日戊辰，署郟縣知縣閩後學潘思光，謹以少牢庶品之儀，敢昭告于鄉賢明浙江布政使司右布政謚貞孝文子蒼谷王先生之神前曰：

於惟先生，天挺聰明。溫良肫摯，行在《孝經》。受經五歲，立志揚名。群書博記，時甫七齡。便希賢聖，寧止祿榮。未幾弱冠，早賦鹿鳴。爰魁『三禮』，黃甲高登。匪專制舉，舉業亦精。締交國士，三代萃英。樞曹銓部，歷著廉能。不阿閹黨，一綱將坑。適殲大憝，君子道亨。直方孤立，糸政外陞。有懷二母，抗疏陳情。壯年方盛，拾級鼎卿。脫如敝屣，孺慕萱庭。構臺深谷，頤養康寧。含和凝粹，恬退寡營。林居逾艾，頻謝詔徵。母曰行矣，藩翰邊城。單車就道，震慴梟獰。元戎悔舊，悉畀符兵。一月三捷，喜動明廷。忽悲風木，致毀瘠形。救荒陳策，凋敝頓興。重參晉政，民士歡騰。量移浙水，風憲怙凌。飄然解組，矜而不爭。既伸清議，督促頻仍。廼狥民望，勤事兢兢。嚴而能恕，既正且平。未殫厥志，箕尾上升。立言立德，有功可銘。在朝在野，仰若台星。九州學者，考懿定評。曰超蕺李，曰邁向衡。詩文餘緒，道學是宏。黜華崇實，左蕺右程。繹思著述，孝悌油生。情詞敦厚，風骨崚嶒。夫子之謚，宜孝文貞。光生也晚，僻處南溟。夙稽傳誌，景企維誠。遺編三復，眷眷服膺。攝官故里，文教思明。宜崇先正，以樹典型。潔齋入廟，肅肅堂祊。遺容儼雅，瞻拜欽承。劉山博正，龍湄駛清。先生氣象，岳峙川澄。不才作頌，芹藻薦馨。

靈兮來格，視爾雲礽！

附録三　王尚絅父親、兄弟、後裔及兒子資料

（一）父親王璇資料

符井書院記　王　璇

弘治辛酉，平山居士聚書若干鄭歸自宜川，相郟城隅得隙地焉，以創書院，聚一二三子教之。乃鑿井，爰得舊井，不假累砌，畚鍤所至，寒泉甘洌，人異之，居士歎曰：古今之相符者庸獨井耶？自井不田，維民不養，維士不教，於今者亦久矣。夫予困於上而反於下，斯井之來者或開余。《易》不云乎：『風上有水，君子以勞民勸相。』夫井以養人為用，養而不窮，井之道也。中於不中，才於不才，薰以青莪，化以棫樸，威以夏楚，漸以歲月，鑒以典憲，收以大成。淵源於堯舜，浚導于周孔，軻死廢焉。蝸注禽往，淤泥數代，乃自程朱發之，披霧睹天矣。是故，『井泥不食』，《易》之初六也，舊井以之；『井甃無咎』，《易》之六四也，今井以之。禦泥達泉，閑邪存誠之謂也。吾而仁不符堯，孝不符舜，學不符周公、孔子，雖九仞之功

棄矣。今日之所讀者果哉古人之糟粕已夫！乃若敝甕羸瓶，式相接踵，知而不行，士失所以自養也。以今驗古，是何異持文王之左以符舜之右歟？

嗚呼！以民相養，以君養民，數符于井焉爾矣。向使微堯，則舜終雷澤之漁；微舜，則禹終陽城之避。特筆于周公，浩歎於孔子疇昔之夜也，有以哉！

嗚呼，井渫不食，困符井矣。使勤辭抱甕而俯仰於槔桔，則所謂有孚元吉者何如？二三子其尚視諸斯乎？銘曰：

古斯泉，今斯井。孚古今，而形景。厥修來，視吾綆。爰暴棄，羸爾瓶。渫兮洌，盱為警。汲王明，福斯永。庶往來，其井井。

平山先生墓碑銘　康　海

先生既卒之二十四年為嘉靖五年丙戌，夫人聶氏以正月七日庚寅卒於家，其第四子尚絅方起為陝西布政司參政，聞喪於官，即晝夜奔行歸郲。海時以子婿之喪在華州，見其匍匐哭踴，拒饘粥，哀毀過也。與監察御史東君希宋勸之即別。

已去，顧其痛深道遠，心恒以為憂焉。今年九月既望，子尚忠等將奉聶夫人之柩合窆於先生，尚絅以書洎按察副使王君邃伯狀來，謂海與交獨厚，宜撰碑銘表諸墓石。往者，尚絅與海同舉宏治壬戌進士，先生以其冬十月至京師，海嘗親侍杖履。睹其為人恭厚淵懿，言章而理，道穹而遜，以為非已所恒見。由是知吾尚絅所以亮德跨譽為世名人者，不獨其天資之厚也。明年七月十六日辛巳，先生卒於家，海既以先生行事銘諸壙中矣。然先生之名德，巍巍在人，南鄭與宜川諸生有言及先生者，不問及門與否，皆歎息嗟悼，以為世安復有若人。雖先生厄志於終身，視身為高官豐麗而世罔知名者，其相去奚啻千萬哉？

夫位者所以因德，而功者所以施位也。故君子之言不下帶而道存，歿世而名不稱，夫子尚以傷之。故崇冠大纛有弗貴，袗衣瀹灩有弗禦者，凡以思令德之當終，修名之當樹也。明興百六十載，位卿相、陟顯頎者，至不可以數計，其能為士大夫所知者，僅十數人。而平山先生之名遍天下，直可與漢之郭有道、陳大邱比從方駕，斯亦非古昔所云大丈夫哉！

聶夫人賢淑嚴慎，克配于先生。修撰呂君仲木有志，副使韓君汝節有狀，邃伯有誄，皆悉載其懿德，茲故以略之矣。銘曰：

繄惟先生，履素抱貞。哲范奕世，至元乃扃。上蔡不造，擇此攸寧。粵及四世，醇德是承。蘊和毓祥，先生以生。弱冠從從，三易用明。餘及墳典，卓綽厥聲。屢試弗售，不慍益禎。太學授館，諸生所矜。爰矜爰式，上書闕庭。皇志允協，公車沮行。奉檄南鄭，儒教載興。其興惟何？亹亹罔滕。其亹伊何？淵源是澄。科第既嗣，性道克成。翩翩若羽，勳伐是鳴。爰及冠射，古道允升。改諭宜川，地遠士寡。弦誦洋洋，自公之化。為母思東，歸我廬舍。諸生嗷嗷，涕泣盈野。棲遲偃仰，直躬多暇。或詠或歌，陶如肥遁。既歷險夷，乃迪綏順。邦人小子，景行靡鈍。所動斯軌，所言斯訓。聿思古人，先生是信。子既克昌，王用丕奮。溯光臨沂，不隕厥聞。平山之阡，夫人是同。子孫繩繩，世萬豈恫？我銘不磷，昭示永終。

《重修王氏祠堂記》

邑人平山祠堂建於九世祖貞孝文子，篤孝思也。月深歲久，風雨侵蝕，剝落殆盡。祖諱純，字百子菴，行一，慨然修理，工未竣而病革。祖母靳氏繼我祖之志，續成厥舉，不幸祖母亦無祿棄世。繼祖目觸心動，值癸卯春，敦請石工據其始末而詳刻之，庶幾千秋萬禩後入斯祠也，覩斯石也，其亦共知我祖暨祖母不忘報本追遠之意云。是為記。乾隆四十八年吉日孫繼祖立。（此碑二十世紀五十年代發現於郟縣）

（二）兄弟王尚明資料

儒學明倫堂記　王尚明

今天下儒學之堂，皆扁曰『明倫』，標正學、端治本焉耳矣。天下固有治有亂，倫明之謂治，倫晦之謂亂，先王憂焉。因性順情，修五倫之目，辟十義之途，建學立師。簡學之秀者，群之以力學；簡學之成者，用之以分治。是之謂正學，是名曰『儒』。是故後王圖治，必本於儒。不然，何事於儒？郟學之堂，歲久傾欹狹隘。會京山熊賓暘公鳳儀，分治來郟，視之謂弗稱也，安所得正大尊嚴者？即議宏大。時教諭趙君惟醇，訓導楊君汝翼、楊君玗，聞之爽然，贊襄惟謹。乃不費於上，不強於下，授役於民之從義者，董其勞于總管郝熙、劉膳、王尚濟等，協其費于社眾葉志大等百三十六人。徹舊一新，宏大改觀。學諸生韋桂等交相欣慶，託記于縣人王尚明，敢略是役之詳，記公本意以語之。

曰：『公宏大斯堂，意不在堂，其知之耶？時有不混流俗，志將遠承先王之教者，誰耶？公之意在是矣。盍相與仰承之！黜浮言，篤實行，陟降周旋，切劘問難，求無愧心於斯堂之上，雖不能即底倫理極致，學成大儒，隨力之所至，亦足以開關闢途，倡引後學，收雨夜雞聲之功。時或見用，操是往焉，聖天子位育之治，或效一職。否則，表正鄉閭，亦與治為有助焉。是之謂實學，是名曰『真儒』。是皆不外於身心日用之常，人人得而有之，固無難者。若乃忘所從事，占畢雕篆，俯仰乾沒，呼道學以沮人，避矯激以自沮，甚者一欺成而四維壞，是名曰『時儒』，不惟無益於治，而實以釀亂。正先王之所以憂，公之所謂弗稱，而偉丈夫甯窮困終身而不忍以學者也。

（三）後裔資料

孝子王蔡峰先生傳　附子均陶、侄濱陶　汪傑

蔡峰先生，名際虞，字仲襄，為前明蒼谷先生之裔。以明經終。曾於小劉山擇靜地，象龜山，因號蔡峰。樹柏疏泉，闢山崖築洞，讀書其中，蓋即仿蒼谷『密止堂』遺意。教子弟及群弟子，必先小學、《孝經》與諸儒格言，不規於文藝。惟以崇實行、敦倫紀為要事。其父太學生噩，承顏怡志，悉得歡心。疾甚，誠心默禱，祈以身代。母病臥床褥，飲食寒暑，悉心體驗，晨夕在側，衣不解帶者數年。以諸醫不盡可恃，遍考方脈諸書，專心研求，遂精醫術。郟邑以孝行稱者，代有其人，如劉少卿濟，黃學博錦，皆為親廬墓，

蒙旌表，至今里人矜式。

先生於乾隆六十年，奉父柩及其兄葬城北鳳嶺東，遂廬於墓，負土成冢，躬親稼穡，以奉先靈。居三載歸，前邑侯毛公贈額曰：『孝行可風』。一時士林為詩文以志，而其子均陶、侄濱陶亦並廬墓焉。

均陶，字世平，庠生。恪遵父教，無敢少違。廬墓時，入山村取水輒四五里，晨汲灑掃墓前，灌溉墳樹，率以為常。生平所為，亦多有父風焉。

濱陶，字於河，廩膳生。四歲從蔡峰學，別無他師，十歲即有聲場屋，日未午輒呈卷。令疑焉，試之而信，復以經義質問，遂厚遇之。事親至孝，父母有疾，晝夜不離左右，必病癒乃已。廬墓時，晨夕灌獻，哭聲振野，三年如一日。撫幼弟弱妹，曲盡教養。外祖趙翁卒於他鄉，數百里歸其喪。以早失怙恃，每夢寐中輒大呼『父兮！母兮！』聲不絕口。其至孝蓋出天性云。

贊曰：『余守斯土，有激勸之責。先生之曾孫寅弼，出余門下，親見其父子兄弟，率能孝友端慤，不染世習，益知其先人之遺澤所及甚遠，其純孝實足不朽於千古。故既為之傳，復從而褒揚之，俾後之聞風興起者，亦必有歎息感慕於斯焉！』

（四）兒子王同資料

名宧王同傳

王同，字一之，號中泉，河南郟縣人，由舉人嘉靖二十三年知海州。值時荒歉，悲民久窮，悉心經理，仁威並行。至減稅糧，輕馬價，併里甲，疏河賑濟，葺學育才，興廢舉墜，種種實政。暇時親為篆書扁額碑記。陞南京都督府經歷。士民咸頌其功德，刊有《奏績實政》一帙，以寄其思。至今民之稱善政者必曰『河南王父母』云。（明隆慶六年《海州志》卷六《名宧》）

哀孝婦

哀哀東海竇孝婦，孝心事姑感姑哀。姑死心為哀孝婦，死詎知為孝婦災。婦死心為痛姑死，姑婦兩心青天知。纍纍葬草年年綠，空山月落烏聲悲。（明隆慶六年《海州志》卷十《詞翰》）

海州官職題名記

古經則史，所以昭善惡也。自後史熾而經亡矣，又自後志傳蝟興而史亡矣。史既亡，上自臺省，下至郡邑，官如傳舍，去即無聞，考古者每深惜之。

海州，古名郡也。自國初迄今，職於官者，姓名漫無題識。同承乏於兹六年，仰止先進，訪諸父老，一一考而書之。顧有字號籍歲，茫無從考，姑缺其下，俟知者也。布之中堂，朝夕覿目，惕然儆心，睎某而思其善，吾其法與；睎某而思其惡，吾其戒與。則兹書者，經史遺意，勸懲寓焉。獨同也與嗣書何既已？知州王同撰。（明隆慶六年《海州志》卷十《詞翰》）

海州薔薇河紀成碑

海州面山濱海，控齊魯，蔽江淮，高麗直東，渺茫無際，秦為東門，誠邊衝咽喉。自漢唐洎我朝以來，名弘江左，靈毓朐山。頻年孽蝗相仍，賦役特重，流移日甚，上下俱困。堂堂州治，如入無人之境；在在良田，盡為荒草之區。不惟村舍蕭索，雖城市亦尠人蹤可以馳馭，凡貿易肆物，必赴鄰境而後可得。吁，何以大異於昔哉！惟州西河曰薔薇，東接大海，西入漣河，薔薇襟帶其中，衆流縈紆回洊以達淮泗。自弘治己酉淤塞，南北間斷，鹽運轉海，風波守裝，勞費萬狀。舊擬挑濬，工計一千九百八十尋，議銀一兩一錢，計銀二千一百八十一兩，屢議屢止，遷延于今五十一年矣。

為嘉靖甲辰，同以菲才奉乏于兹，時荐饑饉，老稺枵腹，閉門待斃，憂懼如焚。乃以此河請于察院齊公雲汀，公巡按鹽法，洞照民瘼，詳示該州之累，不待申請而知，日夜關心。本州具申者數，公則察之以恕，藻鑒止水，確乎莫撓也。鹾司阻行者數，公則承之以毅，飈激雷厲，烈乎莫移也。饑民以給者萬，公則終之以惠。春風化雨，勃乎莫遏也。非公在上，曷有是舉？

自興是役也，四外販者始趨於市，四野殍者得免於途，日吞草食者始得穀而食矣。經始於乙巳閏正月十三日，海口為隄者五，以障潮汐。擇其能者，督凡五十人，力者募凡二千四十人。省試者勤，工作凡四十四日，銀減其奇數，給凡二千兩。如舊擬每工衺一尋，闊視舊衺加二倍，深半之。及濬運河一萬三千四百七十四尋，每尋深闊有差，又給銀五千兩有奇。落成於季春既望，民罔知擾，役罔告勞，工罔廢程。

自今以往，不惟鹽利載興，雖士於庠者，亦得所養而盡心肄業。諸貨可致，百工有易，千艘飛帆，萬旅相通，四境騰歡。久湮之跡賴以再興，垂死之民得以更生，已廢之郡期以復振。若非我公惻時艱苦，舉斯以賑，則民生且不存矣，而況永利於後乎？即天時雨潦，漂泊其隄，人力參差，作輟其功，成之愆期，亦負兹勝舉矣。

公之成是，意更有在。蓋民饑則盜，盜起則擾。饑者飼之，潛消于預。事窒則敝，敝久則弛。窒者通之，振舉於上，故德澤洽而風紀之化張矣。因紀斯成，以管窺公之大政。愧同瑣才靡盡，謹括畧始末，綴之以告。嘉靖廿有四年孟冬望日海州知州王同譔。（明隆慶六年《海州志》卷十《詞翰》）

重建英烈祠碑銘

英烈祠在東海島間，漢祀竇氏也。傳稱孝婦良人早殁，惟知養姑為樂，心安于孝，忘其寡居，歷十餘年，情如一日。故其姑安其養，憫其孤苦，感其誠實，自縊死之。孝婦哀毁，不如無生，惟欲速死，從姑地下，以安其心，何求知乎人也？史稱誣服，無乃以恒情言與三年大旱，于公表白，大牢祀墓。天雨彰孝，人始知焉。

漢逮于今幾千祀矣，嗟嗟姑婦，孰知爾心？嗚呼！古今天下忠臣、殉國義士，死于知己，殆竇氏之謂歟！烈烈兩心，其行均丈夫也哉，有功名教。顧祠宇傾圮，舊祀惟孝婦，姑以慈死，即推是心何異忠義？並祀茲土宜也。婦靈有知，同祀斯樂矣。爰命環祠居者宋教、馬友仁等義動鄉人，捐貲重建堂三間，題曰慈孝，春秋遣官祀之，門仍舊題，曰英烈祠。後更為屋以居守者，四周築垣。經始于嘉靖戊申之春，甫月迄工。生員馬鸞請紀其成，因繫之銘曰：

姑死于慈，以報婦孝。婦死于孝，以敦世教。三年不雨，鬱鬱懟天。一旦人通，天即沛然。人兮處世，孰不厚生？心兮有重，身兮有輕。生兮心得，何姑何婦？死兮心烈，何幼何考？並挺淑媛，各遂爾愛。菽水十年，流風萬代。茫茫東海，纍纍雙丘。賢哉姑婦，神必居遊。

嘉靖丙午海州知州王同譔。（明隆慶六年《海州志》卷十《詞翰》）

海州儒學貯書記

嘉靖甲辰秋，余承乏海州提調，每季試士，查取經史，俱散逸矣。嘗欲置之，顧久敝政已多弛，上下俱困，念于心而未能也。憶余家居時讀書，閱古代興亡、人品、心術、事蹟，欲考其詳，竟以無書阻興。獨不觀后啟誓師、說命告君，皆於典訓乎是徵焉？矧後學誦法聖賢，書亦何可無耶？抑如蔡邕以書萬卷贈王粲，可以見古人之高誼；李彪以貧就富室典籍，抄誦不輟，可以驗古人之好學；毋昭裔未遇時，因有悋借

《文選》者，發憤異日刻之廣傳，後果為相，卒踐其言，可以窺古人之蓄志；江祿讀書雖多，急速必掩卷整齊然後行，可以覘古人之肅敬；《顏氏家訓》『借人典籍，愛護不致損壞不還。』可以稽古人之飾行。張華積書三十乘，後撰定官書，資以取正，可以徵古人之博洽；謝顯道記問，篇篇不遺一字，程子謂为玩物喪志，可以求古人之用心讀書，心不於道猶為喪志。若惟專於舉業焉，果師聖賢與？抑豈聖朝設教意與？諸生昕夕相與於斯也，其必有以警於心矣。今積餘金，鬻書於南，自六經、性理訓傳及歷代全史、子、集，凡三十部，計七十套，共七百六十冊。每冊鈐記『海州儒學官書』。爰制豎櫝，貯之於明倫堂乾隅。印信、總目付掌學者，交代查照之胄監。官書如失抄補，斯亦衛斧鉞之例也。

敬書是，刻石以詔來者。嘉靖丁未冬季，海州知州王同一之甫記。

書目：《易經本義》《詩經集註》《書經》《禮記集註》《春秋列傳》《四書集註》《通鑒》《性理大全》《史記》《前漢書》《後漢書》《晉書》《三國志》《宋書》《宋史》《南齊書》《北齊書》《梁書》《陳書》《魏書》《後周書》《南史》《北史》《隋書》《唐書》《五代史》《遼史》《金史》《元史》《集事淵海》

（明隆慶六年《海州志》卷十《詞翰》）

良吏王同傳

王同，字一之，河南郟縣人，舉人，嘉靖甲辰知海州。歲荒民困，仁威並行，州原一百一十六里，同疏請改併，其略曰：

『海州原額一百十六里，節年災累，僅存三十餘里；原額人戶一萬二千七百餘戶，節年逃亡，僅存二千五百餘戶；原額官民田地一萬一千四百六十頃有零，節年逃絶荒蕪，成熟僅存一千五百餘頃。自正德六年突遭流賊殘害，自後累罹大饑大疫，逃亡將盡，數年顆粒不收，各項錢糧併徵，百姓流移。今年災傷尤重，見今夏稅秋糧，馬革農桑，絲絹戶口，鹽鈔協濟，夫銀均徭，里甲備用馬價，插站船頭，又該銀一萬五千餘兩，民無抵准，不能存住。切惟本州民逃而差不減，田荒而糧照舊，一戶常有數差，一丁常有數役，苦累逃亡。如一里額有十甲，一甲額有十一戶，今一甲止存一二丁，一里止存三五戶，仍以一里一甲糧差盡責見戶包賠，至今全里全甲通無人戶者，各項糧差，亦照原額目派，以致積年拖欠，旁及均攤，攀撦勾擾。上司督催未完，參官提吏，殆無虛日，杖斃淹禁，種種情苦。小民無辜包賠逃絶糧差，鬻產傾家，市兒賣女。富者因累漸貧，貧者莫可支持，惟逃亡而已，遺下糧差愈重，見在殘民愈累，以致本州民逃殆盡，往往坐此去官。若臣復畏罪不言，將來必至無民，州事盡廢。乞查本州人戶，弔取軍黄二冊，諭集里老，逐一從公體實計見戶以併里，量丁力以科差，成熟田地照舊科徵，見今拋荒者減免分豁。』

後如同奏併為六十里。由是減稅糧，輕馬價，民賴以蘇。他如疏河渠，葺學宮，捄荒賑貸，皆實政及民。凡修建碑記，親為篆額。後遷南京督府經歷。（清嘉慶十六年《海州直隸州志》卷二十一《良吏傳》）

鎮遠樓記

海州舊有鐘樓，相傳為城西門，洎拓城後，適當城中焉。州治居左，儒學居右，守禦所在，坎背兑鄉震，市廛環列。今樓廢臺圮，民之不聞鐘鳴者幾百年矣。鐘以警眾，以節辰昏。占象授時，政令繫焉，不可闕也。廼召匠計工，舁石煅灰，葺而新之。上為平樓，下為茨屋，以居守者，各三間。費金二十兩，則請給于巡按齊公雲汀焉，一夫一木，不爾民擾。經始于嘉靖乙巳之秋，逾月而成，題曰鎮遠。登斯臺也，遙瞻淮齊，南北控接，近睎山巒，嵱嵷疊見。俯瞰河海，淼茫無際，朐陽勝概，盡屬目中矣。然此豈徒為偉觀哉！爾民聞斯鐘也，其各蚤興，勤爾正業，毋怠毋荒。（清嘉慶十六年《海州直隸州志》卷十三《古蹟》）

石刻

一

歸雲洞題勒文曰『歸雲飛鳥』，丙午中秋日中泉王同書。

右行書勒歸雲洞石壁

二

六言詩刻文曰：龍洞良宵月照，黃華滿地秋香。此時此會文彥，一觴一詠情長。矗矗山喦曲抱，潺潺朐海東流。明朝分袂城市，琴尊回憶綢繆。嘉靖乙巳重陽海州知州中泉王同書。

右篆書勒龍洞右石壁。

三

鬱林觀東巖題勒石二則，文曰採山钓水抹月批风飞泉。中泉王同書。

右竝擘窠書勒故鬱林觀東巖瀑布石上前八字作兩層横書，後二字直書在其上，題款皆篆書。

四

題东海孝妇祠碑阴：嘉靖二十七年余姚闻人德行題，王同題名文曰：嘉靖己酉夏至海郡守王同公出到此题名备倭熊恩胡思忠也。

右勒鷹遊山石壁。

（清嘉慶十六年《海州直隸州志》卷二十八卷《金石考》）

宿蘇墳

九谷雲生斜日陰，眉山祠墓落花深。英風義概雄千古，蘋藻還持見夙心。

空山寂寂撫松楸，暮春年年匝地幽。渺渺蜀鄉身竚望，西來汝海幾回流。

（據郟縣三蘇園碑刻）

附録四　蒼谷集録序跋

呂顒序

往予為舉子，侍先君憲使入北都，道出邠原，叩謁蒼谷王公於行省。時公為陝之糸政，以邊事孔棘，晝征伏，計糧餉，閱精鋭，羽旗紛揮，轅門夜擁，西人倚其為長城也。先君夙與公好，乃延迓幄謀，促襟絜手，至夜以繼日。客次所贈詩篇即集中所謂《贈九川子》者：『凌霜奮虯髯，懸河噴瓠齒。……過秦諫草枉十年，喻蜀聲光照萬里』云云。西人又訝其為倚馬之才。予因質於先君，先君極委重焉。語予曰：『王蒼谷者，今之古人也。文武之材，乃其緒餘耳。弱冠登第，歷階天銓，一旦以親老告乞，若不能食飲者。官所至，誠惠廉信，行誼卓如也。王蒼谷者，今之古人也。』予受教訖今二十餘年。

後於淮浦、於建業，數會公嗣子中泉同，亦數道予受先君之教之言。繼予出牧襄陽，會中泉刺史隨州，又數相會見。中泉之解右府而蒞隨也，政善民安，藹然循良之風。篤於孝思，刻公集郡閣中，因以序相託。予惟昔人有言：『功名者，富貴不足以動心；道德者，功名不足以動心。』今即蒼谷公之集而觀之，蓋以道德為期，而功名富貴非所志也。其進而仕也，官為吏部，藻鑒清明，賢者不得以私而奪其美，不肖者不得以私而益其能。叅知晉藩，條陳荒政十有六事，昭聖心，述臣志，屢有奏陳。浙中右轄，政持大體，雖物產紛擾之地，而一毫不染，吏畏民懷。其卷而處也，抗疏辭榮，難進易退。歸侍二母，善養為先，刑于妻子，範于鄉俗。書臺之築，睡洞之開，凝虛養粹也；馬牛有亭，扈澗有墅，忘情世慮也。且其自言曰：『本以官望並重，年力兩乖，方自避以逊愆，安敢如舍母從人，忘身市利者哉？歎興廢于韋編，聞歌哭于里巷，悔過之心日萌，而干名之念日隳。一瓢之外，夫復何知？』是其神識穎異，屹屹堅握，瓢然以聖賢為依歸，而外物不足以累之者也。

《集錄》所載，中泉乃謂舊集詩文皆不得已而應酬，固非屑屑於是焉者。然其文之光腴，實有以兼一時藝苑之傑。其曰議論，則發諸經典；其曰叙事，則要諸遷左；賦咏所寓古調，其昭明之逸乎！近體其大歷之雄乎！蒼谷公之文可謂備矣美矣！

賜進士出身中順大夫湖廣襄陽府知府前南京刑部郎中北地後學呂顒頓首拜書。

孫允中序

蒼谷王公名溢海宇久矣！余髫齔時見公叅政吾晉，飭躬闡政，蔚然皆實用之學。所交一時文人，若李崆峒、何大復、何柏齋、崔後渠、王龍湫、韓苑洛，探眞抉奇，增華漱潤，慨然相與講明聖賢之道。因竊嘆曰：『文不在兹乎！』余不敏，願叩公之門而依歸焉。無何，公轉浙江右布政使，俾余師資之心竟付之悵恨焉而已也。

迺嘉靖庚戌，余以襄陽司刑歷隨州，見其政成而民和，遂咨詢之，知其守為公之家嗣王子也，因追叙其懋思則象之心。王子以余雅知公，遂出公《集錄》，懇余為序。余以公之遺愛在吾省也，汪濊而弗匱，義弗容辭，乃強承之。閱其集，凡十二卷，賦四篇，詩諸體八百四首，詞十二章，文諸體一百四十六篇。雖詞旨體裁千狀萬態，要皆本之精明之識，達之宏博之才，發之雄渾之氣，踔絶淵澄，可以閑邪，可以翼正，可以宏化，郁郁乎伊洛之遺。視世之侈蕪詞、工奇字，無補於心身政治者，不猶瓦礫糠粃矣乎！孔子曰：『有德者必有言。』余觀公抗疏歸養一節，屹然砥柱中流，故龍湫諸君子謚以貞孝文子，則公之德異乎人之德矣。其立言也，固宜其風當時、範後世而垂之不朽哉！

王子鋟諸梓，非獨私其親也，蓋將以文化天下，俾同志之士誦而思之，懋德彰軌，敷膏樹動，由此而接聖賢之緒，則固可以追六經、並三代，而黃虞之治不難矣。故曰：『孝子不匱，永錫爾類。』噫！兹固王子刻集之微意也。余發其藴而序之如此云。

賜進士第文林郎户科給事中晉陽阪泉孫允中序。

王崇慶序

端溪王子為南部司徒之二年，乃明嘉靖壬子之夏五也。惟時隨州刺史王君同，以其父公《蒼谷集錄》十有二卷來乞序。是年春，予方引年，未許。明農而暇文乎哉，顧貞孝已矣。而海内一時名交多復零落，則又何可默也？遂序之曰：昔者吾以疎狂言事，實辛未秋，公嘗臨別贈言，葢四十有餘年矣。今讀其集，始之韓公苑洛以開其端，吾乃得其精與實焉；条之黨公潁東以發其蘊，吾乃慨其孝與廉焉；終之馬公谿田以要其止，吾又重其文與行焉。審如是也，公又如之何其能朽耶？

吾嘗愛其抱奇才於妙齡，掇巍科於昭代，歷宦轅於中外，友豪俊於多方。然而夙賦超邁，則宜其高明之為襟期也；動合道眞，則宜其恬退之為歸養也；風旨不類流輩，則其安靜而而還造化也。故權衡人物，以天地為一體，以古今為一息，以窮達夭壽為一氣，以知不知、遇不遇為細事。彼其所見者大，則神自定而量自宏故也。嗟乎！知乎此而後蒼谷可識矣。蒼谷可識，則其所謂文與行者，可以塞宇宙而光日月矣。

予與公之子初會諸長安南宫之邸舍，今以書來申約於建康之忠恕堂，斯亦可謂千百年之世講，匪徒旦夕之好而已者也。嗟乎！若同庸詎非善繼而善述者哉！

賜進士出身資善大夫南京戸部尚書前禮部左侍郎開州端溪子王崇慶撰。

黨以平序

貞孝文子蒼谷王公沒既二十年，乃子同始刻其《集録》於隨。集凡十二卷，博雅宏深，奇古絢麗，燦然而奎璧輝，琭然而敦篚列，鏗然而商羽鳴。含蓄貫載，工緻追琢，文不在兹乎？

嗚呼！是豈易至者哉！夫文者，道之英華，不深于道而能文者未之有也。且與時盛衰，又有不可以強為者。公少負神奇，清思川涌，即垂髫已馳聲梁豫。逮登進士，筮官郎署，當孝皇御極，崇尚儒術，惇裕化理，惟時賢俊，彬彬向學，闡揚文治。公乃延取天下名士而友之，切劘理道，麗澤詞藻，繇是名重海內，皆稱蒼谷先生云。年三十有五，抗疏辭榮，歸養二母，築讀書臺以涵泳聖籍，開渴睡洞以澄湛神思。觀空于扈澗山，徹意法源；探玄于牛馬亭，忘情世慮，凝虛養粹者一十九年。其于道也，淵乎深矣！是故著為文詞，皆衣諸身心，關于世教，可傳可永，匪徒文焉而已。或謂公之才之美，旋天暉日，何施不可？而其功業乃不過品藻人物，旬宣藩省而止，士林每為公惜。蓋天之命物，實者不華，淵者不陸；物之不全，物之理也。是故顯功名者不必于道，極富貴者不必于文。君子之行事也，窮達不足論，惟其傳而已。

矧文之為用，進則經濟以匡時，退則著述以明道，其歸一而已矣。公惟山林之日長，故功業未大以著。向使假之以年，究竟厥用，堯舜君民、伊周事功，將不可復見矣乎？夫惟志抑而未全以伸，才積而未全以發，名位未極，敷施未久，乃得以養元精、會至理，極力于學，以致文章辭翰爭雄數代，開百世經制述作之業。其與經濟以匡一時者，以彼易此，曷優曷劣，識者當自有辨矣。

初，公之沒也，余與龍湫王公會于武林，痛良友之早亡，慨斯文之多故，謂公之文必可傳也，相與圖於不朽。茲固龍湫之所選者，而又喜同之能世其學而善其用，器業未可量也，於是乎書，且為世之啟聲繼志者勸。

賜進士出身通義大夫都察院右副都御史佐理院事致仕前奉敕整飭邊備兼撫京畿潁東黨以平撰。

韓苑洛序

昔者先王之教，指實正履必以文，徵風興情必以詩。是故以華沒本，為道之散，未始不病也；無文不行，為道之幽，未始不修也。故備物而周行，示類而喻志，將以翼經而正術，揚風而宣化，文可廢乎？詩可廢乎？粵自孔氏而降，兹道大闡，其立言垂文、摛辭遺興者，肩比而跡疊，卒之陟堂庉、入閫奥，聲留百代者，不越數十人而已。若乃漁獵往牒、戕賊古史，欲以億中而暗投，斯驪珠魚目，類美自見，獨將誰傳耶？

中州王公蒼谷，負儁才以童子宴鹿鳴，弱冠射策天墀為十九，最少當時。為駕部，為銓司，才湧如泉，倚馬萬言，以篇什著聲於京華而名聞於海寓者久矣。及其調而叅薇垣也，以祖母故抗疏歸，即閑於郟十九年。杖藜乘蹇，往來於扈澗蒼谷之間，乃清思益饒，而叙述尤邃。其聲而為詩也，清越典麗，辭暢而意美；其著而為賦頌碑碣、議論書叙之文也，又皆靚深高壯，大而無所不包，今其為帙十二卷也。使假之年而大其位，合天下之賢布列庶位，孟夫子所謂優于天下樂正子之流也，而蒼谷子之道不可以大行乎？

蒼谷子子同，今知隨州，將刻是集于木，吾乃序之編端，庶讀其書、論其世者，可於是而徵焉。

嘉靖辛亥九月十一日賜進士出身資善大夫叅贊機務南京兵部尚書前右春坊太子右庶子兼翰林院國史修撰經筵講官苑洛韓邦奇序。

馬理序

《蒼谷集錄》者，錄貞孝文子蒼谷王先生文也。愚觀皇明之文，至蒼谷時盛焉。前乎此，其辭達；後乎此，其辭華。夫華則有不實焉者矣，文其始衰矣。夫當蒼谷時，以吾諸友及所知，觀之甘泉湛子、柏齋何子、涇野呂子，賈誼仲舒匡衡之儔也，文本諸經；對山康子、渼陂王子、後渠崔子、玄菴穆子、西唐牛子，丘明遷固荀楊之儔也，文本諸史；空同李子、大復何子、昌穀徐子，枚臯伯喈鮑謝陰何之儔也，文本諸選：所尚殊也。為其徒者又各旨其所得而他無見焉。

於戲！斯其所以有得失，不可同日語矣。夫唯知道君子則不然，若朱子於《楚辭》而註釋之，於韓文而考正焉是已，吾見蒼谷取諸友之長，每於筆端發之，非知道其然哉？

夫古今諸賢之學，各有所發，宋之理學，皆發於陳摶、濂溪、康節二派是已。對山發於教諭趙內江，後渠發於甘泉學官李子乾，涇野發於蜀人高學諭，大復發於高鐵溪，蒼谷發於陝州陳監丞。自濂溪而下諸賢，人知其學而不知其所發，予稽古徵今而得焉。朱子謂濂溪之學，無師傅，自契而已，蓋先生濂溪派也。謂圖南異端，故尊師而諱所傳耳。孔子嘗問禮於老聃，今載於戴記，是聃亦孔子師也，於道何害？況摶亦平治天下之才，不得其志，又非趙普、范質可同寅而居也，故託於方外而隱耳，豈真異端流哉？

陳監丞者，誦先王先聖之法言，身體而力行者也。其早年亦強悍不遜，仲由、周處之流耳。後學《論語》至『四子問孝之章』，遂惕然悔過，日遷善焉。他日事親，易拂逆之狀，為婉順之容，雖撻罰是加，亦怡愉而承之，父母遂蒸蒸相順於道。久之，成反身循理之學，希顔希魯，卓然有立，而無所搖矣。時方石謝公為祭酒，緝熙林氏為博士，不相謀也。陳子居處莊，禮樂日不去身，監中人士咸非之。理就而察其所學，眞洙泗派也。乃以語吾七友，七友咸往就之信，遂相與習禮講學，實相得焉。問厥所友曰薛思菴、王虎谷，而其所嘗遊者，蒼谷一人而已。

於戲！陳子一世之英也！但位卑而時人不知，蒼谷乃獨知而友之，取其益焉，他日文行名世，卒謚為貞孝文子，文非枝葉，謂所發不於陳子而誰耶？後蒼谷結大復、西唐為姻家，浚川、空同、柳泉、龍湫為文友，胥麗澤焉，其獲益多矣。然得於輔仁之益之深，則陳丞子也。是故子之貞於難進易退而見焉，其有為於有所不為而見焉；子之孝於善養為內、以祿養為外而見焉；子之德刑于妻子而見焉；子之文議論則發諸經籍，敘事則揮以史筆，賦咏則餙以選藻，兼乎諸賢之長，於是而見焉。鄉人考德論業，加以美謚，有以哉！有以哉！

選是集者龍湫子，錄者隨州知州蒼谷冢嗣同也。同象賢，他日所就不可量已。集凡十有二卷，外《蒼谷祠錄》四卷附焉。

於戲！昔賢或不文，文或無行，蒼谷乃行高而文懿，非孔子所謂『文質彬彬，然後君子』者耶？後賢尚友，讀斯錄可知其人矣。獨取友陳子一節，《錄》中未著，愚故詳及之。

蒼谷諱尚絅，字錦夫，年十八登弘治乙卯鄉舉，壬戌進士。歷官由兵部主事、吏部員外郎郎中、山西、四川、陝西叅政、浙江右布政使，世稱蒼谷先生云。

賜進士出身中大夫光禄卿谿田馬理撰。

重刻王蒼谷先生集録序

光自東樓調署龍山，始至，訪邑中前賢祠墓，飭葺脩，禁樵牧，禮以少牢，為文躬祭之。逾數日，有王蒼谷八世孫七十二叟國學生純來謁，手奉一冊，流涕長跽而言曰：『此純六世祖布政公集鈔也，嘉靖辛亥七世祖隨州公刻于署，傳行海內，經兵燹，散軼無存，兹鈔得自孝廉趙使平。純年邁子殤，嗣孫冲幼，恐旦暮填委溝壑而遺文湮沒，則不孝罪大，目且弗瞑。今將重付梓人，惟明府鑒定，訂訛而錫以序，豈惟純生世銜結，其先貞孝文子實寵賴焉』。

光昔從同邑李榕村家獲讀先生詩文，至性正學，已見一斑。及讀容城孫徵君所作先生傳，綴以薛方山贊語，襄城劉恭叔編入《中州道學存真録》，詳哉其言之！夫誦詩讀書，當得其性情之指歸；知人論世，必識其學行之源流。先生生前朝憲孝之代，理學昌明，五齡而通《孝經》，弱冠而魁『三禮』。不慕榮進，不附權門。年未強，仕以晉藩，告養隱居蒼谷山中十九年，養親教子，讀書樂道，若將終身。逮奉母命，出授秦中，邊庭三捷，由晉而浙，直道克伸，勤勞以卒。考其生平，以孝為本，行道揚名；清脩勵節，難進易退；生榮死哀，可謂體受歸全矣。其為詩古文辭也，追秦漢，逼蘇李，抒寫性情，不以追琢翰藻為工；原本經術，不以艱深險奥為尚。謹嚴之中，藹然敦厚，一時藝苑未能或先。

先生遠宗二程，得伊洛淵源，于人而私淑之。觀其學聖書院及李愚庵墓兩碑銘，尊聞行知，直探原本。

大要涵養在敬，寔踐在誠，進學在致知，有體有用，有本有末，而揔歸諸曾思之心法。其在鄉，則謙和端靜，人薰其德；其在官，則慈惠正直，民沐其恩。方山謂『天假以年，當有繼往聖而開來學者，不但功名事業大有成就』，豈虚語哉！

光生也晚，惷愚謭陋，無能望先生之藩籬，惡敢妄序先生之文集？顧念此邦文獻第一人，梨棗重輝，幸得與校讐附驥尾焉，固長吏之職而後學之榮也。文孫純，衰老龍鍾，尚能悲念先澤，不忘繼緒，其亦可謂孝矣。是集本王龍湫先生選本，今之考訂其殘缺而校正其字畫者，廣文汝陽傅讓穎思甫偕其弟訪剡舟甫也。

乾隆二十三年歲在戊寅四月既望

賜同進士出身文林郎署郟縣事前知汜水縣調任杞縣庚午科壬申萬壽恩科河南鄉試同考官閩安溪後學潘思光敬序並書。

王純跋

純年邁命迍，門衰祚薄，追念祖公，潸然淚下。維貞孝文子大方伯公，當勝國之中葉，為一代之偉人。惟忠與孝，秉大節以立身；本德為言，摛柔翰而摛藻。慨遺文之久逸，恐祖澤之將湮。抄本僅存，中多魚魯，學博傅先生昆季、戚友使平、說巖趙子兄弟、去非劉子、會一王子、上玉郭子、中表聖克康子，景仰前徽，共勷校閱，譌者正之，殘者闕之，勒成一集，幾復其初。

會閩中安溪潘老夫子來蒞吾郟，循政仁聲，洋溢遐邇，尤留心于忠孝節義，以風示邦人。親詣方伯公祠，祭奠墳墓，禁止樵蘓。謂公功德徧于數省，而文章可垂百代，取遺文細加衾定，付之剞劂氏。又念公之文傳矣，而純三子俱殤，公之宗祊可虞，爰擇族中昭穆相當者立為嗣，俾亡兒無子而有子，純無孫而有孫，從兹純死且不朽，其自方伯公以來高曾祖父亦賴以勿替。

《集錄》刻將告竣，族叔懷錦、錦章與有勞焉。既得夫子鴻文冠諸首，純啣感和淚，跋數言于卷末，以誌不忘。

乾隆二十有三年戊寅五月中旬礽孫純沐手敬跋，時年七十有二歲。

後記

明代著名文學家、理學家王尚絅是河南省平頂山市郟縣人，其文集《蒼谷集錄》《蒼谷全集》是研究明代文學與理學的重要文獻。

在平頂山學院黨委副書記袁桂娥教授、平頂山學院伏牛山文化圈研究中心主任陳建裕教授的支持和指導下，我於二〇一三年開始研究王尚絅及其文集。二〇一五年九月，『王尚絅集校注』獲得全國高等院校古籍整理工作委員會科研項目的立項支持。之後，即着手進行認眞的校勘和注釋，以期給明代文學和哲學研究提供基本資料。由於文集中涉及的人物較多，人物室名、別稱、字號和古代文化制度相當複雜，一些資料難考，標點和注釋工作進展很慢，拖延至今才基本完成。

在王尚絅文集整理工作中，自始至終都得到了平頂山學院各級領導的關心和支持。平頂山學院位於王尚絅的故鄉，學校高度重視人文社科研究，服務地方文化建設，傳承中華優秀文化。平頂山學院副校長張久銘教授，平頂山學院科研處處長周豐群教授對本項目的研究工作提供了極大的方便和幫助。新聞與傳播學院院長秦方奇教授，一直關心和指導該書的進展情況。在此，對各位領導的關心支持表示衷心的感謝！

中原藝術學院葉愛欣教授曾完成多部古籍的整理工作，有極其豐富的研究經驗，對本課題的研究提供了詳盡的業務指導。中州古籍出版社張弦生老師、王建新老師、吉林大學文學院徐正考老師、清華大學中文系李守奎老師、吉林省社會科學院甯繼福老師，平頂山學院葛澤溥老師，在本課題的研究過程中，都給予了悉心指導和熱情幫助。張弦生老師多次寄送參考資料，督促整理進度，爭取國家出版基金。在此，向各位老师表示衷心的感謝！

王尚絅關切地方文化發展，在其歸養二母的十三年家鄉生活中，他走遍了豫西南的山山水水，結識了一大批地方知名人物。因此，王尚絅研究，離不開本地文史學者的支持和幫助。原郟縣文化局局長劉繼增先生，郟縣地方誌辦公室主任黄夢龍先生，對本課題的研究提出過非常好的指導和建議。在資料調查過程中，原郟縣賓館副總經理、中國收藏家協會會員、郟縣政協文史委文史研究員王文一老師給我提供了多方面的無私幫助。他帶我認識王尚絅的後人、原中共郟縣縣委文明委副主任王新國老師。之後，他們共同支持幫助我開展王尚絅研究工作。多年来，他們一起帶我到蒼谷寺、三蘇園進行實地考察，並提供第一手研究資料。他們還幫助我院馬玉潔老師联系郟縣知青文化專題片的拍攝工作。今年八月，為了解決研究中的一些難點，我再次去郟縣調研諮詢，在他們的幫助下，有幸得到了原郟縣地方誌辦公室文史專家王佩旗老師的熱情指導。王佩旗老師拋開自己繁忙的工作，不辭勞苦，和王文一老師、王新國老師、李學義老師等，帶我到郟縣西北王里灣一帶的密止堂、渴睡洞探古，體會和再現王尚絅當年『讀書有臺，渴睡有洞』的讀書生活場景。回校后，郟縣的幾位老師還通過網絡回答我的不斷諮詢。本課題的研究還得到了葉縣文化局原局長李元芝先生的幫助。李先生是楚文化研究專家，不但重視文獻考證，更重實地考察，本書中關於『三鴉道』『雙凫觀』等的解釋都是在李先生的幫助下解決的。其關於『三鴉道』的解釋，建立在文獻考證和實地調查的基礎之上，堅確可信。汝州文史研究專家楊占營先生，不僅研究專精，而且擁有豐富的古籍資料，他曾不避煩瑣，多次幫助我查詢資料，解決了困擾我多年的一些人物考索問題。在搜集王同資料的過程中，連雲港市灌雲縣稅務局蘇平先生給予了很大幫助。上述各位領導和專家學者的精神令人感佩，在此表示衷心的感謝！

本書的出版得到了全國高等院校古籍整理工作委員和平頂山學院伏牛山文化圈學術出版資金的大力支持。本書是在課題組愉快的合作中完成的，是集體智慧的結晶。課題組袁桂娥教授自始至終關心和指導本書的研究工作，陳建裕教授通讀了全稿，提出了許多寶貴的意見和建議，張玉華博士對有關内容提出了很好的修改意見。本書責編熊瑞老師、楊康老師及審稿專家對書稿進行了多次嚴謹認眞的審閲，使我受益匪淺。在此，向各位領導、專家、學者表示誠摯的謝意！

得益于上述各位領導、專家、學者的指導和幫助，《王尚絅集校注》已順利完成。雖然我盡了最大的努力，爭取拿出一個校勘科學合理、注釋準確精當的整理本，以不負大家的期望，但是由於水平和能力有限，本書的注釋還不夠詳盡，標點和已有注釋部分還有許多問題，仍需進一步改進。誠懇得到各位專家學者的批評指正。

王　冰

二〇一八年九月六日